マリーナ

バルセロナの亡霊たち

カルロス・ルイス・サフォン
木村裕美 訳

集英社文庫

目次

主な登場人物

オスカル・ドライ　イエズス会の寄宿学校で学ぶ十五歳の少年
マリーナ　サリア地区の館に住む少女
ヘルマン・ブラウ　マリーナの父。かつての画家
ミハイル・コルベニク　プラハ出身。ベロ－グラネル社の共同経営者
エヴァ・イリノヴァ　美貌のロシア人歌手。コルベニクの妻
ルイス・クラレット　コルベニクの御者
セルゲイ・グラスノウ　エヴァのマネージャー
タティアナ　セルゲイの双子の妹
ジョアン・シェリー　イギリス人医師。コルベニクの旧友
マリア・シェリー　シェリー医師の娘
ベンハミン・センティス　ベロ－グラネル社創業者の息子
ビクトル・フロリアン　ベロ－グラネル社の捜査を担当した刑事

《バルセロナ全体図》

フロリアン刑事の家がある
バルビドレーラへ
ティビダボの丘
遊園地
ケーブルカーの駅
バルビドレーラ通り
オスカルの
寄宿学校
〈サリア地区〉
パティスリー〈フォア〉
温室のある辺り
サリアの教会
線路
ティビダボ通り
ボナノバ通り
サリア広場
バル
〈ビクトル〉
サリアの墓地
サンタアメリアの庭園
グエル公園
コルベニクの館
がある辺り
聖パウ病院
サグラダファミリア聖堂
ガウディ通り
ランブラス通り
カタルーニャ広場
〈ゴシック地区〉
プリンセサ通り
旧市街
大聖堂
〈ラバル
地区〉
モンジュイックの丘
ボルン市場
バルセロナ港
フランサ駅

《バルセロナ旧市街拡大図》

ホテルコロン
カタルーニャ広場
ライエタナ通り
〈ゴシック地区〉
ランブラス通り
ボケリア市場
大聖堂前広場
大聖堂
コルベニクの
住んでいたピソ
ドラゴンのオブジェ
がある建物
ビスバ通り
ベロ-グラネル社
の工場付近
リセウ劇場
シェリー医師の家
旧ボルン市場
コンデ・デル・アサルト通り
フェラン通り
プリンセサ通り
〈リベラ地区〉
大聖堂裏の路地
(排水溝入口)
〈ラバル地区〉
レイアール広場
サンタマリア・デル・マール教会
アルコ・デル・テアトロ通り
王立大劇場と
クラレットのピソが
ある辺り
旧商品取引所
(リョッジャ)
コロン通り
コロンブスの塔
フランサ駅

マリーナ　バルセロナの亡霊たち

親愛なる読者へ

作家というのは認めようが認めまいが、自作で特に思い入れの深い本があるものだと、僕はずっと思ってきた。それは作品自体の文学的価値とも、当初読者に授かった人気とも、出版に起因する幸運や貧窮ともまず関係がない。なにか不思議な理由で、そう、うまく説明できないが、ほかの作品よりも身近に感じられるのだ。一九九二年ごろにこの小説家という妙な職業について以来、出版してきた本のなかで『マリーナ』は僕の秘蔵っ子だ。

この小説はロサンゼルスで一九九六年から一九九七年にかけて執筆した。当時僕は三十三歳、善き誰かが名づけた〝思春期〟というものが少しずつ手のうちから逃げていきそうに思えた。それ以前に若者向けの小説を三作出版していたが、『マリーナ』の構成にかかってすぐ、本作がそのジャンルで書く最後の小説になるのだろうと確信した。書き進めるにつれて、この物語にあるすべてに別れの味がしはじめた。そして書きおえたとき、僕の内部にあるもの、今もはっきりわからないが、なにか日に日に淋《さび》しく失われていくものが永遠にそこに残ったような印象をうけた。

『マリーナ』は僕の書いた小説中、おそらく最も定義しづらく位置づけの難しい作品で、たぶんいちばん私的《パーソナル》な小説だ。だが皮肉なことに、当初の出版には何より失望した。小説は十年生きのびたといえ、劣悪な、時に僕にも避けようのなかった不正な版を重ねて、本来ではない形で扱われ、多くの読者を混乱させもした。それでも年齢や身上を問わず読者がページのなかになにかを発見し、語り手のオスカルが僕らに語るあの〝魂の屋根裏部屋〟に入りつづけてくれている。

マリーナはようやく帰るべき家に帰った。そしてオスカルが彼女のために書きおえた物語を著者自身が望んできた姿で、こんどこそ読者に見つけてもらえるようになった。この小説がこれを書きおえたときのように、なぜこれほど僕の記憶に新しいのか、たぶん今なら読者の助けで理解できるかもしれないし、マリーナが言うように、現実にはなかったことが思いだせるかもしれない。

C・R・Z

マリーナがいつか言っていた、〝わたしたちが思いだすのは、現実にはなかったことだけなの〟と。あの言葉は永遠に理解できそうにない。でも、まずは話をはじめよう。この場合は終わりからはじまる。

一九八〇年五月、ぼくは一週間この世から消えた。七日七晩、ぼくの居場所を誰も知らなかった。友人、同級生、教師、警察までが件《くだん》の逃亡者の捜索にのりだした。ぼくが死んだか、いきなり記憶をなくして、いかがわしい場末にでも迷いこんだかと人に思われもした。

一週間後、私服の警察官がその少年を見てピンときた。人相が一致したのだ。疑わしき少年は、鉄と霧で造られた大聖堂のごときフランサ駅で、魂の抜けがらみたいに歩いていた。暗黒小説ふうに警官がやってきて、ぼくにこう尋ねた。きみはオスカル・ドライか？　寄宿学校から跡形もなく消えた少年はきみか？　ぼくは黙ってうなずいた。相手のサングラスに駅のドーム型の屋根が映っていたのを覚えている。

ぼくらはホームのベンチに腰かけた。警官はのんびりタバコに火をつけたが、ただ燃やしっ放しで吸いもしない。きみにいろいろ聞きたい連中が山のようにいる、だから、ちゃんと答えられるようにと言ってきた。ぼくは、またうなずいた。

警官はじっくりのぞきこむようにぼくの目を見た。

〝ほんとうのことを話さないほうが、利口なときもあるからな、オスカル〟

それから硬貨を数枚さしだして、寄宿学校の指導教師に電話をしなさいと言った。ぼくは言われたとおりにした。警官は電話がおわるまで待っていた。そのあとタクシー代をくれて〝元気でな〟と言った。ぼくがまた消えないと、どうしてわかるんですかときいてみた。相手はぼくをじっと見て、あっさり答えた。〝姿を消すのは行く場所のある人間だけだよ〟そして表の通りまでいっしょに来ると、そこで別れを告げた。ぼくがどこにいたのか聞きもしなかった。コロン通りに立ち去る警官をぼくは見送った。吸わないタバコの煙が忠犬みたいに後をついていった。

あの日、ガウディの亡霊がバルセロナの空にあり得ないような雲を彫り刻み、その空の青がぼくの目にしみた。〝銃殺隊がお待ちかねだ〟そう思いながら、寄宿学校までタクシーに乗った。

教師や専属の心理療法士が秘密を明かさせようと、四週間ぼくを質問攻めにした。相手がそれぞれ聞きたいことや、納得しそうな嘘《うそ》だの、作り話だのを、ぼくは言いまくった。そのうち、誰もがこの一件をわざと忘れたような顔をし、ぼくも彼らを見ならった。なにがあったのか、ほんとうのことは、ひと言も口にしなかった。

時という大洋がそこに埋めた思い出を、遅かれ早かれ返してくるなんて、あのころのぼくは知らなかった。十五年後、あの日の記憶がぼくにもどってきた。フランサ駅の靄《もや》につつまれて茫然《ぼうぜん》と歩く少年が見え、マリーナの名前が生傷のように痛みをまたもたらした。魂の屋根裏部屋に鍵をかけてしまいこんだ秘密を、ぼくらの誰もがもっている。ぼくにとっては、この物語が、まさにそれなのだ。

1

一九七〇年代のおわり、バルセロナは並木通りや路地の蜃気楼《しんきろう》をつくり、建物のポーチやカフェのドアをくぐるだけで三、四十年まえの過去に旅することができた。時間と記憶、歴史とフィクションが、雨にぬれた水彩画のように魔法の都《まち》で溶けあっていた。そして、まさにこのバルセロナで、いまはなき街並の余韻とともに、寓話《ぐうわ》から脱《ぬ》けだした大聖堂や建物たちがこの物語の風景を紡いでいた。

当時のぼくは十五歳、バルビドレーラ通りのふもとにある聖人名の寄宿学校の壁にかこまれて悶々《もんもん》とする少年だった。あのころサリア地区は近代主義様式《モデルニスモ》の都会の岸辺に座礁した小村の面影をまだ保っていた。ぼくの学校はボナノバ通りから上がる坂道の高みにそびえ、その堂々たるファサードは学校というより城郭の趣《おもむき》、陶土色の建物の角張ったシルエットが闇のなかで小塔やアーチや翼壁のジグソーパズルをなしていた。

寄宿学校は庭園、噴水、泥沼、中庭《パテイオ》や魔法の松林にかこまれていた。おぼろな蒸気にかすむ屋内プール、無音の魔のただよう体育館、薄闇の小聖堂が校舎の周囲に点在し、聖堂内ではろうそくに照らされた聖人たちが薄笑いをうかべていた。学校は四階建て、さらに地下二階と、禁域の中二階があって、まだ現役で教師を務める数人の聖職者が住んでいた。寄宿生の部屋は四階の洞窟もどきの廊下ぞい、おわりのない廻《まわ》り廊下には常闇が横たわり、四六時中、霊気ただよう余韻につつまれていた。

その広大な城郭の教室で、ぼくは日々を夢見心地でおくりながら、毎日午後五時二十分に起こる奇跡を待ちわびた。魔法の時間になると、太陽が大窓の高みを溶けた黄金《きん》に染めあげる。終業のベルが鳴り、ぼくら寄宿生は大食堂での夕食までに三時間ほどの自由を享受した。勉強か精神的内省にあてるべき時間らしいが、いずれの気高い作業にも、ここで過ごした一日として従事した覚えがない。

この自由のひと時が、ぼくは好きだった。守衛所の監視の目を盗んでは、都《まち》の探検に出かけた。昔ながらの通りや並木道を歩くうちに周囲で日が暮れていき、いつも夕食の時間ぴったりに寄宿舎にもどった。その長い散策で心の浮きたつような解放感を味わった。ぼくの想像は建物のうえを飛翔《ひしょう》し、空高くのぼっていった。ほんの何時間か、バルセロナの通りも寄宿学校も、四階の陰気な部屋も消え去った。ほんの何時間か、ポケットに硬貨が二枚もあれば、ぼくは世界一幸せな人間だった。

散歩のルートで、ぼくは〝サリアの空地〟と当時呼ばれた場所をよく通った。無人地区に埋もれた森のような一帯で、ボナノバ通りの北にある豪奢《ごうしゃ》な旧邸の多くが廃屋のまま姿をとどめていた。寄宿学校周辺の通りは幽霊都市、ツタの葉におおわれた塀が庭への道をふさぎ、その荒れはてた庭の奥に堂々たる館が建っている。藪《やぶ》だらけで放置された城館は立ち去ろうとしない霧みたいに過去の記憶が浮遊して見えた。こうした館の多くは取り壊しを待ち、長年で内部を荒らされた邸宅もあるが、なかにはまだ人の住む家があった。

住人は斜陽階級の忘れられた一族たち、近代発明としての路面電車が不信の目で見られていた時代に『ラ・バングアルディア』紙の一面に名を飾った人々、息も絶え絶えの過去に呪縛された彼らは難破船を後にしようとはしない。古びた館を一歩出たが最後、自分の体が灰《かい》塵《じん》に帰して風にさらわれると思っているのだろう。燭台《しょくだい》の明かりのなかで陰鬱とする囚《とら》われの人々。ぼくがたまに錆《さ》びたその門のまえを急ぎ足で通りすぎると、ペンキの剝げた鎧戸《よろいど》の奥から、なんとなく不審な目が感じられた。

ある午後、一九七九年九月のおわりに、それまで見すごしていた近代主義様式の城館が点在する通りのひとつを、足の向くまま探検しようと思いついた。道はカーブを描いて、ほかと似たような鉄柵の門に行きついた。門のむこうには何十年も置き去りの雰囲気の古風な庭の名残《なごり》がひろがり、茂みのあいだに二階建ての館のシルエットがうかがわれた。陰気なファサードがそそりたち、長年で苔《こけ》むした彫像たちの噴水が手前にある。

日が暮れだすと、その一角がやけに不吉に思えてきた。死の静けさにかこまれて、そよ風だけが言葉のない警告をささやいてくる。サリア地区の死んだ区画のひとつに入りこんだのがわかった。これは、きびすを返して寄宿舎にもどったほうがよさそうだ。忘れられたこの場所にゾクゾクする気持ちと、そんな分別とが葛藤するうちに、薄闇に光る黄色い目に気がついた。短剣でつき刺すように、こちらをにらみつけている。ぼくは息を呑《の》んだ。

微動だにしないネコのつややかな灰色の毛並みが館の鉄門のまえにうかびあがった。その牙のすきまで小さなスズメが死にかけている。ネコの首には銀色の鈴がついていた。相手の目がぼくをじろりと観察した。それからクルッと向きをかえ、金属の柵のあいだに身をすべらせた。死出の旅にあるスズメをくわえたまま、呪われた広大な楽園のむこうに消えていくのが見えた。

高慢で挑戦的な小さな獣の光景に、ぼくは心を奪われた。つやのある毛並みと首の鈴からして飼い主がいるのだろう。この建物はひょっとして、いまはなきバルセロナの亡霊以上のものを宿しているのかもしれない。

ぼくは近寄って、入り口の鉄柵に両手をかけた。金属がヒヤリとする。鬱蒼《うっそう》とした庭にスズメの血のしずくが点々と残り、その血痕を黄昏《たそがれ》の最後の光が赤く染めていた。緋色《ひいろ》の真珠が迷路の道筋を描いてみえる。またも固唾《かたず》を呑んだ、というか呑もうとした。口のなかがカラカラだった。ぼく自身に感知できないものを体が先に察したのか、こめかみで脈が激しく打っている。ふいに自分の体の重みで鉄柵が動くのを感じ、門があいているのがわかった。

最初の一歩をふみいれると、月明かりで噴水に立つ石の天使像の青白い顔がうかんだ。天使たちがぼくをじっと見ている。足が地面にくぎづけになった。この連中が台座から跳びだして、オオカミの鉤爪《かぎづめ》と蛇の舌をもつ悪魔にいましも姿をかえるのか。さすがにそれは起こらず、深く息をすって考えた。自分の想像を消し去るか、いっそ、この館のひそかな探検をやめるほうが利口か……。またも見えない力がぼくを左右した。香水でもただようように、天上の音楽が庭の暗がりにひろがった。ピアノの調べにのったアリアをかたどるささやきに、ぼくは思わず耳をかたむけた。これほど美しい声はきいたことがない。

メロディーに聴き覚えがあるにはあったが、なんの曲かは思いだせない。音楽は館のなかから流れてくる。ぼくは催眠術にかかったように音の跡をたどった。ガラス張りの広縁の半開きのドアから淡い光のベールがこぼれていた。ふいにネコの視線を感じた。一階の大きな窓台からぼくを見つめている。

光あふれる広縁から言葉にならない美しい声が流れてきて、ぼくは、そちらに近寄った。女性の歌声だ。ドアのむこうで百本ものろうそくのやわらかな光輪がチラチラ揺れている。その輝きのなかに古い蓄音機の金色の拡声器がうかび、レコードが回転していた。蓄音機に囚われたセイレーンの声に魅了され、自分がなにをしているかも考えずに、広縁に足をふみいれていた。蓄音機を据えたテーブルに、見ると、ピカピカ光る丸いものがある。懐中時計だ。手にとって、ろうそくの明かりでながめてみた。時計の針は止まったままで、文字盤にひびが入っていた。金製だろうか、この家ぐらい古いものらしい。

すこし先に大きなアームチェアが後ろ向きに据えてある。椅子と向かいあわせに暖炉があり、白いドレス姿の女性の肖像画が上に掛かっていた。灰色の大きな瞳、悲しい目、背景のないその絵が部屋全体を見おろしている。

突然、魔法は砕け散った。アームチェアから人影がむっくり立ちあがり、ぼくのほうを向いたのだ。真っ白な長い髪と、熾《おき》のように赤く燃える目が、暗がりに輝いた。こちらにのびる巨大なふたつの白い手が、かろうじて見えただけ。ぼくはすっかり気が動転し、ドアにむかって駆けだしたはいいが、途中で蓄音機にぶつかって倒してしまった。針がレコードに傷をつけ、天上の声は地獄のうめきにひき裂かれた。

あの両手にシャツをさわられた気がして、外に突進すると、足に翼が生《は》えたように庭をつっきった。恐怖で体じゅうの毛孔《けあな》が燃えている。一瞬たりとも足をとめなかった。後ろを見ずに走りまくるうちに鋭い痛みが脇腹を刺し、息もできないのに気がついた。冷たい汗で全身びっしょりになったころ、三十メートルほど先に寄宿舎の灯《あか》りが輝いて見えた。

監視の目がまずない調理場脇の入り口からすべりこむと、足をひきずるようにして自分の部屋に行った。寄宿生たちはとっくに食堂にいるころだ。ひたいの汗をぬぐい、心臓がすこしずつふだんのリズムにもどってきた。落ち着きをとりもどしかけたら、誰かがコンコンと部屋のドアをノックした。

「オスカル、夕食の時間ですよ」と指導教師のひとりの声がした。セギという名の神父、警察役にうんざりしている合理主義者のイエズス会士だ。

「いま行きます、神父《パードレ》さま」とぼくは答えた。「ちょっと待ってください」

あわててブレザーをきちんと着こむと、ぼくは部屋の灯りを消した。窓のむこうで青白い月がバルセロナの空高くのぼっていた。

金時計をまだ手にもっていたことに、そのとき、ようやく気がついた。

2

その後の日々、いまわしい時計とぼくは、切っても切れない仲になった。誰かに見つかって、どこから持ってきたか聞かれるのが怖いばかりに、どこに行くにも持ち歩き、寝るとき枕のしたに入れることまでした。聞かれたところで、どう答えていいかわからない。〝見つけたからじゃない、自分で盗んだからじゃないか〟と、とがめる声が耳もとでささやいた。〝専門用語では、窃盗ならびに家宅侵入罪〟と、その声が輪をかけて言う。どういうわけか、ペリー・メイスンの吹き替え声優の声に妙に似ている。

仲間の寄宿生が寝てしまうまで毎晩じっと待ってから、わが宝物を観察した。みんなが寝静まると、懐中電灯の明かりで時計をじっくり調べた。どんなに罪の意識があろうと、〝非組織的犯罪〟の初の冒険で手に入れた戦利品に感じる魅力が減りはしない。時計はずっしり重く、純金製らしかった。ガラスの球面のひびは、ぶつかったか、落っことしたかして入ったのか。その衝撃で装置の生命がやられて針が止まったのだろう。時計の針は六時二十三分を永久にさしたままだ。裏返すと、文字が刻まれていた。

ヘルマンへ　あなたのなかで光が話している
一九六四年一月十九日
K.A.

この時計はものすごく高価にちがいない、そう思ったら、とたんに良心の呵責《かしゃく》がやってきた。ここに刻まれた言葉を見て、自分が〝思い出泥棒〟になった気がした。

雨に染まる木曜日、秘密を人にうちあけることにした。寄宿舎でいちばんの親友は目つきの鋭い神経質な少年、実名とほとんど、というか、まるで関係ないのに、本人は〝JF〟の略号で呼ばれたがった。JFは絶対自由主義的詩人の魂をもち、頭が切れすぎて、たまに舌まで切れかけた。貧弱な体つきで、半径一キロ以内で〝病原菌〟という語をきくだけで自分が感染したと思いこむ。いつか辞書で〝心気症〟という語を見つけてコピーしてやった。

「自分で知ってたか知らないけど、きみの伝記がスペイン王立アカデミーの辞書にでてるよ」と告知した。

彼はコピーを一瞥《いちべつ》し、鉤釘《かぎくぎ》のように鋭い視線をぼくに放った。

「マ行の〝マヌケ〟を引いてみろよ、有名人はぼくだけじゃないのがわかるだろうさ」とJFが返してきた。

その日、昼休みの時間に、JFとふたりで薄暗い講堂にしのびこんだ。中央の通路を行くぼくらの足音は、忍び足で歩く百もの亡霊のこだまを呼びおこした。鋭い光線が二筋、ほこりだらけの舞台上にさしている。ぼくらはその明るみに腰かけた。正面の空いた座席の列が薄闇に溶けている。雨のざわめきが二階のガラス窓を掻《か》いていた。

「それで？」とＪＦがうながした。「なんだよ、そんなに謎めかして？」

言うより先にぼくは時計をとりだして、彼にさしだした。ＪＦは眉をつりあげ、この代物を推し量った。しばらく、じっくり調べると、不審な目つきで返してきた。

「どう思う？」とぼくはきいてみた。

「時計らしいね」とＪＦは応えた。「ヘルマンって誰だ？」

「まるでわからない」

荒涼とした館にしのびこんだ数日まえの出来事を、ぼくは詳しく話しはじめた。ＪＦはいかにも彼らしい、ほとんど科学的な注意力と忍耐力をもって、そこで起こったことの次第にじっと耳をかたむけた。ぼくの話がおわると、この一件を熟慮したらしく、第一印象を伝えてきた。

「つまり、これを盗んだわけか」と結論した。

「それが問題なんじゃない」とぼくは反論した。

「ヘルマンとかいう人物は、どう思っているだろうねえ」とＪＦが言いそえた。

「ヘルマンとかいう人物は、たぶん何年もまえに亡くなってるよ」と言ってはみたが、あまり自信がない。

ＪＦはあごをしゃくった。

「計画的窃盗について刑法典はなんて言うだろう、私物で、しかも献辞入りの時計となると……」と友人が指摘した。

「計画なんか、死んでもなかったよ」とぼくは抗議した。「あっというまのことで、考えるひまもなかったんだ。気がついたら時計をもっててさ、だけど後の祭りだ。ぼくの立場なら、きみだって、おなじことをしたと思うね」

「ぼくがきみの立場なら、とっくに心臓がとまってるな」とJFが指摘した。彼は行動より言葉が先の人間だ。「悪魔もどきのネコにくっついて、その屋敷に入りこむみたいなロクでもないことをしてみろよ。そんな獣《けだもの》に、どんな黴菌《ばいきん》をうつされるか知れたもんじゃない」

ふたりとも、しばらく黙りこんで、遠い雨音に耳をかたむけた。

「まあな」とJFが結論した。「起こったことは、もうしかたがない。そこにもどろうなんて、まさか思ってないだろ？」

ぼくは、にやりとした。

「ひとりじゃね」

友人は目をまるくした。

「やめてくれよ！　冗談じゃない！」

その日の午後、授業がおわると、JFとぼくは調理場の戸口から抜けだして、館につづくあの謎めいた通りを進んだ。水たまりと落ち葉の跡が敷石の舗道についていた。あやしい雲行きの空が都《まち》をおおっている。JFは心ここにあらず、いつにもまして顔が青白かった。過去に囚われた一角の光景を見て、彼の胃袋はビー玉サイズに縮みあがった。おそろしいほどの静寂だ。

「回れ右をして、ここで帰るほうが利口だと思うけどな」と後退《ずさ》りしながら小声で言う。

「雌鶏みたいに臆病になるなよ」

「雌鶏の価値を人は知らないんだ。雌鶏がいなかったら、タマゴもないし……」

突然、鈴の音が風に舞った。JFは口をつぐんだ。ネコの黄色い目がぼくらをじっと見ている。いきなり動物は蛇みたいにシーッとうなり、鉤爪をむけてきた。背中の毛が逆立って、数日まえにスズメの命を根こそぎにした例の牙をむきだした。遠い稲妻が天球に光の火花をパッと散らした。JFとぼくは視線をかわした。

十五分後、ぼくらは寄宿舎の回廊にある池のそばのベンチに腰かけていた。時計はまだぼくのジャケットのポケットに入ったままだ。いつになく重たかった。

懐中時計はその週じゅう、土曜日の朝方まであった。夜明けまえ、蓄音機に囚われた声の夢をなんとなく見た気がして目がさめた。部屋の窓のむこうでアンテナや建物の屋上が林のような陰影をなし、バルセロナが緋色のキャンバスのなかで燃えていた。

ぼくはベッドから飛びおきて、ここ何日も人生を惑わされてきたいまわしい時計をとりだした。ぼくと時計は見つめあった。ばかげた仕事に立ちむかうときにだけお目見えする決意をついに固め、この現状に終止符を打つことにした。これを返すのだ。

そっと服を着て、四階の暗い廊下を忍び足で通りぬけた。午前十時か十一時まで、誰もぼくの不在には気づかないはずだ。そのころにはもう帰ってこられるだろう。

外にでると、バルセロナの暁をおおう不穏な薄紫のマントのしたに街並が横たわっていた。ぼくはマルジェナット通りまでおりた。サリア地区がぼくの周囲で目覚め、低い雲がその空をぬぐいながら暁の金色の光をひろっていく。人家のファサードが霧のすきまに輪郭を描きだし、枯れ葉がどこへともなく飛んでいった。

通りはすぐに見つかった。ぼくは一瞬足をとめ、その静寂を味わった。都の忘れられた一角にみなぎる不思議な安らぎだ。

ポケットに入った時計とともに世界が止まっているのを感じはじめたら、背後で音がした。ふりむくと、夢のなかの光景がそこにあった。

3

　自転車が一台、靄のなかからゆっくりうかびあがった。白いワンピースの女の子がペダルを踏みながら、その坂道をぼくのほうに向かってやってくる。夜明けのやわらかな光がコットン地に透けた体のシルエットをほのかに見せていた。亜麻色の長い髪が顔にかぶさり波打っている。ぼくは体が半分麻痺《まひ》したように立ちすくみ、彼女が近づくのをバカみたいにながめていた。自転車は二メートルほど先でとまった。ぼくの目、いや想像力が、地面におりたスラリとのびる脚の線を直感した。ぼくの視線はホアキン・ソロージャの油絵から抜けでたようなワンピースを這《は》いあがり、相手の目のところで静止した。奥にすいこまれてしまいそうなほど深い灰色の目。その目が皮肉っぽい目つきで、ぼくを見すえた。ぼくはにっこり笑い、最高にマヌケの顔をむけた。

「あなた、時計のひとよね」目つきにふさわしい強い口調で少女が言った。

　ぼくと同い年か、一歳ぐらい年上か。女性の年齢をあてるのは、ぼくにとっては芸術か科学の領域で、まちがっても趣味ではない。彼女の肌は服に負けないほど透きとおっていた。

「ここに住んでるの？」鉄柵の門をさしながら、ぼくはモゴモゴきいた。

相手はまばたきひとつしない。彼女のふたつの目が強烈にぼくをつき刺した。その視線があまりに激しくて、気づくのに二時間はかかったけれど、ぼくはといえば、この人生でこんなに素敵な女性には、ついぞ出逢《であ》ったことがなかったし、この先もない。句点《マル》。

「そういうあなたは何者？」

「時計のひとだと思う」と口から出るにまかせた。「ぼく、オスカル。オスカル・ドライ。時計を返しにきたんだ」

相手に返事をさせないうちに、ポケットから懐中時計をとりだして彼女にさしだした。少女はぼくをじっと見てから時計を手にとった。彼女の手が雪の人形みたいに真っ白で、薬指に金の指輪をしていることに気がついた。

「ぼくが取ったとき、もうこわれてたんだ」と、ぼくは言い訳した。

「十五年まえからこわれてるのよ」彼女はこちらを見ないでつぶやいた。

相手はやっと視線をあげて、古い家具かガラクタでも値踏みするように、ぼくの頭の先から爪先までじっくり目をむけた。泥棒にしてはちょっと頼りないわねと、どこか彼女の目が言っている、たぶん、そのへんのバカかマヌケに分類しているのだろう。オメデタイ顔を見せたところで、たいして役には立たない。少女は眉をつりあげ、謎めいた笑みをうかべると、ぼくに時計をまたよこした。

「自分で持っていったんだから、自分で持ち主に返せば？」

「でも……」

「時計はわたしのじゃないもの」と少女がはっきり言った。「それ、ヘルマンのだから」

その名前をきいたとたん、数日まえに館の広縁でいきなり遭遇した白髪の巨大な人影の光景がうかんだ。

「ヘルマン？」

「わたしの父よ」

「で、きみは？」ときいてみた。

「彼の娘」

「っていうか、きみの名前は？」

「言いたいことぐらい、ちゃんとわかるけど」と少女が返した。

そのまま彼女はまた自転車に乗り、入り口の門を通りぬけた。庭の奥に消えるまえにチラッとふりむいた。その目がぼくのことを大笑いしている。ぼくはため息をついて、あとについていった。顔なじみが出迎えた。ネコはあいかわらず鼻で笑うように目をむけてきた。ぼくはドーベルマン犬になりたかった。

ネコに護衛されて庭をとおった。ジャングルもどきの茂みをかわし、智天使《ケルビム》の噴水についた。自転車はそこに寄せられて、持ち主がハンドルのまえのバスケットから袋をおろした。焼きたてのパンのにおいがした。少女は袋から牛乳びんをとりだすと、そこにしゃがんで、地面にある碗《わん》いっぱいに牛乳をそそいだ。動物は走って朝食にありついた。毎日の行事なのだろう。

「きみのネコは無防備な小鳥しか食べないのかと思ったけど」とぼくは言った。

「小鳥は捕るだけ。食べるわけじゃないわ。領土の問題よ」と、子どもにでも言いきかせるように説明した。「彼が好きなのはミルクだもの。そうでしょ、カフカ？　ミルク好きよね？」

カフカ的ネコは同意のしるしに彼女の指をなめた。ネコの背をなでながら、少女はやさしい笑みをうかべた。その姿勢だと、ワンピースのひだにそって脇腹の線がうかんで見える。相手がふと顔をあげた。彼女を観察して舌なめずりしているぼくは、不意打ちをくらった。

「で、あなたは？　朝食すんだの？」ときいてきた。

ぼくは首を横にふった。

「だったら、お腹すいてるでしょ。おバカさんはみんな飢えてるものね」と言った。「ほら、いらっしゃい。なにか食べて。お腹がいっぱいのほうがいいわよ、なんで時計を盗んだのかヘルマンに説明するつもりなら」


ダイニングは館の裏側に位置する広い部屋だった。思いがけない朝食は、少女がサリア広場にあるパティスリー〈フォア〉で買ってきたクロワッサン。大ぶりのカップにカフェ・コン・レチェを用意してくれて、向かいに腰かける彼女のまえで、ぼくはこの大ごちそうをガツガツといただいた。腹ペコの路上生活者でも保護したみたいに、相手は好奇心と憐憫《れんびん》と不審のまじった目でぼくをながめていた。当の彼女はひと口も食べていない。

「そのへんで、あなたのこと何度も見かけてたけど」と、ぼくから目を離さずに言った。「あなたと、ビクついた顔のチビッコイ男の子。午後寄宿学校から解放されると、しょっちゅう裏の道をわたってくるでしょ。あなたひとりのこともあるし。上の空でハミングしたりして。あそこの〝地下牢《ちかろう》〟で、あなたたち、さぞ楽しんでるんでしょうね……」

気のきいたことをなにか答えようとした瞬間、巨大な影が墨の雲のようにテーブルにひろがった。ぼくを招待してくれた女主人が視線をあげて、笑みをうかべた。ぼくは体が凍りつき、口いっぱいにクロワッサンを頰ばったまま、脈拍がカスタネットみたいに打っていた。

「お客さま」と少女が面白そうに告げた。「パパ、この人、オスカル・ドライ、〝素人《しろうと》〟の時計泥棒よ。オスカル、こちらはヘルマン、わたしの父」

ぼくはクロワッサンを丸呑みし、そろそろとふりむいた。とんでもなく背の高い人影がぼくの目のまえに立っていた。アルパカのジャケットのしたにベストを着て蝶《ちょう》ネクタイをつけている。きちんと後ろになでつけた白髪が肩にかかっていた。真っ白な口ひげをたくわえた細面の輪郭が黒く悲しげな目をかたどっている。でも、なにより独特なのは彼の手だ。天使のように白い手、ほっそりと、どこまでも長い指。ヘルマン。

「ぼく、泥棒なんかじゃないんです、セニョール」と、しどろもどろに言った。「みんな説明のつくことなんです。お宅に無断で入りこんだのは、誰も住んでいないと思ったからです。でもなかに入ったとたん、どうしちゃったのか自分でもわからないんですけど、あの音楽をきいて、いや、そう、つまりなかに入って、時計が目についていて。盗《と》るつもりなんかなかったんです、誓ってもいいです、でもドキッとして、気がついたら時計をもってて、もう遠くにいて……。というか、説明できてるかわからないですけど……」

少女は意地悪そうにニヤリとした。ヘルマンの目がぼくの目を見すえている。黒くて、読みきれない目。ぼくはポケットをさぐり、彼に時計をさしだした。この男性がいきなり大声をあげて、やれ警察だの、治安警察隊だの、少年裁判所だのを呼ぶぞと、いまにも脅しかけてくるのを待っていた。

「きみを信じますよ」と相手は穏やかに言い、懐中時計をうけとって、ぼくたちといっしょにテーブルについた。

彼の声は静かで、ほとんどききとれない。娘がクロワッサンを二つのせた皿と、ぼくとおなじカップにカフェ・コン・レチェを用意した。支度をしながら少女は父のひたいにキスをし、ヘルマンは娘を抱きしめた。大窓からさしこむ淡い光ごしに、ぼくはふたりをながめた。鬼のごとくに想像していたヘルマンの顔は、繊細で、弱々しくさえ見えた。背が高くて、人一倍やせている。コーヒーカップを口にはこびながら、彼は穏やかにぼくにほほ笑んだ。一瞬、父と娘のあいだには言葉や身ぶりをこえた情愛の流れがかよっているのに気がついた。交わしあう視線と沈黙のつながりがふたりを結びつけている、忘れられた通りの先にあるこの館の陰のなかで、世界から遠く離れて、おたがいをいたわりあっているのだ。

ヘルマンは朝食をおえると、時計をわざわざ返しにきてくれてありがとうと、ぼくに丁寧に礼をのべた。こんなに親切にされて、ぼくはなおさら罪を感じた。

「さて、オスカル」疲れた声で彼が言った「きみに会えてうれしかったですよ。好きなときにわたしたちに会いにいらっしゃい、またお目にかかりましょう」

ぼくになぜ敬語を使おうとするのかわからなかった。別の時代を語る何かが彼のなかにあった。もっとほかの時代、そのグレイの髪につやがあり、この家がサリア地区と天国のあいだの城館だったころの何かが……。彼はぼくに握手してあいさつすると、どこまでもつづく迷宮の奥へと入っていった。片足を軽くひきずりながら廊下を去っていく彼を、ぼくは見送った。瞳にうかぶ悲しみを隠すように、娘は父親を見つめていた。

「ヘルマンは体があまり丈夫じゃないの」と小声で言った。「疲れやすくて」

それでも、すぐに悲痛な雰囲気を消し去った。

「なにか、ほかに食べたいものない？」

「遅くなるから」とぼくは言いながら、彼女のそばにもっといられる口実があればなんでも受け入れたい誘惑と闘っていた。「もうそろそろ帰ったほうがいいみたい」

彼女はぼくの意をくんで、庭まで送ってくれた。午前の光が靄のなかにひろがっていた。秋のはじまりが木々を銅《あかがね》色に染めている。鉄柵の門のほうにいっしょに歩いた。カフカが太陽にむかって喉をゴロゴロ鳴らしている。門につくと少女は敷地内に残って、ぼくに道をゆずった。ぼくらは黙って見つめあった。彼女は握手の手をさしのべ、ぼくはその手をにぎった。ベルベットみたいな肌のしたで打つ彼女の脈を感じた。

「いろいろありがとう」とぼくは言った。「それと、ごめん……」

「気にしないで」

ぼくは肩をすくめた。

「じゃあ……」

坂をくだりはじめた。一歩進むごとに、あの館の魔法が自分から剝がれていくような気がした。突然、後ろで彼女の声がした。

「オスカル！」

ぼくはふりむいた。彼女はまだそこに、門のむこうにいた。カフカが足もとで寝そべっている。

「あの日、なんで家《うち》に入ったの？」

路面に答えでも書かれていないかと、ぼくは周囲を見まわした。

「さあ」と最後に認めた。「謎めいてたから、かな……」

少女は不可解な笑みをうかべた。

「あなたは謎が好き？」

ぼくは黙ってうなずいた。ヒ素が好きかときかれても、ぼくはおなじようにうなずいていただろう。

「あした、なにかすることある？」

こんども、ただ首を横にふった。予定があったところで言い訳がたつ。泥棒としてはまるで役立たずだが、嘘つきとしては名人を自負している。

「だったら、ここで待ってる、朝九時にね」と彼女は言って、庭の陰に消えかけた。

「待って！」

ぼくの叫び声で彼女が足をとめた。

「きみの名前、まだきいてないけど……」

「マリーナ……。じゃあ、あしたね」

ぼくは手をふったが、彼女はもう消えていた。マリーナがまた顔を見せてくれるのを虚《むな》しく待った。太陽は天球をかすり、かれこれ昼の十二時かと思った。

マリーナがもどってこないのがわかると、寄宿舎に帰った。サリア地区の古い門構えがぼくに味方してほほ笑んで見えた。自分の足音がするにはしたが、歩く足はまちがいなく宙にういていた。

4

これほど時間を守ったことはいちどもないと思う。都《まち》がまだパジャマ姿のころ、ぼくはサリア広場を通りぬけた。朝九時のミサを知らせる教会の鐘が鳴り、ぼくの歩く先で鳩《はと》の群れが飛びたった。姿を見せない太陽が夜半の小糠雨《こぬかあめ》の跡を灰色に染めていた。館につづく通りの端でカフカがもう迎えにでていた。塀の高みでスズメの一群が用心のために適度の距離をおいている。ネコはいかにもプロらしい無関心をよそおってスズメたちを観察していた。

「おはよう、カフカ。けさは殺害を犯したかな?」

ネコはただ喉をゴロンと鳴らすと、沈着冷静な執事ふうにぼくの先に立って、庭から噴水まで案内した。マリーナが縁に腰をおろしていた。アイボリーの肩出しワンピースに身をつつんでいる。革表紙のノートを手に、万年筆でなにか書きこんでいた。一心不乱の顔つきで、ぼくが来たのにも気づかない。彼女の思考は別の世界にあるらしく、おかげでしばらく呆《ほう》けたように彼女を観察できた。あの鎖骨はレオナルド・ダ・ヴィンチがデザインしたにちがいない。カフカが焼きもちをやいたのか、うなり声をあげて魔法をこわした。万年筆がピタリと止まり、マリーナは視線をぼくのほうにあげた。すぐノートをとじた。

「行きましょうか？」

マリーナに連れられてサリア地区の通りを行った。行先は不明、彼女は謎めいたほほ笑みをうかべるだけで、意図の片鱗《へんりん》ものぞかせない。

「どこに行くの？」と何分もたってから、ぼくはきいてみた。

「あせらないで。そのうちわかるから」

ぼくはおとなしく彼女についていった。物笑いの種にされている気がしないでもないが、いまのところ見当もつかない。ボナノバ通りまで下り、そこからサンジェルバシ地区方面に曲がった。バル〈ビクトル〉の暗い穴倉のまえを通りすぎた。サングラスをかけた風来坊たちがビールを片手に、ぐうたらとベスパのシートを温めている。ぼくらが通りかかると〈レイバン〉のサングラスをわざわざ鼻先までさげて、マリーナをなめるように見まわす連中がいた。〝うらやましいだろ、ざまあみろ〟とぼくは思った。

ドクトル・ロウス通りについてからマリーナは右に曲がった。何ブロックか下って一一二番のあたりで横にそれると、舗装されていない小道があった。謎の笑みがマリーナのくちびるを封じつづけている。

「ここ？」あやしい興味にかられて、ぼくはきいた。

この道を行っても、なにもなさそうだ。マリーナは何食わぬ顔で小道に入り、つきあたりの糸杉にかこまれた門にぼくをみちびいた。門のむこうはおとぎの庭か、苔むした霊廟《れいびょう》や墓碑や十字架が立ちならび、蒼《あお》い陰のなかで色あせていた。サリアの旧墓地だ。

サリアの墓地はバルセロナでもいちばん人目につきにくい場所のひとつ、地図でさがそうとすると出ていない。近所の住人やタクシーの運転手にきいても、名前に覚えがあるだけで、行き方をまず知らない。たまさか自分で見つけようとすれば迷うのが落ちだろう。所在地の秘密をにぎる稀少な人でさえ、この古い墓地が単なる往時の孤島で、気ままに現れては消えるのかと実は思っている。

あの九月の日曜日、マリーナに連れていかれた舞台が、まさにここだった。謎を明かそうとする本人に負けず劣らず、ぼくも好奇心にかられていた。彼女の指示どおり、ぼくらは境《けい》内《だい》の北側で目立たない高みの一角に陣どった。そこからだと荒涼とした墓場がよく見わたせる。ふたりで腰をおろして、墓碑や、しおれた花を黙ってながめた。

マリーナはひと言もしゃべらず、何分かすると、ぼくはじりじりしはじめた。ぼくにわかる謎といったら、こんなところで、いったいなにをしているのかという謎だけだ。

「退屈で死んじゃうよね」と、皮肉を承知で言ってみた。

「忍耐は科学の母よ」とマリーナがうながした。

「しかも、錯乱の代母だ」とぼくは返した。「ここには、なにもないじゃないか」

マリーナがむけてきたまなざしを、ぼくはどう解釈していいかわからない。

「とんでもない。ここには数えきれない人たちの思い出があるわ、彼らの人生、感情、希望、郷愁、かなわなかった夢、失望、幻滅、それに人生を毒した届かない愛……そのなにもかもがここにあるのよ、永遠に囚われて」

　ぼくは当惑し、いくらか気後れしながら彼女を見守った。言っていることが、あまりよく理解できなかった。いずれにしても、彼女には大事なことなのだろう。

「人は死を理解できないかぎり、人生のことが理解できないの」とマリーナが言いそえた。

　彼女の言葉がまたもよくわからない。

「そんなこと、あんまり考えたことがなくて」とぼくは言った。「つまり、死ぬってこと。まじめな話、すくなくとも……」

　マリーナはあきらめたように頭を横にふった。不治の病の症状を認めた医師みたいにだ。

「つまり、あなたは無用心な、物知らずのタイプってこと……」と、どこか一物ありげに彼女がほのめかした。

「無用心？」

　こんどこそ完全にわけがわからない。百パーセントだ。

　マリーナは目をそらし、大人びた深刻な顔つきをした。ぼくは彼女に催眠術をかけられたようになった。

「あなたは、たぶん伝説を読んだことがないでしょ」とマリーナが言いだした。

「伝説？」

「どうせ、そうでしょう」と言いきった。「きいた話だと、死神には使者たちがいてね、彼らは通りを彷徨《ほうこう》して、死神のことを考えない空っぽの頭や、物知らずの人間を探しまわっているんですって」

そこまで言うと、彼女はぼくにじっと目をすえた。

「そういう不幸な人間が死神の使者と鉢合わせると」とマリーナはつづけた。「使者は本人にわからないように罠《わな》にみちびくの。そう、地獄の入り口。使者たちは顔をおおっていてね、目がないのを隠すためだけど。かわりに黒い穴がふたつあいていて蛆虫《うじむし》が棲《す》んでいるの。不幸な人間に逃げ場がもうなくなると、死神の使者は顔を見せて、犠牲者は自分に待ちうける恐怖を理解する……」

彼女の言葉の余韻が宙に浮遊するそばで、ぼくは胃袋が縮まった。

そのときマリーナが例の意地悪い笑みをのぞかせた。ネコの笑みだ。

「ぼくのこと、からかってるんだろ」と、やっと言った。

「もちろん」

五分か十分、沈黙の時がすぎた。ひょっとしてそれ以上か。ぼくには永遠にも思えた。

そよ風が糸杉をさっとかすっていく。白い鳩が二羽、墓碑のあいだを飛びまわっていた。蟻《あり》が一匹ぼくのズボンに這いあがってきた。あとはべつになにもない。気がつくと片方の脚がしびれてきて、そのうち頭も麻痺するんじゃないかと心配になった。文句を言いかけたらマリーナが片手をあげて、ぼくが口をひらくまえに黙らせた。墓場の門のほうを彼女が指さしている。

誰かが入ってきた。黒いビロードのマントに身をつつむ貴婦人の姿に見えた。フードで顔が隠れている。胸で組んだ両手に、衣服とおなじ黒の手袋をはめていた。長いマントの裾が地面にとどいて足は見えない。ここからだと、顔のないその人物が地面にふれずにすべっているようだ。なぜか、ぼくは身ぶるいを感じた。

「誰……？」と、ぼくはささやいた。

「シーッ」と、マリーナがさえぎった。

高台の柱の陰に隠れて、ふたりで黒い貴婦人を偵察した。相手は亡霊みたいに墓場のあいだを進んでいく。手袋の指のあいだに赤いバラを一本もっていた。花がナイフで刻んだ生傷に見える。ぼくらが監視している真下の墓碑に近づいて立ちどまると、貴婦人はこちらに背をむけた。ほかの墓とちがって、その墓碑に名前がないのに、ぼくはやっと気がついた。大理石には刻印がひとつ見てとれるだけ。昆虫をかたどったようなシンボル、羽をひろげた黒い蝶だ。

黒い貴婦人は五分ほども黙って墓のまえにいた。最後に身をかがめて墓碑のうえに赤いバラを供え、来たときとおなじように、ゆっくり立ち去った。そう、亡霊のように。

マリーナは落ち着かないまなざしをぼくに向け、体をよせてきて耳もとでなにかささやいた。彼女のくちびるが耳をかすり、火中でバタつくチンパンジーが、ぼくのうなじでサンバを踊りだした。

「三カ月まえに偶然あの女性《ひと》を見かけたのよ、ヘルマンといっしょにレメ大叔母さんにお花をあげに来たときに……。毎月最後の日曜日、朝の十時にここに来て、そこのお墓にいつもおなじ赤いバラをおいていくの」とマリーナが教えてくれた。「いつもおなじマントを着て、手袋もフードもよ。いつでもひとり。顔はぜったい見せない。誰とも話をしないの」

「そのお墓、誰が入っているのかな？」

大理石に刻まれた不思議なシンボルがぼくの興味をそそった。

「さあね。墓地の台帳には名前が載ってないし……」

「あの女のひと、何者だろう？」

マリーナが答えかけたとき、貴婦人のシルエットが墓場の門から消えていくのが遠目に見えた。マリーナはぼくの手をつかみ、さっと立ちあがった。

「早く。あの女性《ひと》、行っちゃうわ」

「まさか、尾行するつもり？」とぼくはきいた。

「あなた、行動派でしょ？」バカでも相手にするように、憐憫といらだちまじりに彼女が言った。

ぼくらがドクトル・ロウス通りにつくころ、黒い女性はボナノバ通りのほうに去りかけていた。雨がまた降りだしても、太陽はなかなか隠れたがらない。その金色の涙のカーテンをくぐって、ぼくらは貴婦人を追いかけた。ボナノバ通りをわたり、かつては華やかだった城館や邸宅の点在する山裾のほうにあがった。貴婦人は人気《ひとけ》のない網目のような通りに入りこんだ。枯れ葉が路面をおおい、巨大な蛇の脱ぎすてた鱗《うろこ》みたいに輝いている。四つ角まで来ると、相手はそこで立ちつくした。生ける彫像のようだ。

「見られたかな……」とぼくはささやき、落書きを刻んだ大木の陰にマリーナと退避した。

一瞬、相手がこちらをむいて、姿を見られるかと危ぶんだ。でもちがった。そのうち左に曲がり、姿が消えた。

マリーナとぼくは目をかわした。そして尾行を再開した。跡を追ううちに袋小路に行きついた。鉄道の線路が地上にでる一区間で路地は行き止まりになっている。バルビドレーラとサンクガット方面にあがるサリアの鉄道だ。ぼくらはそこで立ち往生した。黒い貴婦人の痕跡はない、それでも相手がまさにこの場所で曲がったのを、こちらは目撃している。樹木や家屋の屋根のむこうに寄宿学校の小塔群が遠目に見えた。

「自分の家に入ったんだろうね」とぼくは指摘した。「このへんに住んでるんじゃないかな……」

「それはないわ。このあたりの家はみんな空き家よ。誰も住んでいないはずだけど」

マリーナは鉄柵や塀で隠れた建物のファサードを指さした。放置された古い倉庫が二軒ほど、それに何十年もまえに火災に遭った館が建っているぐらいだ。貴婦人はぼくらの鼻先で姿を消した。

ふたりで袋小路を進んだ。足もとの水たまりに空が映っている。雨のしずくが、ぼくらの姿をかすませた。路地のつきあたりで木戸が風に揺れていた。マリーナは黙ってぼくを見つめた。彼女とゆっくりそこまで近づき、ぼくは内部をチラッとのぞきこんだ。

戸口は赤レンガの塀にくりぬかれ、中庭に面していた。昔の庭だった場所は、いま雑草に完全に占領されている。茂みのむこうにツタの葉のからんだ奇妙な建物のファサードが垣間《かいま》見えた。鋼鉄を骨組みにしたガラス張りの温室だと、一拍おいてやっとわかった。草のザワザワいう音は、待ち伏せするミツバチの群れのようだ。

「お先にどうぞ」とマリーナにうながされた。

ぼくは勇気をふりしぼり、草の茂みに分け入った。マリーナは予告もなくぼくの手をにぎって、後からついてきた。歩く先から瓦礫《がれき》だらけの地面に埋まりそうな感覚だ。緋色の目をした黒い蛇が何匹もからまりあっているイメージが脳裡《のうり》をかすめた。人の肌をひっ掻くいまいましい枝木のジャングルをよけて歩くうちに、温室のまえの空間にでた。そこまで来るとマリーナはぼくの手を放し、不吉な建造物をながめた。ツタの葉が建物全体に蜘蛛《くも》の巣みたいに吊《つ》りさがっている。温室はダムの底深くに沈められた城館の雰囲気だ。

「ぼくらは、まかれたんじゃないかな」とぼくは指摘した。「ここには何年も人が足をふみいれてないよ」

マリーナはしぶしぶながら、ぼくの意見に同意した。がっかりしたふうに温室を最後に見やった。

〝言わぬが花〟と思った。

「さあ、行こう」と、ぼくはうながし、茂みを抜けるのに彼女がまた手をつないでくれるのを期待して手をさしだした。

マリーナはぼくの手を無視した。眉をひそめながら、その場を離れて温室のまわりを歩きだした。ぼくはため息をついて、しかたなく彼女についていった。この娘《こ》はラバよりも頑固にできている。

「マリーナ」とぼくは言いかけた。「ここには、なんにも……」

彼女は温室の裏側にいた。戸口らしきものが正面にある。ぼくを見て、ガラスのうえのほうに片手をあげた。ガラスに刻まれた模様にかぶる汚れを、彼女は手で掃《はら》った。墓地の名もない墓に刻まれた黒い蝶とおなじものだ。

マリーナはその模様に手をかけた。とびらがゆっくりあいた。内部からただよう甘い悪臭が感じられた。毒された井戸や沼地の臭気だ。

自分の頭に残るわずかな分別にも耳をかたむけず、ぼくは闇のなかに入りこんだ。

5

陰のなかで香水と古びた木の不思議な香りがただよっていた。やわらかな土の地面から湿気がしみだしている。蒸気が渦巻を描いてガラスの円天井にのぼり、凝結した見えない滴が暗がりにポタポタ落ちていた。視界の外で鼓動のような奇妙な音がする。金属的なざわめき、シャッターのカタカタいう音に似ている。

マリーナがゆっくり歩を進めた。室内の温度は高く、湿気でむっとした。服が肌にはりついて、ひたいに汗がにじむのを感じた。マリーナのほうをむくと、薄明かりのなかで彼女にも汗がうかんでいる。異様なざわめきが陰でしつづけた。まわりじゅうからきこえてくるようだ。

「なにかしら?」とマリーナがささやいた。声に怖《おそ》れがのぞいている。

ぼくは肩をすくめた。ふたりで温室の奥に進み、天井からさしこむ光線の集まる一角で立ちどまった。マリーナがなにか言いかけたら、不吉なカタカタ音がまたきこえた。すぐ近く。二メートル以内。真上だ。ぼくらは黙って目をかわし、温室の天井で陰の宿る場所にゆっくり目をあげた。マリーナが手をギュッとにぎってきた。彼女の手がふるえている。ふたりともふるえていた。

ぼくらは周囲をかこまれていた。細長い物影がいくつも宙吊りになっている。十以上、いやもっとかもしれない。闇に輝く脚、腕、手、眼《め》。生気のない人体の群れが地獄の操り人形のように、ぼくらの頭上で揺れていた。たがいに触れあうたびに、さっきの金属的なざわめきがした。

ふたりで後退りしたとたん、マリーナのくるぶしが足もとのレバーにひっかかった。なにが起こっているのか、ぼくらは気づく余裕もない。レバーは滑車の装置に連動し、硬直したその人形の群れがいきなり宙から落下した。ぼくは慌ててマリーナにおおいかぶさり、ふたりでうつぶせに倒れた。激しい震動の響きと、ガラスがビリビリ揺れる古い温室の構造のうなりがきこえた。ガラス板が割れて透明なナイフの雨で地面につき刺されるかと思った瞬間、うなじに冷たい感触をおぼえた。手の指だ。

ぼくは目をあけた。顔面が笑みをむけている。ギラつく黄色い目、死んだ眼《まなこ》。ニス塗りの木彫りの顔についたガラスの目玉だ。マリーナが横で苦しげな悲鳴をあげた。

「人形だよ」と、ぼくは息も絶え絶えに言った。

ふたりで体を起こし、この連中の正体をたしかめた。操り人形だ。木、金属、陶磁器製の人形。天井の仕掛けから無数のケーブルで吊りさがっている。マリーナがはからずも起動させたレバーで、人形を吊る滑車の装置が解錠したのだ。人形は地面から五十センチほどのところで止まっていた。絞首刑者たちの不吉なダンスみたいにうごめいている。

「なんなの、これ……？」とマリーナが叫んだ。

ぼくは、この人形の一団を観察した。見ると魔法使いの装いをした者がいる。警察官、バレリーナ、暗赤色のドレスで着飾った高貴な婦人、祭り小屋の巨漢……みんな等身大でつくられて、仮装舞踏会ふうの華やかな衣装をつけている。時とともに古びてボロボロだ。でも、なにかしらこの人形たちを結びつけるもの、共通のルーツを思わせる、奇妙な性質をしめすものがあった。

「どれも未完成だ」と、ぼくは気がついた。

マリーナはすぐに、ぼくの言わんとすることを察知した。どれひとつとっても足りないものがある。警察官には腕がない。バレリーナには目がなくて眼窩《がんか》がふたつあるだけ。魔法使いには口がないし手もない……。亡霊めいた薄明かりのなかで揺れ動く人形をぼくらはながめた。マリーナはバレリーナに近づいて注意ぶかく観察した。ひたいにある小さな模様をぼくに指さした。人形の髪の生えぎわのすぐ下だ。黒い蝶、またしてもだ。マリーナは蝶のシンボルに手をのばした。その手が髪にふれた瞬間、びくっと手をひっこめた。ぼくは彼女のぞっとした顔を見守った。

「髪の毛……ほんものよ」と彼女が言った。

「まさか」

ふたりで不吉な操り人形のひとつひとつを調べにかかると、どれも黒い蝶のマークがついているのが見てとれた。ぼくがレバーをまた動かすと、滑車の仕掛けが人形たちの体をもういちど上に押しあげた。硬直した体がこんなふうにあがっていくのを見ながら思った。この機械仕掛けの魂たちは自分の創造主に会いにいくのか……。

「あそこに、なにかあるみたい」と背後でマリーナが言った。

ふりむくと、彼女は温室の隅のほうを指さしている。古い書き物机が目に入った。ほこりが表面にうっすらかぶっている。蜘蛛が一匹走りながら小さな跡をつけていった。ぼくはひざまずいて表面のほこりを吹きはらった。灰色の塵《ちり》が宙に舞った。机には革表紙の冊子がまんなかでひらいて置いてある。台紙に貼りつけたセピア色の古い写真のしたに、きちょうめんな文字で書いてあるのが読めた。〝アルル　一九〇三年〟

胴体でつながった結合双生児の少女ふたりが写っていた。よそいきの服を着て、姉妹はカメラにむかってほほ笑んでいるが、こんな悲しい笑みはない。

マリーナはページをめくった。冊子はどこにでもある写真用の古いアルバムだ。でもそこに写るものは、どこにでもあるものではない。結合双生児の姉妹はその前触れだった。マリーナの指が一枚一枚ページをめくり、好奇と戸惑いをないまぜにしながら写真をながめていった。ぼくはちらっと目をやり、背筋に冷たいものを感じた。

「自然の現象ね……」とマリーナはつぶやいた。「この人たち、昔なら気の毒な運命をたどったかもしれない……」

写真を見て、ぼくは鞭《むち》で打たれたように愕然《がくぜん》とした。自然の隠れた一面がその非情な顔を見せていた。形をかえた肉体の内側に捕らわれている無垢《むく》な魂。黙ってそのアルバムのページをめくりながら、ふたりで何分かやりすごした。一枚また一枚と、胸を突かれるような被造物があらわれた。その姿は、だが、彼らの顔に燃える悲痛なまなざし、恐怖や孤独のまなざしを隠しきれるものではない。

「なんてこと……」とマリーナはささやいた。

写真には撮影年と場所がすべて記されていた。ブエノスアイレス一八九三年。ボンベイ一九一一年。トリノ一九三〇年。プラハ一九三三年……。誰がなんのために、こんな写真をコレクションしたのか見当もつかなかった。

マリーナはやっとアルバムから目を離し、暗がりのほうに足をむけた。ぼくもそうしかけたが、この写真からにじみでる苦悩と恐怖から離れられそうもない。この先、千年生きても、ここに写るひとりひとりのまなざしを思いだしつづけるだろう。

アルバムをとじて、ぼくはマリーナのほうをむいた。薄闇のなかで彼女がため息をつくのがきこえ、自分がまるで役立たずに感じられた。なにをすればいいのか、なにを言ったらいいのかわからない。この写真のなかにあるなにかが彼女を深く混乱させているのだ。

「だいじょうぶ?」と彼女にきいてみた。

マリーナはふせがちの目で、黙ってうなずいた。

突然、敷地内でなにか音がした。周囲に立ちこめる闇にぼくは目を走らせた。正体不明の音がまたきこえた。耳ざわりな音。いやらしい音。ふいに腐ったような臭気が鼻をついた。吐き気をもたらす強烈な臭気。残虐な獣の吐く息のように闇の奥からやってくる。

ぼくらはふたりきりではないと確信した。ここにはまだ誰かいる。ぼくらをじっと観察しているのだ。

マリーナは立ちはだかる黒い闇を見すえていた。ぼくは彼女の手をとり、出口のほうにひっぱっていった。

6

小糠雨が通りを銀色に染めあげたころ、ぼくらはそこを出た。午後一時。ふたりとも言葉をかわさずに帰途についた。マリーナの家ではヘルマンが昼食を共にしようと待っている。

「きょうのこと、ヘルマンにはなにも言わないでね、お願い」とマリーナに頼まれた。

「心配しないで」

なにがあったか説明しようにもできないのが自分でもわかった。さっきの場所から離れるにつれて、あの写真、あの不吉な温室の記憶がだんだん薄れていった。サリア広場につくと、マリーナは青白い顔をして、苦しげに息をついていた。

「だいじょうぶ？」とぼくはきいた。

マリーナは〝だいじょうぶ〟と言うが頼りない。広場のベンチにふたりで腰かけた。彼女は目をとじたまま、何度も深呼吸をした。鳩の群れがぼくらの足もとでトコトコ走りまわっていた。一瞬、マリーナが気を失うかと心配になった。そのとき彼女が目をあけて、ぼくにほほ笑んだ。

「驚かないで。ちょっぴりフラッとしただけ。さっきの臭いのせいよ」

「きっとそうだよ。死んだ動物だろうね。ネズミか、それとも……」

マリーナはぼくの推測に同意した。しばらくすると彼女の顔色がもどった。

「なにか食べなくちゃだめね。ほら、行きましょう。ヘルマンが待ちくたびれてるから」

ぼくらは立ちあがって、彼女の家にむかった。カフカが門で待っていた。見くだすような目をぼくにむけてから、マリーナに駆けよって彼女のくるぶしに背をこすりつけた。ネコになって得することを熟考していると、ヘルマンの蓄音機のあの天上の声の響きがきこえてきた。音楽は高潮のように庭に浸透する。

「なんの音楽？」

「レオ・ドリーブ」とマリーナが答えた。

「知らないや」

「ドリーブよ。フランス人の作曲家」ぼくの無知を見抜いたのだろう、マリーナが教えてくれた。「あなたたち、学校でなに習ってるの？」

ぼくはひょいと肩をすくめた。

「彼のオペラ中のアリア。〝ラクメ〟」

「歌ってる人は？」

「わたしの母」

ぼくは呆然《ぼうぜん》と彼女を見た。

「きみのお母さん、オペラ歌手なの？」

　マリーナは読みきれない目をぼくに返した。

「歌手だったの」と答えた。「亡くなったけれど」

　ヘルマンはメインのサロンでぼくらを待っていた。楕円形《だえんけい》の広々とした部屋だ。シャンデリアが天井から吊りさがっている。マリーナの父親の格好は盛装といってもいい。スリーピースのスーツ姿で、銀色の髪をきちょうめんに後ろになでつけていた。十九世紀末のジェントルマンを見ているようだ。ぼくらはテーブルについた。リネンのテーブルクロスに銀製のカトラリーがならんでいる。

「来てくださってうれしいですよ、オスカル」とヘルマンが言った。「こんな素敵なお客さんと、毎日曜日ごいっしょできるわけではないのでね」

　食器は磁器製、ほんものの骨董品《こっとうひん》だ。とても香りのいいスープとパンのメニューらしい。それだけだ。ヘルマンが先にぼくに給仕してくれるあいだ、こんなふうに大がかりにしてくれるのは、ひとえにぼくがいるからだと察知した。銀製のカトラリーや骨董品の食器類、日曜日の盛装を披露しても、この家にはメインディッシュを用意するお金さえないのだろう。ないといえば電気もない。館はいつも、ろうそくで照らされていた。ヘルマンはぼくの表情をどうやら読んだらしい。

「わが家には電気が来ていないのにお気づきでしょうね、オスカル。近代科学の進歩を、われわれはあまり信じていなくてね。けっきょく、ひとりの人間を月にやれるくせに、人類ひとりひとりの食卓にパンの一切れもやれないんだから、科学がきいてあきれるでしょ」

「ひょっとして問題は科学にあるんじゃなくて、それをどう有効利用するか決める人たちにあるのかも」と言ってみた。

ヘルマンはぼくの思いつきに頭をめぐらすと、厳粛にうなずいた。礼儀上か、納得したのかわからない。

「きみはなかなかの哲学者とお見うけしますね、オスカル。ショーペンハウアーは読みましたか？」

ぼくを見るマリーナの目に気がついた。〝父に合わせなさい〟と暗に言っている。

「ざっと、ですけど」と、ごまかした。

三人で静かにスープを味わった。ヘルマンはたまに穏やかな笑みをぼくにむけ、愛《いと》しげに娘を見守った。マリーナにはあまり友だちがいなくて、ヘルマンはぼくがここにいるのを快く思っているんじゃないかという気がした。たとえショーペンハウアーと整形外科の商品ブランドの見分けがつかなくてもだ。

「さて、オスカル、世の中で最近変わったことはありますか？」

あまりにさりげなくきいてくるので、第二次世界大戦がおわったと告げでもしたら、相手が動揺しかねないと思った。

「たいしたことはないですね」と言った。マリーナがじっと監視している。「もうすぐ総選挙で……」

このひと言がヘルマンの興味をそそったらしい、彼はスプーンのダンスをとめて、このテーマに頭をひねらせた。

「で、きみはどうですか、オスカル？　右派か左派か？」

「オスカルは反権力主義なの、パパ」とマリーナが口をはさんだ。

ぼくはパン切れを喉につまらせた。その言葉がなにを意味するか知らないが、自転車に乗る無政府主義者《アナーキスト》っぽい響きがある。ヘルマンはぼくをじっくり観察した。興味津々の顔つきだ。

「青年期の理想主義か……」と彼はぶつぶつ言った。「わかります、わかりますよ。きみの年ごろに、わたしもバクーニンを読みましたから。はしかみたいなもんでね、いちど罹《かか》らないことには……」

ぼくがマリーナに刺すような視線を投げると、彼女はネコみたいにくちびるをペロリとなめた。そしてウインクをして目をそらした。ヘルマンは鷹揚《おうよう》な好奇心の目でぼくを見つめた。彼の寛大な心にぼくは会釈で応え、スプーンを口にはこんだ。こうすれば、すくなくともしゃべらずにすむし、ヘマもやらかさないはずだ。

三人とも黙って食事をした。テーブルのむこうでヘルマンが転寝《うたたね》しているのにそのうち気がついた。スプーンが指のあいだから、ついにすべり落ちると、マリーナが席を立って、なにも言わずに銀色のシルクの蝶ネクタイをぬぐってやった。ヘルマンはため息をついた。片方の手がかすかにふるえている。マリーナは父親の腕をとって、椅子から立ちあがるのを手伝った。ヘルマンは意気消沈してうなずき、恥じ入るように、ぼくに弱々しい笑みをむけた。一瞬のうちに十五歳も年をとったみたいに見えた。

「すみませんね、オスカル……」と消え入りそうな声で、彼が言った。「年のせいで……」

ぼくも席を立って、マリーナに〝手をかそうか〟と目でたずねた。彼女は断り、このまま部屋にいてね、と言ってきた。父が娘によりかかり、そうやって部屋をあとにするふたりをぼくは見送った。

「楽しかったですよ、オスカル……」とヘルマンの疲れた声がつぶやきながら、暗い廊下に消えていった。「また、わたしたちに会いにいらっしゃい、また会いにいらっしゃい……」

住居の奥に足音が消えていくのがきこえ、ろうそくの明かりのなかでマリーナが帰ってくるのを三十分ほども待った。館にただよう空気が、ぼくのなかに染みこんでくる。マリーナはもう帰ってこない、そう確信すると心配になりだした。彼女をさがしに行こうかと思ったが、招かれもしないのに部屋をかぎまわって歩くのは正しくない気がした。メモでも残そうかと考えたけれど、書くものもない。

そろそろ日が暮れてきた。もうお暇《いとま》したほうがいい。あした授業がおわってからでも、万事うまくいっているか、また、たしかめにくればいいじゃないか。ほんの三十分マリーナといっしょにいないだけで、ここにもどってくる口実をさっそく頭のなかでさがしているのに自分でも驚いた。台所の裏口にまわり、庭をとおって鉄柵の門までやってきた。都《まち》のうえで空は色を失い、雲が流れている。

寄宿舎にトボトボ歩いてむかうあいだ、きょうの出来事が脳裡に次々あらわれた。四階の自分の部屋への階段をあがるとき、これまでの人生で、きょうほど不思議な日はなかったと納得した。でも、これをくり返す切符が買えるなら、考えるより先に買うだろう。

7

夜、巨大な万華鏡の内側に囚われた夢を見た。悪魔的な化け物、といってもレンズごしに大きな目が見えるだけだが、その化け物が万華鏡をぐるぐる回している。目の錯覚がなす迷路みたいに世界がバラバラになって、ぼくの周囲で浮いていた。昆虫たち。黒い蝶たち。

パッと目がさめたとき、煮えたぎるコーヒーが血管を駆けめぐっている感覚だった。熱にうかされた状態は終日つづいた。ぼくという駅を通過していく列車のように月曜日の授業が後から後から通りすぎた。ＪＦがさっそく気がついた。

「きみは、たいてい雲のうえを歩いている」と断言した。「でも、きょうは大気圏外に出かかってるよ。具合でも悪いのか？」

心配ないよと、ぼんやり返した。教室の黒板のうえの時計を見た。三時半。授業がおわるまで二時間弱。まだまだだ。外では雨がガラス窓を掻いていた。

終業のチャイムが鳴ると、ＪＦと日課にしている現実世界の散歩をよそに、ぼくは一目散に抜けだした。延々とつづく廊下をわたって建物の出口についた。庭園や正門のそばの噴水が嵐のマントのしたで色をなくしている。傘もなければ、頭にかぶるフードもない。空は鉛色の墓碑のようだ。外灯がマッチの火みたいにチラチラ燃えている。

ぼくは表に走りでた。水たまりをかわし、あふれた溝《どぶ》をよけて正門にたどりついた。外の通りでは雨が川になっている。血管から流れでる血のようだ。骨の髄までびっしょりで物音のしない路地を走りぬけた。ぼくの通るそばで下水溝がうなりをあげている。黒々とした大洋に都《まち》がしずむかに見えた。

マリーナとヘルマンの館の門に十分でたどりついた。服も靴もずぶ濡《ぬ》れで、どうにもならない。地平線上に灰色の大理石の幕をなす黄昏があった。ふいに背後でパシッという音がした。路地の入り口か。ビクッとしてふりむいた。一瞬、誰かにつけられているかと思ったが誰もいない。道端の水たまりに雨が激しく打ちつけているだけだ。

鉄柵の門のあいだから身をすべらせた。稲妻の明かりで館までたどりつく。噴水の智天使《ケルビム》たちが迎えてくれた。寒さにふるえながら台所の裏口についた。戸があいている。なかに入ると家は真っ暗だ。電気が来ていないというヘルマンの言葉を思いだした。誰にも招待されていないことが、いまさら頭にうかんだ。口実もなくこの家にしのびこんだのは、これで二度目。もう行こうと思ったが、暴風雨が外でうなりをあげている。ため息がでた。寒さで手が痛み、指先の感覚がほとんどない。犬みたいに咳《せき》をして、こめかみに打つ脈を感じた。服が体にはりついて凍りそうに冷たい。タオルさえあれば、王国だってくれてやる。

「マリーナ？」と呼んでみた。

自分の声の余韻が館にすいこまれた。闇が周囲にひろがっている。大窓からさしこむ稲妻の吐息だけがカメラのフラッシュのように光明のはかない印象をもたらした。

「マリーナ？」と、くり返した。「ぼくオスカルだよ……」

そろそろと家のなかを進んだ。ずぶ濡れの靴が歩くごとにペタペタ音をたてる。きのう食事をしたサロンに来て足をとめた。テーブルは片づいているし、椅子も空っぽだ。

「マリーナ？　ヘルマン？」

返事はない。薄闇のなかで目をこらすと、コンソールのうえに、ろうそく立てとマッチ箱が一個のっている。感覚をなくしたしわしわの指でマッチの火をつけるのに五回もかかった。チラチラ燃える光をかかげた。おぼろな明かりが室内にひろがった。ぼくは廊下まで忍びよった。きのうマリーナと父親が奥に消えるのを見た場所だ。

廊下は別の広いサロンにつづいていた。ここにもシャンデリアが堂々と飾られている。薄闇にきらめくガラスの珠《たま》はダイヤモンドのメリーゴーラウンドを思わせた。ガラスの窓ごしに嵐の投射する斜影が館じゅうにみちている。古い家具やアームチェアが白いクロスのしたに横たわっていた。見ると、大理石の階段が二階につづいている。ぼくは侵入者の気分で近づいた。ふたつの黄色い目が階段の高みで光っている。ニャーという鳴き声がきこえた。カフカだ。ほっとため息をついた。ネコはさっと暗がりにひっこんだ。ぼくは足をとめて周囲を見まわした。ほこりのうえに自分の足跡ができている。

「ごめんください」と、もういちど呼んだが返事はない。

何十年もまえの豪華な装いをした大サロンを想像した。楽団がいて、十数組のカップルが踊っている。いまは沈没船のサロンのようだ。壁じゅうに油絵が掛かっていた。すべてひとりの女性の肖像画。ぼくには見覚えがあった。この家に侵入した最初の夜に見た絵の女性《ひと》だ。ここにある絵の完璧さ、筆づかいの魔法や輝きは、ほとんど自然を超越している。描いた画家は誰なのか？　ひとつの手が生んだ作品群だと、このぼくでさえ、はっきりわかる。貴婦人がまわりじゅうから、ぼくを監視しているように思えた。この女性がマリーナと瓜《うり》ふたつなのは一目瞭然だ。透けそうな色白の肌の顔に、おなじくちびる。磁器人形みたいな華奢《きゃしゃ》でスラッとしたおなじ体つき。悲しげで深遠な、おなじ灰色の目。

なにかがくるぶしにさわるのを感じた。カフカがぼくの足もとでゴロゴロ喉をならしている。ぼくはしゃがんで、銀色の毛並みをなでてやった。

「きみのご主人たちはどこにいるの？」

返事がわりに、ネコは淋《さみ》しそうにニャーニャー鳴いた。

ここには誰もいない。天井を打つ雨音に耳をかたむけた。屋根裏で何千もの蜘蛛みたいに雨水が走りまわっている。見当もつかないが、なにかしらの理由でマリーナとヘルマンは出かけたのだろう。いずれにしても、ぼくの関知することではない。カフカをなでて、ふたりがもどるまえに立ち去ろうと思った。

「きみとぼくの、どっちかが余計者だね」とカフカにささやいた。「ぼくだよ」

突然、ネコの背中の毛がとげのように逆立った。ぼくの手のしたで鋼《はがね》のケーブルみたいに筋肉がピンと張るのを感じた。カフカがパニックにおちいったようにニャーニャー鳴き声を発した。なにがこんなふうに動物を怖がらせているのかと思った瞬間、気がついた。あの臭い。温室の腐った獣《けだもの》に似た悪臭だ。ぼくは吐き気をおぼえた。

視線をあげた。雨のカーテンがサロンの窓をふさいでいる。そのむこうに噴水の天使たちのシルエットがぼんやり見えた。なにか変だと直感した。影像のなかにもうひとつ物影があるのだ。

ぼくは立ちあがって大窓にゆっくり近づいた。物影のひとつがくるりとふりむいた。ぼくは体が凍ったように足をとめた。顔形まではわからない、闇のマントにつつまれた暗い形状がなんとか見てとれるだけだ。その異様なものが、こちらを凝視しているのはまちがいない。ぼくがじっと見ているのも相手は知っている。体の麻痺した一瞬が永遠にも思えた。つぎの瞬間、影は闇に身を退いた。稲妻が庭の空でピカッと光ったとき、異様な物影は、もういなかった。悪臭もいっしょに消えたのに後から気がついた。

ヘルマンとマリーナの帰りをすわって待つことしか思いうかばなかった。外にでようという気にはとてもなれない。嵐であろうと、なかろうとだ。どでかいアームチェアにドサッと腰をうずめた。雨のかすかな響きと、大サロンにただよう淡い明かりにトロトロ眠りを誘われた。

いつごろだろうか、玄関の鍵のあく音がきこえ、家のなかで足音がした。忘我の境地から醒《さ》めて心臓がドキンとした。廊下から声が近づいてくる。ろうそくの火がひとつ。カフカが光のほうに駆けよったとき、ヘルマンと娘が部屋に入ってきた。

マリーナが冷たい視線をぼくにすえた。

「ここでなにしてるの、オスカル？」

ぼくはモゴモゴと意味をなさないことを口にした。ヘルマンは穏やかにぼくにほほ笑み、好奇の目をじっくりむけた。

「おやおや、オスカル。ずぶ濡れじゃないですか！　マリーナ、オスカルにきれいなタオルをもってきてあげなさい……。さあ、オスカル、暖炉に火をつけますよ、ものすごく寒い夜ですから……」

マリーナが用意してくれた温かいコンソメスープのカップを手にして、ぼくは暖炉のまえに腰かけた。しどろもどろに、ここにいる理由を話したが、窓の外の物影や例の不吉な臭気のことは口にしなかった。ヘルマンはぼくの説明を快くうけとめて、ぼくの無断侵入に気を悪くした様子など、逆にひとつも見せなかった。

マリーナはまた別だ。彼女の視線がぼくには痛かった。まるで習性みたいに彼女の家に入りこんだ愚行のせいで、ぼくらの友情も一巻のおわりかと思った。三十分もいっしょに暖炉のまえにすわるあいだ、彼女はいちども口をひらかない。ヘルマンが暇をつげて、おやすみのあいさつをしたが最後、かつての女友だちに追いだされて、もう二度ともどってこないでと言われても不思議じゃない。ほら来るぞ、とぼくは思った。死神のキス。

マリーナはようやく笑みをうかべた。皮肉な笑みだ。

「フラついたアヒルみたい」と彼女が言った。

「ありがとう」と返し、最悪の事態を待ちうけた。

「ここでいったいなにしてたのか、言ってくれない？」

彼女の目が爛々《らんらん》と燃えている。コンソメスープの残りをすすってから、ぼくは目をふせた。

「自分でもわからないんだ……」と言った。「たぶん……なんて言ったらいいか……」

ぼくの情けない顔のせいにちがいない、マリーナがそばに来て、ぼくの手をパンパンとたたいた。

「こっちを見て」と彼女が言った。

言われたとおりにした。憐憫と親しみをないまぜにした目で、彼女はぼくを見つめていた。

「あなたのこと怒ってるんじゃないのよ、わかる？」と言った。「あなたがここにいてびっくりしたのよ、こんなふうに、なんの予告もなしに。毎週月曜日はヘルマンにつきそって、お医者さまのところに行ってるの。聖パウ病院。それで出かけていたの。遊びにきてもらうような日じゃないのよ」

ぼくは恥ずかしかった。

「もう、こんなことはしないから」と約束した。

この目で見た気のする奇妙な物影のことを話そうと思ったら、マリーナがかすかに笑い、ぼくのほうに顔をかたむけて、ほっぺたにキスしてきた。彼女のくちびるがふれただけで、一瞬のうちに服が乾いた。口をついて出るまえに言葉がどこかに消えた。モゴモゴと口ごもるぼくにマリーナは気づいたらしい。

「どうしたの？」ときいてきた。

黙って彼女を見つめ、ぼくは首を横にふった。

「なんでもない」

ぼくの言葉が信じられないように彼女は眉をつりあげたが、それ以上なにも言わない。

「スープ、もうすこし飲む？」と言いながら立ちあがった。

「ありがとう」

マリーナはぼくのカップをとって、コンソメスープをつぎに台所に行った。

ぼくは暖炉のそばにすわったきり、壁を飾る女性の肖像画に見とれていた。マリーナはもどってくると、ぼくの視線の先を追った。

「この肖像画の女のひとって、みんな……」とぼくは言いかけた。

「わたしの母よ」とマリーナが言った。

うっかり触れてはいけない話題に入りかけた気がした。

「こんな絵、観《み》たことないよ。これって、まるで……魂の入った写真みたい」

マリーナは黙ってうなずいた。

「有名な芸術家が描いたんだろうね」と、ぼくはつづけた。「でもこんなの、観たことないや」

マリーナはやっと答えた。

「後にも先にも観られないわね。描き手が絵筆をおいて、かれこれ十五年にもなるもの。ここにある肖像画の連作はその画家の最後の作品」

「こんなふうに描けるなんて、そのひと、きみのお母さんのことを、とってもよく知ってたんだろうね」と指摘した。

マリーナは、ぼくにじっと目をすえた。絵のなかに捕らわれたその同じまなざしを感じた。

「誰よりもね」と彼女が応えた。「彼は母と結婚したから」

8

その夜、暖炉の火のそばで、マリーナはぼくに、ヘルマンとサリアの城館にまつわる話をしてくれた。

ヘルマン・ブラウは、当時カタルーニャで隆盛を誇ったブルジョワジーに属する富裕な一家に生まれた。ブラウ一族にないものはない。リセウ劇場のボックス席、サグラ川岸の産業地区はもちろん、社交界の醜聞にも事欠かなかった。幼いヘルマンはブラウ家の偉大な家長の息子ではなく、母親のディアナと、キム・サルバットなる風変わりな男の道ならぬ愛の結晶だと、まことしやかにささやかれた。サルバットは一に道楽者、二に肖像画家、三に肝《きも》入《い》りのジゴロ。名家のご婦人方とスキャンダルを起こすかたわら、天文学的な金額で、その美しい容姿を油絵のキャンバス上で不滅にしたという。真実はさておき、ヘルマンはじっさい外見も性格も一族の誰とも似ていなかった。唯一の興味は絵画やデッサンで、誰もが首をかしげた。名義上の父親がその筆頭だった。

息子の十六歳の誕生日がくると、父親は〝この家には遊び人も怠け者もいる場所はない〟と本人に告知した。自分はアーティストになると息子があくまで言い張るので、父親は使い走りか労働者として工場で働かせるか、でなければ軍隊かどこかの公的機関で本人の性格を鍛えて役立つ人間にしてくれるところに入れようとした。ヘルマンは家出の手段に訴えたが、二十四時間後には治安警察隊の手で連れもどされた。

この長男に失望し幻滅した父親は、繊維業のビジネスを熱心に学んで一族の伝統を継ぐ意欲を見せる次男のガスパルに期待をかけることにした。先々の金繰りを案じ、ブラウ氏は何年も放置同然のサリアの城館をヘルマンの名義にした。〝おまえは一家の恥だが、こちらは息子を路上生活者にするために馬車馬のごとく働いてきたわけじゃない〟と父は言った。城館はかつて上流社会で殊に評判の高かった館のひとつだが、いまは誰も住んでいない。館は呪われていた。じっさいディアナと放蕩者《ほうとうもの》のサルバットがここを舞台に逢引を重ねたとも言われた。運命の皮肉か、城館はそんなわけでヘルマンの手に移った。その後、母親の密《ひそ》かな助けで、ヘルマンは他ならぬキム・サルバットの弟子になった。初日にサルバットは彼の目をじっと見て、この言葉を口にした。

「ひとつ、おれはきみの父親ではないし、きみの母親には手もふれてない。ふたつ、アーティストの人生は、リスクと不安定と、ほぼ貧困の人生だ。こちらが人生を選ぶんじゃない、人生がその人間を選んでくる。この二点のいずれかで迷うようなら、いますぐそこのドアから出ていくがいい」

ヘルマンは残った。

キム・サルバットのもとで修業した年月は、ヘルマンにとって別世界に飛びだしたようだった。自分を信じてくれる人がいる、彼自身の才能、父親の七光《ななひかり》以上の何者かになれる可能性を信じてくれる人がいるのだと、ヘルマンは生まれてはじめて自覚した。別人になった気がした。わずか六カ月で、それまで生きてきた歳月以上に学び、上達した。

サルバットは一風変わった鷹揚《おうよう》な男で、世の中の洗練されたものを好んだ。絵筆をとるのは夜間だけ、美男子には似ても似つかないが（似ているといえばクマぐらいのものだ）、根っからの女泣かせらしく、持ち前の不思議な魅力をほとんど絵筆以上に操った。

息を呑むほど美しいモデルや上流社会のご婦人方が彼のまえでポーズをとりたがり、ヘルマンが想像するに、それ以外のことも期待して次々に彼のもとを訪れた。サルバットはワインに、詩に、伝説の都市に、ムンバイ直輸入の愛技のテクニックに通じていた。四十七年の人生を彼は激しく生きた。人間は永遠に生きでもするかのように人生をやりすごしている、それこそが身の破滅だと、常々言っていた。人生も、死も、なにもかもを嘲笑した。ミシュランガイドに出てくる最高のシェフ以上に料理の腕が立ち、飽食のかぎりをつくした。彼のそばですごす歳月のあいだ、サルバットはヘルマンにとっての師であり、最高の友人になった。人間としても画家としても、いまの自分があるのはキム・サルバットのおかげだと、ヘルマンは思いつづけた。

サルバットは光の秘密を知る、恵まれた稀有《けう》な人物だった。光は自分の魅力を知りつくす気まぐれなバレリーナだと言っていた。彼の手にかかると光はすばらしい線になり、キャンバスを照らして魂のとびらをひらく。すくなくとも、彼の展覧会のカタログの宣伝文ではそう述べられていた。

「描くというのは光で書くことだ」とサルバットは主張した。「まずはアルファベットを学ぶこと、つぎは文法。それで、はじめてスタイルと魔法をものにできる」

ヘルマンを旅に同行させて、世界にたいする視野をひろげてくれたのはキム・サルバットだった。パリ、ウィーン、ベルリン、ローマ……彼らは巡り歩いた。サルバットが画家として、いや、それ以上に自身のアートの売り手として優れているのを、ヘルマンは早くも理解した。サルバットの成功の秘訣《ひけつ》はそこにあったのだ。

「一枚の絵だろうが、一点の芸術作品だろうが、それを購入する千人のうち、自分がなにを買ったか、いくらかでも認識している人間はよくて一人だ」とサルバットは薄笑いしながらヘルマンに説明した。「あとの人間は作品を買うんじゃない、アーティストを買うんだ。本人の評判、大方はそのアーティストのイメージをな。この商売は祈禱師《きとうし》の治療薬か、媚薬《びやく》を売るのと変わりゃしないよ、ヘルマン。値段の違いだけだ」

キム・サルバットの寛大な心は一九三八年七月十七日に停止した。放蕩生活がたたったのだとも言われた。ヘルマンは、戦争の恐怖こそが師の生きる意欲と、生にたいする信仰を殺したのだと信じて疑わなかった。

「一千年、絵が描けたところで」とサルバットは死の床でつぶやいた。「人間の非道や無知や凶暴性をわずかにも変えられない。美は現実という風にたいする一息でしかないんだ、ヘルマン。おれの芸術はなんの意味もない。なんの役にも立たない……」

延々と名をつらねる愛人、借金取り、友人や仲間、無償で彼が助けてやった多くの者が葬儀で彼の死を悼んだ。その日、世界の光がひとつ消え、この先は誰もがもっと孤独で、もっと空虚になるのがわかっていた。

サルバットはヘルマンにわずかな金とアトリエを残してくれた。残り（といっても、たいした額ではない。サルバットは稼ぐ以上に、しかも稼ぐまえにもう金を使っていたからだ）は愛人と友人連中のあいだで分けるようにと、彼にゆだねていった。遺言執行役の公証人は一通の手紙をヘルマンにわたした。最期が近いのを予感したサルバットが公証人にあずけた手紙、彼自身の死後に開封するべきものだった。

目に涙をうかべ、胸をひき裂かれる思いで、若者は一晩じゅうあてもなくバルセロナの都《まち》を彷徨した。港の防波堤で夜明けがふいに訪れ、その場所で、暁の光をあびて、キム・サルバットが彼宛てにしたためた最後の言葉をヘルマンは読んだ。

親愛なるヘルマン

生きているうちに、きみには言わなかった。それにふさわしい時まで待つべきだと思ったからだ。だけど、その時が訪れるまで、私はここにいられないだろうと思う。

きみに言いたいのはこういうことだ。きみほどの才能をもつ画家を私は知らない、ヘルマン。きみにはまだそれがわからないし、理解もできないだろう。でも、それはきみのなかにあって、私の唯一の功績はそれを認識したことだ。きみは知らずして、きみが私から学ぶ以上に私に学ばせてくれたんだ。きみにふさわしい師、このしがない弟子以上にきみの才能をみちびける誰かを、きみに持たせてやりたかった。

光がきみのなかで話しているんだよ、ヘルマン。私たち他者は耳をすませるだけだ。

どうか忘れないでくれ。この先、きみの師は、きみの生徒にして最高の友人になることを。永遠にだ。

サルバット

一週間後、つらすぎる思い出から逃げるためにヘルマンはパリへと旅立った。絵画学校で教師の職が得られたのだ。

バルセロナには、その後の十年、ふたたび足をおくことはなかった。

パリで、ヘルマンはそれなりに名声のある肖像画家としての評判を培《つちか》った。そして生涯捨てることのない情熱を見出した。オペラだ。彼の絵は順調に売れはじめ、サルバットと共にした時代に知りあった画商が彼の代理人になってくれた。教師としての給料のほかに、作品の売れた金で、質素だが恥じることのない生活がじゅうぶんできた。いくらかの節約と、パリで顔が広い校長の助けもあって、オペラ座でシーズンを通じて座席券が予約できた。贅沢《ぜいたく》ともいえない。三階の六列目で、やや左寄り。舞台の二割は見えないけれど、音楽はすばらしく届いた。平土間だろうが、ボックス席だろうが関係ない。

そこではじめて彼女を見た。サルバットの絵から抜けでた女性のようだった。でもその美しさも彼女の声の比ではない。名前はキルステン・アウアマン、十九歳で、プログラムによれば、世界のオペラ界で期待の星のひとりだという。その夜、公演後に一座が企画したレセプションで彼女が紹介された。ヘルマンは『ル・モンド』紙の音楽評論家だと名乗って入りこんだ。彼女と握手をかわしたとたん、ヘルマンは言葉を失った。

「評論家のわりに、あなたは口数がすくないし、なまりが強いですね」とキルステンが冗談めかした。

ヘルマンはその瞬間にきめた。この女性と結婚しよう、自分の人生でそれさえできればいい。あらゆる口説きの手にあやかりたかった。サルバットの誘惑の手口を何年も見てきたじゃないか。だけどサルバットは二人といないし、別格だ。そんなわけで、息の長い追いかけっこは六年におよび、一九四六年夏のある午後に、ノルマンディーの小さな聖堂でおわった。結婚式の日、隠れた死肉の臭気のように、戦争の亡霊がまだ空気に感じられた。

キルステンとヘルマンはまもなくバルセロナにもどり、サリアに新居をさだめた。留守中に邸宅は寒々しい博物館と化していた。キルステンの放つ輝きと、清掃の三週間がすべてを解決してくれた。

館はかつてないほど華やかな時代を生きた。ヘルマンは自分でも説明できないエネルギーに取り憑《つ》かれて描きまくった。彼の絵は上流社会で高い評価を得はじめ、そのうち〈ブラウの絵〉をもっていることが上流階級の必須条件にまでなった。父親はさっそく人前でヘルマンの活躍ぶりを自慢した。〝息子の才能を信じていたし、いつか成功すると思っていましたよ〟〝うちの息子ですからな、さすがにブラウ一族だ〟〝わたしほど鼻の高い父親はおりませんな〟というのが決まり文句になり、あまりくり返すもので、しまいには自分でもそう思いこんだ。以前は素気なく断ってきた画商や展示ギャラリーは、ともかくヘルマンに気に入られようとした。そんな虚栄と偽善の嵐の渦中にいても、彼自身はサルバットの教えをけっして忘れなかった。

オペラ歌手としてのキルステンのキャリアも波に乗っていた。LPレコードが市場に出はじめたこの時代に、彼女は自分のレパートリーを不朽のものにした最初の〝声〟のひとりだった。サリアの館での幸福と光にみちた歳月、すべてが可能に見えて、地平線上の暗い影など予感もできない年月だった。

キルステンのめまいや失神を誰も気にとめず、わかったときはもう遅かった。高まる人気、コンサートツアー、公演の緊張感がすべて不調の言い訳にされていた。キルステンがカブリルス医師の診断をうけた日に、ふたつの知らせが彼女の世界を永久に変えた。ひとつめは、キルステンが妊娠していること。ふたつめは、血液の不治の病が彼女の生命を徐々に奪いかけていること。余命あと一年。よくても二年。

その日、医師の診療所をでると、キルステンはビア・アウグスタ通りの〈ヘネラル・レロヘラ・スイサ〉で、ヘルマンに捧《ささ》げる銘文入りの金時計を注文した。

ヘルマンへ　あなたのなかで光が話している

K. A.

一九六四年一月十九日

その時計は、この先ふたりに残された時間を刻むことになる。

キルステンは、舞台もオペラ歌手としてのキャリアも放棄した。最後のオペラ舞台はバルセロナのリセウ劇場でおこなわれ、彼女の好きな作曲家、ドリーブの『ラクメ』が上演された。あれほどの声をもう誰も聴くことはない。彼女の妊娠中の数カ月、ヘルマンは妻の肖像画の連作を描いた。過去のすべての作品を超える出来だった。その連作を彼はけっして売ろうとはしなかった。

一九六四年九月二十六日、母親とおなじブロンドの髪で、灰色の瞳の女の子がサリアの邸宅で生まれた。〝マリーナ〟と名づけられ、面立ちに母親のイメージと輝きをずっともちつづけることになる。

娘を出産したその部屋で、キルステン・アウアマンは六カ月後に息をひきとった。ヘルマンとともに人生で最高に幸せな時間をすごした部屋だった。彼女の夫は、妻の血の気のない震える手を自分の両手でつつんでいた。一瞬のため息のように暁が彼女を連れ去ったとき、その手はもう冷たくなっていた。

妻の死の一カ月後、ヘルマンは邸宅の屋根裏にあるアトリエにもどった。幼いマリーナが彼の足もとで遊んでいた。ヘルマンは絵筆を手にとって、キャンバスに筆を運ぼうとした。目に涙があふれでて、絵筆が手からすべり落ちた。

ヘルマン・ブラウは二度と絵を描かなかった。彼の内なる光は永遠に沈黙した。

9

その後の秋の日々、ヘルマンとマリーナの家を訪ねるのが、ぼくの日課になった。日中、授業は夢見心地ですごし、あの秘密の路地めざして寄宿舎を抜けだす瞬間を待ちわびた。病院で治療をうけるヘルマンにマリーナがつきそう月曜日以外、そこで新しい友人たちが待っていた。薄闇の部屋でぼくらはコーヒーを飲み、おしゃべりをした。ヘルマンがチェスの初歩を手ほどきしてくれた。レッスンをうけても、ものの五、六分でぼくはマリーナにチェックメイトされた。それでも希望を失わなかった。

すこしずつ、ほとんど自分でも気づかないうちに、ヘルマンとマリーナの世界はぼくの世界になった。彼らの家、空気に浮遊しているかの思い出……そのひとつひとつが自分のものになっていった。マリーナが父親をひとりにせずに、世話をするために学校に行っていないのが、それでわかった。読み書きも、考えることも、ヘルマンが教えてくれるのだと言う。「自分の頭で考えることを学ばなければ、世界じゅうの地理や三角法や算数だってなんの役にも立たないのよ」とマリーナは主張した。「どこの学校でも、そういうことを教えてくれないでしょ。カリキュラムにないものね」

ヘルマンは美術、歴史、科学の世界に娘の目をひらかせた。アレクサンドリアの図書館顔負けの図書室は彼女の宇宙になった。その本の一冊一冊が新しい世界、新しいアイディアへのとびらだった。

十月末のある午後、ぼくらは二階の窓台に腰かけて、ティビダボの遠い灯りをながめていた。マリーナは〝作家になるのが夢なの〟と、うちあけてきた。九歳のときから書き綴《つづ》っている物語や掌編の詰まったトランクを彼女はもっていた。どれか見せてよと頼んだら、酔っぱらいでも相手にする目でぼくを見て、とんでもないわと言ってきた。〝チェスみたいなもんか〟とぼくは思った。待てば海路の日和《ひより》ありだ。

ヘルマンとマリーナに気づかれないすきに、ふたりに注目することがよくあった。父と娘はふざけあい、本を読み、チェス盤のまえで黙ってむかいあっていた。ふたりを結ぶ見えない糸、すべてから、誰もから遠いところでつくられたその別世界は、素晴らしい魔法のようだった。このまぼろしがぼくの存在で毀《こわ》れやしないかと心配にもなった。寄宿舎に帰る道を歩きながら、それが共有できるという、ただそれだけで世界一幸せな人間だと感じる日々があった。

なぜかは気にもとめずに、ぼくはその友情を秘密にした。彼らのことは何ひとつ誰にも、相棒のJFにさえ教えなかった。ほんの何週間でヘルマンとマリーナはぼくの秘密の人生になりかわり、正直に言うと、自分が生きたいと思う唯一の人生になった。

いちどヘルマンが十九世紀のジェントルマンふうの相変わらず彼らしい優雅な物腰で詫《わ》び

を入れながら、早めに寝に行ったことがあった。ぼくはマリーナと肖像画の部屋でふたりきりになった。彼女は謎っぽく笑みをうかべて、〝あなたを題にして書いているの〟と言った。そのアイディアに、ぼくはおののいた。

「ぼくを？　ぼくを題にして書いてるって、どういう意味？」

「あなたについて、っていう意味。台にしてるわけじゃないわよ、机みたいに」

「それぐらいはわかるけど」

マリーナは、ぼくがいきなり神経質になったのを楽しんでいた。

「だったら？」ときいてきた。「あなたは自分をそんなに低く評価しているの？　あなたについて書くだけのことがあるとは思わないの？」

その問いに答えようがなかった。そこで戦略をかえて攻めにまわった。チェスのレッスンでヘルマンに習ったことだ。初歩の戦略。つまり、尻まるだしで捕まったら、雄叫《おたけ》びをあげて襲いかかること。

「ふん、そうなら、ぼくに読ませてくれるしかないね」と指摘した。

マリーナは眉をつりあげた。答えにつまっている。

「自分について書かれてることを、ぼくだって知る権利があるからさ」と言いたした。

「あなたは気に入らないかも」

「そうかもね。でも気に入るかもしれないし」

「考えておくわ」

「期待してるよ」

お決まりのスタイルで寒さがバルセロナにやってきた。隕石《いんせき》のごとくドカンとだ。ほんの一日で温度計が急降下しはじめた。秋物の薄手のコートにかわって、奥にしまってあったオーバーコートがいっせいにお目見えした。鋼色の空と、耳のかじかむ強風が街角を横行した。ヘルマンとマリーナが思いがけず毛糸の帽子をプレゼントしてくれた。相当高かったにちがいない。

「これは思考を保護するためのものでね、オスカルくん」とヘルマンが説明した。「脳を冷やしてはいけませんよ」

十一月の半ばになると、ヘルマンと一週間マドリードに行かなくてはいけないことを、マリーナから知らされた。ラパス病院の医師が、なんでも立派な名医らしいが、臨床試験段階にある治療をヘルマンにうけさせることを承知してくれたという。ヨーロッパじゅうで、まだ二、三件しか使った例がないらしい。

「そのお医者さまは奇跡を起こすらしいけど、わからない……」とマリーナが言った。

彼らなしで一週間もすごすという考えが、ぼくの心に重くのしかかった。いくら隠そうとしてもむだだった。マリーナはまるで手にとるように、ぼくの心を読んでいた。彼女はポンポンとぼくの手をたたいた。

「たったの一週間よ、でしょ？　そのあとまた会えるんだから」

ぼくはうなずいたものの、そう言われても慰めにはならない。

「きのうヘルマンと話したんだけど、そのあいだ、あなたがカフカと家を見ててくれないかしらと思って……」とマリーナが言ってきた。

「もちろんだよ。なんでもする」

彼女の顔が明るくなった。

「評判どおりの腕のいいお医者さんだといいね」とぼくは言った。

マリーナは長いこと、ぼくを見つめていた。彼女の笑みのむこうで、その灰色の瞳が悲しい光を放ち、ぼくは言葉を失った。

「そうね」


マドリード行きの列車はフランサ駅を朝九時に出発した。ぼくは明け方に寄宿舎を抜けだして、貯《た》めていた小遣いでタクシーを予約し、ヘルマンとマリーナを乗せて駅までつれていった。日曜日のその朝は蒼い靄にしずみ、靄はやがて遠慮がちな暁の琥珀色《こはくいろ》のしたで消えていった。ぼくらは車に乗っているあいだ、ほとんど口をひらかなかった。旧式のセアト一五〇〇のタクシーメーターが、メトロノームのようにカチッカチッと音をたてつづけた。

「ここまで気をつかってもらってはいけませんよ、オスカルくん」とヘルマンが言った。

「ご心配なく」とぼくは返した。「ものすごく寒いし、気分まで冷やしちゃいけないでしょ、ね？」

駅につくと、ヘルマンがカフェでくつろぐあいだにマリーナとぼくで窓口に行って、予約しておいた切符を買った。出発の時間、ヘルマンがぼくをぎゅっと抱擁し、その強い抱擁にぼくは泣きそうになった。赤帽の手をかりて彼は列車に乗りこみ、ぼくがマリーナとあいさつできるように、彼女とふたりにしてくれた。

無数の声と笛の響きが駅の巨大なドームの天井にすいこまれた。ぼくらは黙ったまま、ほとんど盗み見るようにしておたがいを見た。

「じゃあ……」とぼくは言った。

「ミルクを温めるの忘れないでね、でないと……」

「カフカは冷たいのをいやがるから、とくに犯罪のあとはね、わかってる。ネコのお坊ちゃんだ」

駅長が赤い信号旗で出発の合図をだそうとしている。マリーナがため息をついた。

「ヘルマンはあなたを誇りに思っているのよ」と彼女が言った。

「それほどのことはないよ」

「あなたがいないと、わたしたち淋しくなる」

「きみがそう思ってるだけだよ。ほら、もう行きな」

ふいにマリーナが体をよせて、ぼくのくちびるにキスをかすらせた。そして、ぼくがまばたきもしないうちに列車に乗りこんだ。ぼくはそこに残り、霧にかすむ方角に離れていくのを見送った。

列車の音が消えたとき、駅の出口にむかって歩きだした。歩きながら、あの嵐の夜マリーナの家にいて不可思議な光景に遭遇したことを、そういえば彼女に言いそびれていたのを思いだした。時間がたつと自分でも忘れたくなって、最後はみんな想像だったのだと自分で納得していたのだ。

駅の巨大なホールについたとき、赤帽があわてたように近づいてきた。

「これ……ほら、きみにやってくれって言われたんだけど」

相手はオーク色の封筒をさしだした。

「なにかの間違いじゃないですか」とぼくは言った。

「いや、いや、あのセニョーラが、きみにわたすようにって言ったんだ」と赤帽がくり返す。

「どのセニョーラ？」

赤帽はふりむいて、表の通りに面した玄関口を指さした。靄の筋がエントランスの階段を這っていく。見ても誰もいない。赤帽は肩をひょいとすくめて立ち去った。

ぼくは当惑して玄関口にむかい、外にでた瞬間、相手の正体がわかった。サリアの墓地で見かけた黒い貴婦人が時代遅れの馬車に乗りかけている。女性はふりむいて一瞬ぼくを見た。彼女の顔は黒いベールで隠れていた。鋼の蜘蛛の巣のようだ。

つぎの瞬間、馬車のとびらがしまり、灰色のオーバーコートを着こんだ御者が馬たちに出発の鞭《むち》をあてた。馬車は全速力でコロン通りの往来をくぐり、ランブラス通りの方角に曲がって消え去った。

ぼくは途方にくれたまま、赤帽にわたされた封筒をにぎっているのにも気づかなかった。気がついて封をあけてみた。古びた名刺が一枚入っている。住所が読めた。

ミハイル・コルベニク
プリンセサ通り三十三番、五階二号

名刺を裏返した。裏には、サリアの墓地にあった無名の墓と、廃屋の温室に刻まれたシンボルとおなじものが印刷されていた。羽をひろげた黒い蝶だ。

10

　プリンセサ通りに行く途中、お腹がすいているのに気がついて、ぼくは足をとめると、サンタマリア・デルマール教会のむかいのベーカリーでペストリーを買った。教会の鐘の響きに甘いパンの香りがたなびいた。プリンセサ通りは細い陰の谷間の旧市街からあがっていく。都《まち》そのものより年季の入っていそうな古い城館や建物のまえを通りすぎた。そのひとつのファサードで消えかけた〝三十三番〟が、どうにか読みとれた。

　玄関ホールに足をふみいれた。古い礼拝堂の回廊を思いだす。錆びついた郵便受けが上塗りの剝がれた壁に色あせてならんでいた。〝ミハイル・コルベニク〟の名を虚しく探すうちに、背後で重い息づかいがした。

　ドキッとしてふりむくと、守衛室に腰かけた老婦人のしわくちゃの顔がそこにある。寡婦もどきの黒ずくめで蠟人形《ろうにんぎょう》にしか見えない。一筋の光明がその顔をかすった。両目が大理石みたいに白い。空洞の瞳。目が見えないのだ。

「どなたをお探し？」と、かすれた声で門番の老婦人がきいてきた。

「ミハイル・コルベニクです、セニョーラ」

白い目、空虚な目が、パチパチとまばたきした。老婦人は首を横にふった。

「ここの住所をもらったもので」と、はっきり言った。「ミハイル・コルベニク、五階二号……」

老婦人はもういちど首を横にふり、不動の姿勢にもどった。そのとき守衛室の机で、なにか動くものが目に映った。門番のしわだらけの手を黒い蜘蛛が這いあがっていく。彼女の白い目は宙を見ていた。ぼくは階段にそっと身をすべらせた。


すくなくとも三十年、誰もこの階段の電球をかえていないようだ。階段は磨滅して、すべりやすかった。暗い井戸もどきの踊り場は静寂そのもの。吹き抜けの天窓にチラチラ明かりがかすみ、閉じこめられた鳩が一羽、翼をバタつかせていた。

五階二号のとびらは木彫りの一枚板で、列車のようなドアノブがついている。二度ほど呼び鈴を押すと、住居《ピソ》のなかに消えていくベルの余韻がきこえた。一、二分すぎた。もういちど呼び鈴を押した。さらに二分。墓にでも入りこんだかと、ぼくは思いはじめた。バルセロナの旧市街に出没する幽霊が住む、無数の建物のひとつかもしれない。

とびらの覗《のぞ》き穴がふいにあいて、暗がりを光の筋がつらぬいた。きこえたのは砂みたいにザラついた声。何週間、いや何カ月もしゃべっていない声だ。

「どちらさんです?」

「セニョール・コルベニク? ミハイル・コルベニクさんですか?」ときいた。「ちょっとお話しできますか、お願いします」

覗き穴が急にしまった。静寂。もういちど呼ぼうとしたら、ピソのとびらがあいた。入り口に人影がうかんだ。ピソの奥から洗面台の蛇口の水音がきこえてくる。

「なんの用かね、お若いの」

「セニョール・コルベニクですか？」

「わたしはコルベニクじゃない」と声がさえぎった。「わたしの名前はセンティスだよ。ベンハミン・センティス」

「すみません、セニョール・センティス、だけど、ここの住所をもらったもので……」

駅の赤帽にわたされた名刺をさしだした。硬直した手がそれをつかみとった。顔こそ見えないが、相手は無言でじっくり見ると、ぼくにそのまま返してきた。

「ミハイル・コルベニクは、もう長年ここには住んでませんよ」

「その人を、ごぞんじなんですか？」とぼくはきいた。「ひょっとして、助けていただけますか？」

またも長い沈黙だ。

「入りなさい」と、センティスがようやく言った。

ベンハミン・センティスは、暗赤色のフランネルのガウンを年中着たきりの体格のいい男だった。火の消えたパイプを口にくわえ、ジュール・ヴェルヌふうに、もみあげにつながる口ひげを顔に生《は》やしていた。ピソは旧市街の密集した建物の屋根よりも高い位置にあって、はかない光のなかに浮いていた。大聖堂の尖塔群《せんとうぐん》がむこうに見え、モンジュイックの丘が遠くに突きでている。壁はむきだし、ピアノにほこりの層ができて、床には古新聞の詰まった箱が散在していた。現在形を語るものがこの家にはなにもない。ベンハミン・センティスは過去完了形を生きていた。

ぼくらはバルコニーに面した部屋で腰をおろした。センティスは名刺をあらためて吟味した。

「どうしてコルベニクを探しているのかな？」と相手がきいてきた。

ぼくは最初からすっかり説明することにした。サリアの墓地を訪れたところから、けさのフランサ駅での黒い貴婦人の奇妙な出現にいたるまでだ。センティスは虚《うつ》ろな目で話に耳をかたむけたきり、なんの感情も見せなかった。ぼくの語りがおわると、居心地の悪い沈黙がふたりのあいだに入りこんだ。センティスは、ぼくにじっと目をすえた。オオカミの目つき、冷たく、鋭いまなざしだ。

「ミハイル・コルベニクはこのピソに何年か住んでいてね、バルセロナに来た直後だった」と彼が言った。「そのへんの後ろに、彼の本がまだあるだろう。あの人の名残はそれぐらいのものですよ」

「現住所をおもちですか？　どこに行けば会えますか？」

センティスは笑った。

「地獄に行ってごらん」
ぼくは意味がわからずに相手を見た。
「ミハイル・コルベニクは一九四八年に死んだよ」

この朝ベンハミン・センティスにきいた話によると、ミハイル・コルベニクは一九一九年の末にバルセロナにやってきた。当時は二十歳をすぎたばかり、プラハの出身だという。コルベニクは第一次大戦で荒廃したヨーロッパから逃げてきた。カタルーニャ語もスペイン語もひと言もしゃべれなかったが、フランス語とドイツ語は流暢《りゅうちょう》に話せた。持ち金はなく、敵意にみちた、なじみにくいこの都市には友人も知り合いもいなかった。バルセロナでの第一夜は地下牢ですごした。寒さしのぎに建物のポーチで眠っていたところを、いきなり捕まったのだ。監獄では窃盗、強盗、計画的放火の罪状をもつ収監者二人に暴行をくわえられた。しみったれた外国人連中のせいで自分たちの国が行き場をなくしたというわけだ。肋骨《ろっこつ》三本の骨折と、打撲や内部損傷は時間がたてば治るものだが、左耳の聴覚は完全に失った。〝神経の損傷〟と医師らは診断をくだした。初《しょ》っ端《ぱな》から不調。だがコルベニクは〝出だしが不調なら、終わりは良くなるだけだ〟といつも言っていた。十年後、ミハイル・コルベニクは、バルセロナで最も富裕で権力のある人物のひとりになる。

監獄の診療室でコルベニクは後年に無二の友人となる若い医師と知りあった。ジョアン・

シェリーという名のイギリス人の血をひく医師だった。ドクター・シェリーは片言のドイツ語を話し、見知らぬ土地で自分を外国人として認識するのがどういうことか、自らの経験で知っていた。コルベニクは傷が完治すると、この医師のおかげでベロ－グラネルという小企業に職を得られた。

ベロ－グラネル社は、整形外科用品や、医療用人工装具を製作していた。モロッコの紛争やヨーロッパの第一次大戦によって、この種の製品の広大な市場が形成されてきた。銀行家、大臣、将軍、株の仲買人はじめ祖国の父らの輝かしき栄誉のために無数の男たちが人生を破壊され、自由、民主主義、帝国、人種や旗の名のもとに身体の一部を切断されて、生涯癒《い》えない傷を負っていた。ベロ－グラネル社の製作工場は旧ボルン市場のそばにあった。ガラスケースに入った人工の腕、眼球、脚、関節は、訪れる人々に人間の肉体がいかに脆《もろ》いかを思いおこさせた。

ささやかな給料と同社の推薦状で、ミハイル・コルベニクは、プリンセサ通りのピソに住まいを得た。熱心な読書家の彼は、生きるに困らない程度のカタルーニャ語とスペイン語を一年半のうちに身につけていた。持ち前の才能と機知が役に立ち、早々からベロ－グラネル社で中心的存在の従業員とみなされた。コルベニクには、医学、外科学、解剖学の広範な知識があった。彼は圧縮空気を利用した革新的な機械装置を考案し、これによって人工の脚や腕の動きを絡みあわせた。装置は筋肉の弾みに反応して、かつてない可動性を患者に提供した。この発明のおかげでベロ－グラネル社は業界の先頭に立った。だが、それはまだ序の口。

コルベニクの製作用の机は斬新な発明品を生みつづけ、彼はついに企画開発工場の技師長に任命された。

数カ月後、不運な出来事で若いコルベニクの腕が試されることになった。ベロ－グラネル社の創業者の息子が作業場で重大な事故に遭ったのだ。まるでドラゴンの牙で嚙《か》みちぎられたように、息子は両手とも液圧プレス機でばっさり切断された。コルベニクは何週間も寝食を忘れて作業にあたり、手の指がひじから下の腕の筋肉や腱《けん》の指令に応えるような木製、金属製、磁器製の義手をつくった。コルベニクの発案した解決法は、電流を利用して腕の神経に刺激をあたえ、動きを絡みあわせるというものだった。事故の四カ月後、機械仕掛けの手を試用した犠牲者はこの義手で物をつかみ、タバコに火をつけ、人の手をかりずにシャツのボタンをはめることもできた。コルベニクがこのたびは想像もおよばない才能を発揮したと誰もが納得した。当の彼は、だが賞賛に無関心で有頂天にもならず、これは新たな科学の一歩にすぎないと主張した。

コルベニクの仕事に報いる意味で、ベロ－グラネル社の創業者は彼を代表取締役に任命して、自社株の半分を譲渡した。結果、コルベニクはその発明で義手を得た人物と肩をならべる事実上の共同経営者になった。

コルベニクの指揮下で、ベロ－グラネル社は新たな方向へ舵《かじ》を切った。同社は市場を拡大して、製品ラインの多角化を図った。〝羽をひろげた黒い蝶〟を企業のマークに採用したが、コルベニクはその意味を最後まで説明しなかった。工場は規模を拡大し、新しい機械装置を売り出した。人工関節、循環器の弁膜、骨組織、ほかにも発明品は尽きなかった。コルベニクの趣味と実験分野をかねて製作されたからくり人形が、ティビダボの遊園地にあふれた。ベロ－グラネル社は、ヨーロッパ、アメリカ、アジアのいたるところに製品を輸出した。同社の株価もコルベニクの個人資産額も急上昇したが、彼自身はプリンセサ通りの粗末なピソを出る気はなかった。本人いわく、住まいをかえる理由はない、ひとり暮らしで生活も質素、この身体と書物さえ入れば、いまの家でじゅうぶんだと。

舞台に新たな駒が登場したことで、しかし、すべてが変わることになる。

エヴァ・イリノヴァは、バルセロナの王立劇場で人気の新プログラムの花形だった。ロシア出身の、わずか十九歳、その美貌ゆえに、パリでもウィーンでも他の都市でも自殺する男たちが続出したとまで言われた。彼女は奇妙な二人組に伴われて旅をした。セルゲイ・グラスノウと、その双子の妹タティアナだ。グラスノウ兄妹はエヴァのマネージャー兼後見人として立ちまわった。このセルゲイと若いプリマドンナは愛人関係にある、不吉なタティアナは王立劇場のオーケストラ・ボックスにある棺で眠っている、セルゲイはロマノフ王家の暗殺者のひとりだった、エヴァは死者の霊と話す能力がある等々……ありとあらゆる流言飛語が美貌のエヴァ・イリノヴァの評判をますます高め、バルセロナの都《まち》はまさに彼女の手中にあった。

イリノヴァの伝説は、コルベニクの耳にもとどいた。好奇心にかられた彼は、ある晩劇場に足をはこび、これほどのセンセーションを起こしているわけを自分でたしかめにいった。

ひと晩でコルベニクは若い彼女の虜《とりこ》になった。その日以来、イリノヴァの楽屋は文字どおり、バラの花の寝台と化した。啓示の二カ月後、コルベニクは劇場のボックス席をかりることにした。毎晩通いつめては、憧《あこが》れの対象をうっとりながめた。当然ながら、バルセロナじゅうのうわさの種になった。ある日、コルベニクは弁護士らを呼び集め、劇場経営者のダニエル・メストレスにオファーをするよう指示をだした。古い王立劇場を買収して長年の負債をひきうけたい、建物を基礎から建てかえて、ヨーロッパ一の舞台にするというのが彼の意図だった。まばゆいほどの劇場はあらゆる先端技術をとりいれて、憧れのエヴァ・イリノヴァに捧げられる。彼の寛大なオファーに劇場の経営陣は屈した。新たなプロジェクトは王立大劇場——グラン・テアトロ・レアル——と名づけられた。

翌日、コルベニクはエヴァ・イリノヴァに完璧なロシア語でプロポーズした。

彼女は承諾した。

結婚式がすんでから、ふたりは夢のような館に移る予定だった。コルベニクがグエル公園のそばに建設させている館で、その豪奢な建築の設計のひな形は彼本人から早くもスニエー・バルセイ&バロー設計事務所にわたっていた。バルセロナの歴史上、個人の邸宅にこれほどの大金がつぎこまれたことはないというから、なにをか言わんやだ。

このシンデレラ物語を、しかし誰もが喜んだわけではない。ベロ‐グラネル社の共同経営者は彼の執心ぶりを、いい目では見ていなかった。王立劇場を〝世界の七不思議〟ならぬ現代の八番目の不思議にしようという半狂乱のプロジェクトに自社の資産をつぎこむつもりかと危ぶんだのだ。見当外れでもなかった。それに輪をかけるように、コルベニクの異端ともいえるやり口が都《まち》じゅうのうわさになりだした。彼の過去や、本人が演出を好んだ〝たたきあげの男〟という表むきの顔に疑いがもちあがった。もっとも、そんなうわさの大半は新聞の活字になるまえに、ベロ－グラネル社の容赦ない法的操作で揉《も》み消された。〝金で幸せは買えない〟とコルベニクはよく言っていた。〝だが、それ以外はすべて買える〟とも。

かたや、エヴァ・イリノヴァの不吉な護衛二人組、セルゲイとタティアナは自分たちの将来に危機感をおぼえた。建設中の新しい館にふたりの部屋はない。コルベニクは双子とのトラブルを見越して、彼らに相当額の金を提示し、イリノヴァとの契約とおぼしきものを破棄するように勧告した。金をやるかわりに兄妹はスペインを後にして、金輪際エヴァ・イリノヴァと接触を試みないことを約束せよというわけだ。セルゲイは烈火のごとく怒りまくり、きっぱり拒否した。そして自分たちから解放されると思ったら大まちがいだと、コルベニクに断言した。

翌日の夜明けまえ、セルゲイとタティアナがサンパウ通りの玄関口をでると、一台の馬車から発砲された銃弾の嵐がふたりの命をすんでのところで奪いかけた。襲撃は無政府主義者の手によるとされた。その後、双子の兄妹はエヴァ・イリノヴァを解放し、永久に姿を消すことを誓約する書類に署名した。

ミハイル・コルベニクとエヴァ・イリノヴァの結婚式は、一九三五年六月二十四日ときまった。舞台はバルセロナの大聖堂だった。

式典はアルフォンソ十三世の戴冠式と比較する人もいるほどで、陽光の輝く朝におこなわれた。群衆は各々大聖堂通りの一角を占拠して、贅のかぎりを尽くした大がかりな見世物に浸るのを待ちわびていた。

エヴァ・イリノヴァがこれほど美しかったことはない。リセウ劇場のオーケストラが奏でるワーグナーの結婚行進曲の調べにのって、新郎新婦が大聖堂の正面階段から、ふたりを待つ馬車にむかっておりてきた。白馬の乗物まであと三メートルというところで、男がひとり、非常線をやぶって新郎新婦に突進した。危険を知らせる叫びがきこえた。ふりむいたコルベニクは、セルゲイ・グラスノウの血走った眼《まなこ》とむきあった。つづいて起こったことを、その場に居合わせた誰しも忘れられないだろう。セルゲイはフラスコびんをとりだすと、中身をエヴァ・イリノヴァの顔に放った。酸が蒸気のカーテンのように新婦のベールを焼き焦がした。悲鳴が天空をひき裂いた。群衆はいっきにパニック状態におちいり、一瞬のうちに襲撃者は人込みにまぎれこんだ。

コルベニクは新妻のそばにひざまずいて両腕で抱いた。エヴァ・イリノヴァの目鼻が水に浸した描きたての水彩画みたいに酸で溶けていく。蒸気のたつ肌が燃える羊皮紙になり、肉の焦げた臭気が宙にひろがった。酸は若い彼女の目までは達していなかった。その瞳に恐怖と苦悶が読みとれた。コルベニクは妻の顔を救いたくて両手をそえた。でも溶けた肉片がくっつくだけで、酸は彼の手袋をも食い焦がした。エヴァが、とうとう気を失った。彼女の顔はいまや骨と爛《ただ》れた肉のグロテスクな仮面でしかなかった。

改修した王立劇場のとびらが開くことはついになかった。悲劇のあと、コルベニクはグエル公園脇で建設中の館に妻をつれていった。エヴァ・イリノヴァはその邸宅から二度と外にはでなかった。酸が顔を完全に食いつくし、声帯をだめにした。彼女はブロックのメモ用紙で意思を伝えながら、何週間も部屋ですごしたという。

そのころ、ベロ－グラネル社の資金繰りの問題が当初危惧されていたよりも、はるかに深刻に浮上しはじめた。コルベニクは追いつめられた気分で、まもなく会社に顔を見せなくなった。奇妙な病に罹り、いつまでともなく邸宅に足どめされているらしかった。ベロ－グラネル社の不正業務、コルベニク自身が過去におこなった不審な取引の数々が明るみにでた。うわさと陰口が熱をおび、すさまじい悪意とともに表面化した。コルベニクは愛するエヴァと隠れ家に閉じこもったきり、黒い伝説の人物と化した。もはや疫病神だった。政府はベロ－グラネル社グループを接収した。司法当局は本件を捜査し、千ページ以上にもおよぶ調書をもとに、審理がまさにはじまろうとしていた。

その後の歳月にコルベニクは全財産を失った。彼の館は闇と荒廃の城と化した。使用人たちは何カ月もただ働きをしたすえに夫妻を見放した。コルベニクの私設の御者だけが忠実に彼のもとに残った。身の毛のよだつ風説の嵐がひろがりだした。コルベニクと妻はネズミと共生し、自らを生涯幽閉するその墓場の廊下を徘徊《はいかい》しているとささやかれた。

一九四八年十二月、恐ろしい火災がコルベニクの館を焼きつくした。炎は郊外のマタロからも見わたせたと『バルセロナ日報《エル・ブルシ》』紙が報じた。火災を記憶する者たちは〝バルセロナの空が緋色のキャンバスと化した〟と証言した。夜明けには灰の雲が都市を一掃し、煙のあがる廃墟《はいきょ》の骨組みを無数の人々が声もなくながめていたという。

コルベニクとエヴァの遺体は屋根裏で焼け焦げて見つかった。ふたりで抱きあっていた。その光景は『ラ・バングアルディア』紙の第一面に〝ひとつの時代の終焉《しゅうえん》〟という見出しとともに写真で掲載された。

一九四九年のはじめ、ミハイル・コルベニクとエヴァ・イリノヴァの物語をバルセロナはもう忘れかけていた。大都市は否応《いやおう》にも変わりつつあり、ベロ-グラネル社のミステリーは伝説の過去の一部として、永久に消え去る運命にあった。

11

ベンハミン・センティスにきいた話が、その週いっぱい、姿のない影みたいにぼくにつきまとった。考えれば考えるほど、彼の話にはなにか欠けているような印象がぬぐえなかった。なにがと言われても言いようがない。そんな考えに朝から晩までむしばまれながら、ヘルマンとマリーナの帰りをじりじりと待ちわびた。

午後授業がおわると、彼らの家に足をむけて何事もないか確かめた。カフカはいつも玄関のまえでぼくを待ち、たまに狩猟の戦利品を鉤爪でつかんでいた。彼の皿にミルクをそそいでは、おしゃべりをした。つまり相手はミルクを飲み、ぼくが独《ひと》り言を言っている。家主の不在をいいことに、住まいを探検したい誘惑に度々かられたが、じっとがまんした。ふたりの影が家の隅々に感じられた。見えない父娘の温《ぬく》もりといっしょに、誰もいない館で日暮れを待つのに慣れた。肖像画のサロンで腰かけては、十五年まえにヘルマン・ブラウが描いた妻の絵を何時間もながめていた。肖像画のなかに大人になったマリーナが見えた。そんな大人の女性に、もう彼女はなりかけている。

ぼくは考えた。いつの日か、自分がこんなふうに価値のあるものを創れるのかと。

なにかしら価値のあるものを。

日曜日、予定の時間どおりにフランサ駅に立った。マドリードからの急行列車の到着まで二時間あり、そのあいだ駅の構内を歩きまわった。列車と見知らぬ人々が穹窿《ドーム》のしたで巡礼者のように集っている。鉄道の古い駅というのは世界に残る稀少な魔法の場所だと、ずっと思ってきた。駅では思い出のまぼろしと別れが、帰らざる無数の遠くへの旅立ちとまじりあう。〝いつかぼくが消えたら、どこかの列車の駅をさがしてくれよ〟と思った。

マドリードからの急行列車の汽笛が、ぼくを甘美な黙想からひきもどした。列車は全速力で駅に突進し、ホームに入線すると、ブレーキのうなりが空間いっぱいにひろがった。積載の重量にふさわしい緩慢さで列車がゆっくりと停止した。最初の乗客がおりてきた。名前のないシルエットたちだ。

ホームをきょろきょろ見まわしながら、心臓がものすごい速さで打っていた。何十人もの見知らぬ顔が目のまえを通りすぎていく。ぼくは急にうろたえた。もしや日にちを間違えたか、列車か、駅か、都市か、いや惑星そのものが違ったのか。

そのとき背後で声がした。紛《まが》いのない声だ。

「おやおや、まさか来てもらえるとはねえ、オスカルくん。きみと会えなくて淋しかったですよ」

「ぼくもです」と答え、老画家と握手した。

マリーナが車両からおりてきた。出発の日とおなじ白いワンピース姿。彼女はなにも言わずに、ほほ笑んだ。うるんだように目が輝いている。

「で、マドリードはどうでした？」と、ぼくはとっさに口にして、ヘルマンのトランクを手にとった。

「すばらしい。最後に行ったときより七倍も大きくなっていましたよ」とヘルマンが言った。「いまのまま拡張しつづけたら、あの都市はいつか台地《メセータ》の縁からこぼれ落ちてしまうねえ」

ヘルマンの声の調子に機嫌のよさと特別なエネルギーがうかがえた。ラパス病院の医師の知らせが希望をもたせてくれたしるしだろう。駅の出口への道すがら、ヘルマンは鉄道技術の発展ぶりについて、目を白黒させる赤帽を相手におしゃべりに興じていた。そのあいだ、ぼくはマリーナとふたりきりになるチャンスがあった。彼女がぼくの手をぎゅっと握った。

「どうだった？」とぼくは小声で言った。「ヘルマン、元気そうだね」

「元気よ、とっても元気。迎えにきてくれてありがとう」

「きみこそ、帰ってきてくれてありがとう」とぼくは言った。「バルセロナは、ずっと空っぽだったよ……話すことがいっぱいあるんだ」

駅のまえでタクシーをひろった。車は旧式のダッジで、マドリード行きの急行列車より騒音がひどい。ランブラス通りを山方面に走るあいだ、ヘルマンは人々を、市場を、花売りをながめては、うれしそうにほほ笑んだ。

「みんな勝手なことを言うがね、こんな通りは世界じゅう、どこの都市にもありませんよ、オスカルくん、ニューヨークどころじゃない」

マリーナは父親のコメントに同意した。旅のあとの彼女は、まえより生き生きして少女っぽく見えた。

「あしたは祝日ではなかったかな？」とヘルマンがいきなりきいた。

「そうです」とぼくは言った。

「つまり、きみは授業がない……」

「建前上はそうですね」

ヘルマンが笑いだし、ぼくは一瞬、何十年もまえに少年だった彼の姿を見た気がした。

「では、きみはなにか予定がありますか、オスカルくん？」


ヘルマンに言われたとおり朝八時に、ぼくはもう彼らの家にいた。〝あしたの月曜日は祝日なので、外出させてもらえたら、今週の夜はふだんの二倍の時間勉強します〟と、昨夜、指導教師に約束したのだ。

「最近、なにが忙しいのか知らんがね。ここはホテルじゃない、でも監獄でもない。きみの行動は、きみ自身の責任だから……」とセギ神父がくぎをさした。勘ぐっているようだ。

「自分のことは自分でわかってるはずだな、オスカル」

サリアの邸宅につくと、マリーナが台所でボカディージョの入ったバスケットと飲み物の水筒を用意していた。カフカは舌なめずりをしながら、彼女の動きをじっと目で追っている。

「どこに行くの？」とぼくはきいた。興味津々だ。

「あとのお楽しみ」とマリーナが答えた。

すぐにヘルマンがあらわれた。幸福の絶頂で若々しい。一九二〇年代のオートレーサーふうの装いだ。彼はぼくに握手して〝ガレージで手をかしてくれませんか〟と言ってきた。ぼくはうなずいた。ガレージなんてあったのだ。しかも三台分。ヘルマンと敷地をまわって確認した。

「いっしょに来てもらえてうれしいですよ、オスカル」

ガレージの三番目のとびらのまえで彼は足をとめた。ツタの葉におおわれた小さな家のサイズの小屋だ。あけるとき、戸口のレバーがきしみを立てた。ほこりの雲が闇のなかに充満した。この場所は二十年も封鎖したきりの様子だ。古いモーターバイクの名残、錆びた道工具、ペルシャじゅうたんみたいに厚く積もったほこりのしたで山と積まれた箱。

灰色のキャンバス地のカバーが目についた。車らしきものに掛かっている。ヘルマンはその端をつかんで、ぼくにも真似してくれと言う。

「一、二の三でいきましょうか？」と彼がきいた。

合図とともに、ふたりで力いっぱい引っぱると、カバーは花嫁のベールみたいに後ろに引いた。ほこりの雲がそよ風に舞い、木立からさしこむ淡い光で、そこにあるものが浮かびあがった。一九五〇年代以前のまばゆいほどのタッカー車。ワインカラーのボディで、クロムめっきのリムの自動車が、この洞穴の奥で眠っていたのだ。

ぼくは口をぽかんとあけてヘルマンを見た。彼は自慢げに、にっこりした。

「こんな車はもう生産していませんよ、オスカルくん」

「エンジン、かかります？」と、車を観察しながらきいてみた。ぼくの認識からして博物館にでも入りそうな代物だ。

「きみが見ているのはタッカーですよ、オスカル。エンジンじゃない、馬力で走るんです」


一時間後、ぼくらは海岸ぞいの道路を彫り刻んでいた。ヘルマンはハンドルをとり、カーレースの初代のレーサーふうのファッションで、富くじにでも当たったみたいな笑みをうかべていた。マリーナとぼくは彼の横、つまり助手席で旅をした。カフカは後部座席をひとり占めして、気持ちよさそうに眠っている。ほかの車がぼくらを後から後から追いこすが、みんなふりむいては驚嘆と羨望の目でタッカーをながめていく。

「品格があれば、スピードなんか、ものの数にも入りませんよ」とヘルマンは説明した。

すでにブラネスの近くまで来たが、どこに行くのかまだわからない。ヘルマンは一心不乱でハンドルをにぎり、その彼の集中をじゃましたくなかった。運転するのもいつもどおりエレガントで、なにからなにまで彼らしく、蟻《あり》にまで道をゆずり、サイクリングをする人や、通行人や、オートバイの治安警察隊員たちにあいさつを送っている。

ブラネスをすぎると、トッサ・デ・マールの海辺の村の標識があらわれた。マリーナのほうをむくと、彼女がウインクを送ってきた。もしやトッサの城に行くのかと思ったが、タッカーは村を迂回《うかい》して狭い道路に入り、海岸ぞいに北にむかって走りつづけた。道路というより、空と断崖のあいだで宙吊りになったリボンのようで、車は無数のヘアピンカーブを縫っていく。急斜面にしがみついた松の木々の枝間から、目にしみる青色にどこまでもひろがる海がのぞいて見えた。さらに百メートルほど下方に、断崖にかこまれた入江や、近づけそうもない窪《くぼ》みが、トッサ・デ・マールとプンタ・プリマのあいだの秘密のルートを描いていた。サンフェリウ・デ・ギショルスの港から二十キロほどのところだ。

二十分ぐらいでヘルマンは道路脇に車をとめた。マリーナがぼくを見て、着いたわよと合図した。ぼくらは車をおりた。カフカが道を知っているみたいに松林のほうに離れていく。タッカーにしっかりハンドブレーキがかかり、斜面を落ちやしないかヘルマンがたしかめるあいだ、マリーナは海のほうにおりる坂に足をむけた。

ぼくは彼女のそばに行って風景をながめた。足もとに半月形の入江があって、透明な緑色の海の波を抱いていた。そのむこう、岩と海岸の低地がプンタ・プリマまでアーチ形を描き、聖《サン》エルムの小聖堂のシルエットが、山の頂に立つ見張り番のようにそびえていた。

「ほら、行きましょうよ」とマリーナがぼくを励ました。

彼女について松林を行った。小道が古い空き家の敷地をぬけていく。雑草が伸び放題だ。そこから岩をえぐった階段がなだらかに下りて、金色の小石の海岸までつづいていた。カモメの群れがぼくらを見ていっせいに飛びたち、入江をかこむ断崖に身をよせた。岩と海と光の聖堂《バシリカ》をデザインしたようだ。海水は透明そのもの、海面下の砂のひだが一本一本見てとれる。岩塊の頂がひとつ、座礁した船の舳先《へさき》のように、まんなかに突きでていた。海の香りが強く、塩気をふくむそよ風が海岸線をなぞっていく。

　マリーナの視線が、靄のかかった銀色の水平線にすいこまれた。

「ここ、わたしのいちばん好きな場所なの」と言った。

　マリーナは、断崖の隠れた場所をぼくに見せると言ってきかなかった。脳天をぶつけるか、海にまっさかさまに落ちて一巻の終わりかだと、すぐ認識させられた。

「ぼくはヤギじゃないよ」と彼女に言ってきかせ、この命綱もない登山もどきにたいして、わずかでも分別をもたせようとした。

　マリーナはぼくの懇願を無視して、海水で磨滅した岩肌をよじ登り、石化したクジラのように潮が呼吸する洞穴に入りこんだ。ぼくは面目をなくす覚悟をきめ、いましも運命が〝重力の法則〟の全項目を適用してくるだろうと思っていた。予想はまもなく現実化した。マリーナが小島の反対側に跳び移り、岩の洞穴を探索しはじめた。彼女にできるんだから、ぼくもやるしかないと思った。つぎの瞬間、不器用な両足が地中海の海水にしずんだ。寒さと羞恥でふるえがとまらない。マリーナが心配そうに、岩のうえから見守っていた。

「だいじょうぶだよ」とぼくはうめき声をあげた。「けがしてないし」

「水、冷たい？」

「まさか」とモゴモゴ言った。「スープみたいなもんだね」

マリーナはにっこり笑うと、あ然とするぼくの目のまえで白いドレスを脱ぎすてて、ザブンと水に飛びこんだ。ぼくの横にあらわれて笑っている。一年のいまごろの季節に、まったく常軌を逸している。それでも真似することにした。

ふたりで勢いよく平泳ぎをし、そのあと温かな石のうえで甲羅干《こうらぼ》しをした。こめかみで速まる心臓の動悸《どうき》を感じた。冷たい海水のせいか、マリーナの濡れた下着に透けて見えるもののせいか、自分でもまったくわからない。

ぼくの視線に気がついたらしい、マリーナが立ちあがり、岩のうえにおいてある服をとりにいった。岩間を歩いていく彼女を、ぼくは目で追った。岩をよけるたびに、濡れた素肌のしたで体の筋肉のひとつひとつが曲線を描いている。ぼくは塩《しょ》っぱいくちびるをなめ、オオカミみたいに腹ペコだぞと思った。

午後の残りは、世界から隔離されたその入江ですごした。ふたりでバスケットに入ったボカディージョにかぶりつくあいだ、マリーナが不思議な話をした。松林に放置された田舎家の持ち主の話だ。その家はオランダ人の女性作家のもので、彼女は奇妙な病に冒され、日に日に目が見えなくなっていった。自分の運命を知った作家は、断崖のうえに家を建てて、光の感じられる最後の日々をひっそりと送ることにした。海岸にむかって腰をおろし、海をながめながら……。

「ここで暮らすあいだ、彼女につきそったのは〝サーシャ〟というジャーマン・シェパードと、自分の好きな本だけだった」とマリーナは語った。「完全に視力を失うと、海の夜明けを自分の目でもう二度と見られないのがわかって、ふだん入江に船をつないでいる漁師たちにサーシャの世話をたくしたの。数日後の夜明け、彼女は櫂《かい》つきの小舟に乗って沖へと離れていった。その後に彼女を見た人はいないのよ」

なぜだろう、ぼくはオランダ人の女性作家の話がマリーナの創作じゃないかと思い、そう口にした。

「現実的な出来事ほど想像の世界でしか起こらないことがあるのよ、オスカル」と彼女が言った。「わたしたちが思いだすのは、現実にはなかったことだけなの」

ヘルマンは眠ってしまった。帽子を顔にかぶせ、足もとにはカフカがいる。マリーナは悲しげに父親を見つめた。ヘルマンが寝ているすきに、ぼくは彼女の手をとって、ふたりで海岸の反対側に離れていった。

波で磨滅した岩床に腰をおろし、彼女が不在のあいだに起こったことをぼくは最初から順に話してきかせた。フランサ駅での黒い貴婦人の奇妙な登場にはじまり、ベンハミン・センティスにきいたミハイル・コルベニクとベロ－グラネル社の物語にいたるまで、細部ひとつもらさずに話した。嵐の夜にサリアの彼女の家で出現した不吉な物影のことも、もちろんだ。

マリーナは黙って耳をかたむけながら、茫然と波を見つめていた。彼女の足もとで海水が渦を巻いている。心ここにあらずだ。その場所でしばらく口をひらかずに、ぼくらは遠い聖《サン》エルムの小聖堂のシルエットに目をやった。

「ラパス病院のお医者さんは、なんて言ってた？」と、ぼくはやっときいた。

マリーナは視線をあげた。日が傾きかけ、琥珀色のきらめきが涙でぬれた彼女の目を照らした。

「もうそんなに時間がないって……」

ふりむくと、ヘルマンがぼくらに手をふっている。ぼくは胸がしめつけられ、耐えられない思いだった。言葉が口をついて出ない。

「父は信じてないのよ」とマリーナが言った。「そのほうがいいの」

もういちど彼女を見ると、相手はさっと涙をぬぐって、楽観的な顔を見せているのがわかった。自分でも驚いたことに、ぼくは彼女をじっと見つめた。どこから勇気がわいたのか、彼女に顔をよせ、くちびるをもとめた。マリーナはぼくのくちびるに指をあて、顔をそっとなでてから、静かにぼくを遠ざけた。つぎの瞬間、彼女が立ちあがり、離れていくのが見えた。ぼくはため息をついた。

ぼくも立ちあがってヘルマンのところに行った。彼に近寄り、見ると、小さなノートに絵を描いている。彼がもう何年も鉛筆も絵筆も手にしていないことを思いだした。

ヘルマンが目をあげて、にっこりぼくに笑いかけた。

「さて、似てると思いますか、オスカル？」と大らかに言い、ぼくにノートを見せてくれた。

鉛筆の線が驚異的な完璧さでマリーナの顔を描いていた。

「すばらしいですね」とぼくはつぶやいた。

「気に入ったかね？　それはよかった」

マリーナのシルエットが海岸の反対側にうかんだ。海をまえにたたずんでいる。

ヘルマンはまず彼女をながめ、そのあとぼくを見た。ノートのページをやぶり、ぼくにさしだした。

「きみにですよ、オスカル、わたしのマリーナを忘れないようにね」


帰り道、黄昏が銅を溶かした池のように海を変化させた。ヘルマンは笑みをうかべて運転し、この旧式のタッカーのハンドルをとりながら、若かりしころのエピソードを次々語りだした。マリーナは耳をかたむけて、父親の思いつきに笑い、魔法のような見えない糸で会話をつないでいた。

ぼくは口をつぐみ、ひたいを窓にくっつけたまま、心はポケットの奥にあった。途中マリーナは黙ってぼくの手をとると、自分の手でつつみこんだ。

バルセロナについたら、もう日が暮れていた。ヘルマンは寄宿舎の入り口まで送っていくと言ってきかなかった。タッカーを鉄柵の正門のまえにつけ、ぼくに握手の手をさしだした。マリーナは車をおりて、ぼくといっしょに門のなかに入った。彼女の存在にぼくは胸がつまり、そこからどう去っていいかわからなかった。

「オスカル、もしなにか……」

「だいじょうぶだよ」

「ねえ、オスカル、あなたにはわからないことがあるの、でも……」

「そりゃそうだよ」とぼくはさえぎった。「おやすみ」

ぼくは向きをかえて、逃げるように庭を進んだ。

「待って」とマリーナが正門から声をかけてきた。

ぼくは池のそばで足をとめた。

「わたしにとって、きょうが人生で最高の一日だったってこと、あなたに知っていてほしいの」とマリーナが言った。

ぼくがふりむいて返事をしようとしたら、マリーナはもう立ち去っていた。

鉛の深靴でもはいている感じで階段を一段一段あがっていった。同級生の誰彼とすれちがった。見知らぬ人間みたいに、みんなが横目で見ていった。ぼくの秘密裡の不在が学校ではすでにうわさになっていた。かまいやしない。

廊下の台にある本日付の新聞を手にとり、部屋にこもった。新聞を胸のうえにおいたまま、ベッドにあおむけになった。廊下の声がきこえてくる。ナイトランプをつけてから、ぼくにとっては非現実的な新聞の世界に身をうずめた。マリーナの名前が一行ごとに書いてある気がした。そのうち過ぎるさと思った。やがて、いつもながらのニュースに気持ちが鎮《しず》まった。自分の問題を忘れるには、他人の問題について読むのがいちばんだ。戦争、詐欺、殺人、不正、讃歌《さんか》、パレード、それにサッカー。世界は相変わらずらしい。

落ち着きをとりもどして読みつづけた。はじめは気づかなかった。ほんの小さな記事、スペースを埋めるための短い記述だった。
ぼくは新聞を二つ折りにして、灯りのしたにおいた。

ゴシック地区の下水溝の地下トンネルで遺体発見
グスタボ・ベルセオ　編集部（バルセロナ）

バルセロナ出身のベンハミン・センティス（八十三）の遺体が、金曜日未明に旧市街の下水溝網の第四排水溝口で発見された。同区間は一九四一年以来閉鎖されており、どのように遺体がそこに行きついたかは不明。死因は心停止とされた。情報筋によると、故人の体は両手が切断されていた。ベンハミン・センティスはすでに引退しているが、一九四〇年代、共同株主だったベロ－グラネル社のスキャンダルに関して名前が取沙汰された。晩年はプリンセサ通りの小さなピソに隠居し、知られた身内もおらず、ほぼ破産状態だった。

12

眠れない夜をすごした。センティスにきいた話が頭から離れない。彼の訃報記事を何度も読みかえし、句読点のあいだに、なにか秘密の鍵が見つからないかと期待した。自分がベローグラネル社でコルベニクの共同経営者だったということを、あの老人はぼくに隠していた。あとの話が確かなら、センティスは同社の創業者の息子だったということか。コルベニクが代表取締役に指名されたとき、残りの五十パーセントの株を相続した本人だろう。この新事実でジグソーパズルのピースがことごとく位置をかえた。センティスがこの点でぼくをだまかしたなら、それ以外が作り話でもおかしくはない。物語とその結末がどんな意味をもつのか解きあかそうとするうちに、いつのまにか朝の光がさしていた。

この火曜日、ぼくは正午の休憩時間にこっそり抜けだしてマリーナに会いにいった。

彼女はこんどもぼくの考えを読んでいたらしい、同じ昨夜付の新聞をもって庭にいた。彼女の目つきを見ただけで、センティスの訃報をもう読んでいるのがわかった。

「このひと、あなたに隠してたわけね……」

「しかも、死んじゃった」

ヘルマンにきかれていやしないかと、マリーナは家にちらっと目をやった。

「ちょっと散歩しにいかない？」とマリーナが提案した。

ぼくは賛成した、といっても三十分以内に授業にもどらなくてはいけない。

ぼくらの足はペドラルベス地区との境にあるサンタアメリアの庭園にむいた。市民センターとして最近改修された館が庭園の中心に建っていて、かつての古いサロンのひとつが、いまはカフェテリアになっている。ぼくらは大きな窓のそばにテーブルをとった。マリーナの音読する新聞記事が、ぼくにはもう空で言えるほどだ。

「殺人なんて、どこにも書いてないけど」とマリーナは口にした。あまり納得していない。

「その必要もないよ。三十年も隠居していた男が下水溝で死んで見つかった、おまけに遺体を放置するまえに、誰かが面白がって二本の手を奪っていった……」

「わかった。殺人ね」

「殺人どころじゃないよ」と、ぼくは神経を逆立てて言った。「センティスが真夜中に下水溝の閉鎖されたトンネルで、なにしてたって言うんだ？」

カウンターのむこうで退屈そうにコップを拭いていたウエイターが聞き耳をたてている。

「声を小さくして」とマリーナがささやいた。

ぼくはうなずき、落ち着こうとした。

「警察に行って、わたしたちの知ってることを説明したほうがいいかも」とマリーナが指摘した。

「でも、ぼくらは、なんにも知らないじゃないか」とぼくは反論した。

「警察より、ちょっとは知っていると思うけど、たぶんね。先週、謎の女性がコルベニクの住所と黒い蝶のマークの入った名刺をあなたのところに届けさせた。あなたがセンティスを訪問したら、相手は心当たりがないと言ったくせに、ミハイル・コルベニクとベロ－グラネル社についての奇妙な物語をあなたにきかせた、四十年も昔の不穏な出来事につつまれた話をね。ただし、どういうわけか、センティスは自分もその物語の一部であることを言いそびれた。事実、彼は創業者の息子で、工場での事故後にコルベニクが二本の手をつくってあげた当の人物だったたってこと……それから一週間もたたないうちに、センティスは下水溝で死んで見つかった……」

「義手をもぎとられてだ……」とぼくは言いそえ、訪問時にセンティスが握手するのをためらったのを思いだした。老人の硬直した手を思い、背筋が冷たくなった。

「なんでか知らないけど、あの温室に入ったとき、ぼくらは途中でなにかに遭遇して」と頭を整理するつもりで言った。「いまや、ぼくらもその一部になってしまった。それで黒い貴婦人はあの名刺をもってぼくのところに来た……」

「オスカル、その女性があなたを頼ってきたのかも、その目的もわからないのよ。相手の正体だってわからない……」

「だけど彼女はぼくらが誰か知ってるし、どこにいるかもだ。相手が知ってるなら……」

マリーナはため息をついた。

「いますぐ警察に連絡して、この一件はさっぱり忘れましょうよ」と彼女が言った。「なんだかイヤだもの。それに、わたしたちの知ったことでもないし」

「ぼくらのことだよ、サリアの墓地で黒い貴婦人を尾行しようとしたときからさ……」

マリーナは庭園のほうに目をそらした。子どもがふたり凧《たこ》を飛ばし、風で高くあげようとしていた。子どもたちから目を離さずに、彼女がゆっくり小声でつぶやいた。

「じゃあ、どうしたいの？」

ぼくの頭にあることが、彼女には完全にわかっていた。


サリア広場の教会のうえに日が落ちるころ、マリーナとぼくはボナノバ通りを温室めざして歩いていた。用心のために懐中電灯とマッチ箱をひとつもってきた。イラディエル通りを曲がり、鉄道の線路脇の物寂しい路地の一角にぼくらは入りこんだ。バルビドレーラをあがっていく列車のこだまが木立のあいだから伝わってくる。貴婦人を見失った路地はすぐ見つかった。つきあたりのフェンスが温室を隠していた。

枯れ葉がマントのように敷石に積もっている。草むらに分け入るにつれて、ゼラチン状の陰がぼくらの周囲にひろがった。雑草が風でヒューヒュー音をたて、月の顔が雲間で笑みをうかべていた。日が暮れると、温室をおおうツタの葉の蔓《つる》が、無数の蛇でできた髪の毛に見えた。

建物をぐるりとまわり、ぼくらは裏口についた。マッチの炎でコルベニクとベロ－グラネル社のマークがうかびあがった。苔でかすれている。

ぼくは唾を呑みこんでマリーナに目をやった。彼女の顔は死人みたいな輝きを放っていた。

「ここにまた来ようっていうのは、あなたの考えだからね……」と彼女が言った。

ぼくが懐中電灯をつけると、赤っぽい光線が温室の入り口にひろがった。チラッと目をやってから、なかに入った。昼間の光でも薄気味悪かったその場所が、いま夜になってみると悪夢の舞台そのものだ。懐中電灯の光線が瓦礫のデコボコを浮き彫りにした。

ぼくはマリーナの先に立って、正面を懐中電灯で照らしながら歩いた。土が湿り気をおびて、歩くたびに軋《きし》んだ音がする。木製の人形がふれあってシャラシャラと無気味な音をたてるのが、ぼくらの耳にとどいた。温室の内奥にひろがる死骸布に似た暗がりに耳をそばだてた。先日ここを後にしたとき、あの宙吊りの人形たちは上のほうにあったのか、それとも下に落ちていたか、一瞬記憶があいまいになった。マリーナを見ると、彼女もどうやら、おなじことを考えている。

「あの後、誰かがここにいたのよ……」と彼女が言い、天井から半ばぶらさがったシルエットを指さした。

人形の足という足がゆらゆら揺れている。ぼくは首根っこがぞくっとした。誰かが人形をまた下ろしたのだ。急いで机にむかい、マリーナに懐中電灯を手わたした。

「なに、さがしてるの？」と彼女が小声できいた。

机にある古い写真のアルバムを指さして、手でつかむと、背中のかばんにつっこんだ。

「そのアルバム、わたしたちのじゃないのよ、オスカル、そんなことしていいか……」

彼女の抗議を無視してひざまずき、ぼくは机の引き出しを調べにかかった。いちばん上は錆びついた道具ばかり、ナイフ、針や釘、刃のこぼれた鋸《のこぎり》の類が入っている。二番目は空っぽだ。黒い小蜘蛛どもが引き出しの底を走り、板のすきまに隠れ場所をさがしていた。また閉めて、三番目に賭けた。錠がかかっている。

「どうしたの？」マリーナのささやき声がきこえた。不安にかられた声だ。

いちばん上の引き出しからナイフをとりだして、ぼくは錠をこじあけようとした。マリーナが背後で懐中電灯を高くかかげ、温室の壁をすべっていく踊る影を見つめていた。

「まだかかりそう？」

「だいじょうぶ。ものの一分だ」

ナイフで錠の先端が感じとれた。縁をなぞって、まわりをくりぬいた。乾いて傷んだ板が手の力で簡単に割れ、砕けた板がバリバリと軋んだ音をたてた。マリーナはぼくの横にしゃがんで懐中電灯を地面においた。

「なんの音？」と彼女がとっさにきいた。

「なんでもないよ。引き出しの板が割れて……」

彼女がぼくの手に自分の手を重ねて、動きをとめさせた。一瞬、静寂につつまれた。ぼくの手のうえでマリーナの速い脈を感じた。ぼくもその音に気がついた。頭上で板がパシッという音。闇で宙吊りになった人形たちのあいだで動くものがあった。目をそばめたその瞬間、腕の輪郭らしきものが感じられ、見ると波打つように動いている。一体の人形が枝間を這う毒蛇みたいに天井からすべり下りてきた。ほかの影も同時に動きだした。ぼくはナイフをぎゅっとつかんで立ちあがった。体がガタガタふるえている。そのとき誰か、それとも何かが、ぼくらの足もとの懐中電灯を遠ざけた。懐中電灯が隅にころがって、周囲は暗黒に閉ざされた。その瞬間、あのヒューッという音がきこえた。こちらにやってくる。

　ぼくはマリーナの手をつかんで出口に走りだした。行く先々で人形の仕掛けがジリジリ落ちてくる。腕が、脚が、ぼくらの頭にさわり、無理やり服をつかもうとした。うなじに金属製の爪を感じた。横でマリーナの悲鳴がきこえた。ぼくは彼女をまえに押しやって、闇から下りてくる化け物どもの地獄のトンネルをつき進ませた。ツタの葉のすきまからさしこむ月の光で、ひび割れた顔、ガラスの目、エナメル質の入れ歯の光景がうかびあがった。

　ぼくは必死で左に右にナイフをふりかざした。硬い体をひっ掻いた感触があり、粘っこい液体が指にまみれた。ぼくは手をひっこめた。なにかが闇のほうにマリーナをひっぱっていく。彼女は恐怖の悲鳴をあげ、眼《まなこ》のない顔がぼくの目に映った。ぽっかり空いた二つの黒い穴、木製のバレリーナがナイフみたいに鋭利な指をマリーナの喉に巻きつけている。人形は死んだような肌の仮面をかぶっていた。

　ぼくは思いきり相手に突進し、地面につき倒した。マリーナをひきよせて出口に走るあいだ、頭のとれたバレリーナがまた起きあがり、見えない糸のついた操り人形はハサミのようにシャリシャリ音をならして鉤爪をふりまわした。

温室の外にとびだすと、暗い影たちが通りにでる路地をふさいでいた。ぼくらは逆方向に走り、列車の線路を隔てる塀に隣接した小屋にむかった。小屋のガラス戸は苔むしている。戸があかない。ぼくはひじでガラスを割り、内側の錠を手でさぐった。取っ手が動いて、むこうに戸がひらいた。ぼくらはさっと飛びこんだ。奥の窓が乳白色のシミみたいな明かりを二つ描いている。窓のむこうに蜘蛛の巣状の列車の電気配線がうかがえた。マリーナが一瞬ふりむいて後ろに目をやった。細長い物影がいくつも小屋の戸口に輪郭をなしている。

「早く！」と彼女が叫んだ。

ぼくは絶望にかられて目を走らせ、窓を割るものがないか探した。ポンコツ自動車の錆びた死骸が暗闇で朽ちている。クランクハンドルが車のまえに落ちていた。それをひろって、ガラスの雨をよけながら窓に何度も打ちつけた。夜風が顔にあたり、鉄道のトンネルの口からただよう淀《よど》んだ空気を感じた。

「こっちだ！」

マリーナが窓にあいた穴にのびあがるそばで、車置場をじりじり這ってくる影にぼくは目をこらした。両手で金属製のクランクハンドルをふりまわすうちに、影どもが突然ピタッと立ちどまり、一歩後退りした。わけがわからずに見ていると、頭上で機械音の吐息がきこえた。ぼくが反射的に窓のほうに跳んだ瞬間、体がひとつ天井から剝がれ落ちた。腕のない警察官の人形だ。雑に縫い合わせた革の死面らしきものをかぶっている。縫い目という縫い目から血を流していた。

「オスカル！」と窓のむこうからマリーナが叫んだ。

割れガラスの牙をむく獣の喉に似た穴に、ぼくは突進した。ガラスの尖《とが》った舌先がズボンの布を切り裂くのがわかった。皮膚がすっぱり切れたらしい。むこうに着地したとたん、痛みがどっときた。服のしたで生温かい血が流れている。マリーナが起こしてくれて、ふたりで鉄道のレールをかわしながら向かい側に行きかけた瞬間、くるぶしを強くつかまれて、ぼくはレールにつんのめった。ふりむいてギョッとした。恐ろしいマリオネットの手がぼくの足を押さえつけている。レールにもたれかかると、金属の振動を感じた。列車の遠いライトが塀に映った。車輪の高いきしみがきこえ、体のしたから地面の揺れが伝わった。

列車が全速力で近づくのがわかり、マリーナが悲鳴をあげた。彼女はぼくの足もとにひざまずいて、ぼくを押さえつける木製の指をひき離そうとした。列車のヘッドライトが彼女をいっきに照らしだす。遠吠《とおぼ》えのような汽笛がきこえた。人形はじっと横たわったきり捕らえた獲物を離さない。マリーナは両手でぼくを逃がそうと必死だった。指が一本離れた。マリーナがため息をつくまもなく人形が立ちあがり、もういっぽうの手で彼女の腕をわしづかみにした。まだ手にもっていたクランクハンドルでぼくは力いっぱい不動の人形の顔を殴りまくり、頭蓋をたたきこわした。木製かと思ったら、それが骨だとわかってぞっとした。人形にはかつて命があったのだ。

列車の咆哮《ほうこう》が耳をつんざいて、ぼくらの悲鳴をかき消した。レールのあいだの石が振動し、ヘッドライトの光輪がぼくらをつつんだ。目をつぶったまま不吉な操り人形をめった打ちするうちに、相手の首が折れたのを感じ、やっと鉤爪が離れた。光のまぶしさに目をふさがれたまま、マリーナとふたりで石のうえを転がった。何トンもの鋼鉄が火花の雨を放ちながら、ぼくらの体の数センチむこうを横ぎった。粉々に砕けた人形の断片が飛び散り、焚火からパチパチあがる熾《おき》みたいに煙をあげていた。

列車が通りすぎると、ぼくらは目をあけた。ぼくはマリーナのほうをむいてうなずき、だいじょうぶだよと合図した。ふたりでゆっくり体を起こした。ふいに片脚に刺すような痛みが走った。マリーナはぼくの腕を自分の肩にまわし、やっと線路の向かい側にたどりつけた。ふたりで後ろをふりかえった。レールのあいだでなにかが動いた。月明かりで光っている。木製の手、列車の車輪に轢《ひ》かれたやつだ。ピクピクする手の動きがだんだん鈍くなり、ついにピクリともしなくなった。

ぼくらは言葉もかわさずに、低木のあいだをあがり、アングリ通りにつづく路地にむかった。教会の鐘が遠くできこえた。

ぼくらが家についたとき、ヘルマンは幸いアトリエで転寝していた。マリーナはぼくをバスルームにそっと連れていき、ろうそくの明かりで脚の傷を消毒してくれた。壁も床もタイル張りで、ろうそくの炎が反射していた。まんなかに鉄製の四本脚で支える立派な浴槽がすえてある。

「ズボンを脱いで」と背後でマリーナが言った。救急箱をさがしている。

「え？」

「きこえたでしょ？」

言われたとおりに浴槽の縁に脚をのばした。傷は思ったより深く、まわりが赤紫色をおびていた。思わず吐き気がした。マリーナはぼくの横にひざまずいて、注意ぶかく傷を調べている。

「痛む？」

「見ちゃうとね」

ぼくのにわか看護師はアルコールに浸した脱脂綿を手にして傷口に近づけた。

「沁《し》みるけど……」

アルコールが傷に噛みつくと、ぼくは指紋の跡が残るほど浴槽の縁を思いきりつかんだ。

「ごめんなさいね」とマリーナがささやきながら、傷口に息をふきかけた。

「ぼくのほうこそ、ごめん」

ぼくは深呼吸をして目をとじた。彼女はそのあいだ、丁寧に傷の手当てをしつづけた。最後に救急箱から包帯をとりだして、傷のうえに巻いた。作業から目を離さずに、慣れた手つきでしっかりテープでとめた。

「わたしたちを狙ってきたんじゃないわね」とマリーナが言った。

ぼくは彼女の言っていることが、よくわからなかった。

「温室のあの人形たち」と、彼女はぼくを見ないで言いそえた。「写真のアルバムをさがしていたのよ。あれは、もってきちゃいけなかったと思う……」

肌に彼女の息を感じた。きれいなガーゼを当ててくれている。

「きのうのことだけど、あの海岸で……」とぼくは言いかけた。

マリーナは手をとめて、ぼくを見あげた。

「気にしないで」

マリーナは最後のテープをはりおえると、黙ってぼくを見つめた。なにか言いそうに見えたが、ただ立ちあがって、バスルームからでていった。

ろうそくの明かりと、役に立たなくなったズボンといっしょに、ぼくはひとりそこに残った。

13

寄宿舎についたら零時をまわり、寮生はみんなもう就寝していたが、部屋の鍵穴から光がもれて廊下を照らしていた。

ぼくは忍び足で部屋まで身をすべらせた。細心の注意をはらって部屋のドアをしめてから、サイドテーブルの目覚まし時計に視線をやった。夜中の一時に近い。灯りをつけて、かばんから写真のアルバムをとりだした。温室からもってきたやつだ。

アルバムをひろげて、そこに登場する人たちの写真のコレクションに没頭した。両生類みたいに指のあいだが膜でつながった手の画像があった。その横の一枚は白いドレスを着たブロンドの巻き毛の少女、くちびるのあいだに鋭い犬歯をのぞかせて笑みをうかべている。ろうそく一本の明かりだけで火のつきそうな肌をした色素欠乏症の兄弟。頭蓋でつながった結合双生児、ふたりの顔は生涯むきあっている。裸の女性の脊柱は乾いた枝みたいに曲がっている……。ほとんどは子どもか若者だ。多くがぼくより年下に見えた。短命なのか、大人や老人は見られない。

マリーナの言葉を思いだした。このアルバムはぼくらのものじゃないし、無断でもってきてはいけなかったものなんだと。いま、アドレナリンが血液中から消えてみると、彼女の考えが新たな意味をもってきた。アルバムを観察することで、自分のものではない思い出のコレクションをぼくは冒瀆《ぼうとく》している。この写真たちは、それなりに家族のアルバムなのだ。ページをくり返しめくるうちに、この一枚一枚のなかに時間も空間も超えたところにあるつながりが感じられそうに思えた。

ようやくアルバムをとじて、かばんにまた押しこんだ。

灯りを消すと、マリーナが誰もいない海岸を歩いているイメージが脳裡にうかんだ。彼女が波打ちぎわを遠くに離れていく。そのうち眠りが潮騒《しおさい》を消した。

その日、雨はやっとバルセロナに飽きたらしく、北部に去っていった。法の目をくぐる犯罪者のように、ぼくは午後の最後の授業をエスケープして、マリーナに会いにいった。雲のあいだに真っ青な幕がひろがり、太陽の光線が街の通りにこぼれ落ちていた。

彼女は庭でぼくを待っていた。秘密のノートに熱中している。ぼくの姿を見たとたん、しっかりノートをとじた。ぼくについて書いているのか、それとも温室であったことか。

「脚のほうはどう?」両手でノートを抱えるようにして、彼女がきいてきた。

「なんとかね。ちょっと来て。見せたいものがあるんだ」

ぼくはアルバムをとりだして、噴水に腰かける彼女の横にすわった。アルバムをあけて、ページをめくっていった。マリーナはそっとため息をついた。写真に動揺している。

「ほら、ここ」とぼくは言い、一枚の写真のところで手をとめた。アルバムの最後のほうだ。

「けさ起きた瞬間にピンときたんだ。いままで、うっかりしてたけど、きょうは……」

　マリーナはぼくが見せる写真に目をこらした。モノクロの画像、スタジオで撮る古いポートレートだけがもつ不思議に鮮明な魔力にみちている。そこには、ひとりの男性が写っていた。頭蓋がおそろしく変形し、背骨で支えて立つのがやっとらしい。彼は白衣の若い男性によりかかっていた。医師だ。丸メガネをかけて、きちょうめんにそろえた口ひげと蝶ネクタイが調和している。ドクターはカメラをまっすぐ見ていた。患者は恥じ入るかのように片方の手で両目を隠している。背後に更衣用のパネルが立ち、どうやら診療所らしい。隅のほうに半開きのドアが見てとれる。年端のいかない女の子が人形を抱いて、そこから遠慮がちに光景を見ていた。写真は記録用の医学的資料以外のものではなさそうだ。

「よく見て」とぼくは念をおした。

「気の毒な男性にしか見えないけど……」

「その人じゃない、彼の後ろを見てごらん」

「窓……」

「その窓ごしになにが見える？」

　マリーナは眉をひそめた。

「見覚えない？」とききながら、ドラゴンの像をぼくは指さした。写真を撮影した部屋のむかいの建物のファサードを飾るオブジェだ。

「どこかで見たけど……」

「ぼくもそう思ったんだ」と同調した。「ここバルセロナでだよ。ランブラス通り、リセウ劇場のむかい。アルバムの写真を一枚一枚ぜんぶ見直したら、この一枚だけがバルセロナで撮られてるんだ」

アルバムから写真をはがし、マリーナにさしだした。裏側に、ほとんど消えかけた字でこう書いてある。

マルトレイ・ボラス写真スタジオ　一九五一年　複製
ドクター・ジョアン・シェリー
ランブラ・デ・ロス・エストゥディアンテス通り、四六－四八番二階、バルセロナ

マリーナはぼくに写真を返して、ひょいと肩をすくめた。

「三十年近くも昔に撮られた写真じゃない、オスカル……。なんの意味もないわ……」

「けさ電話帳を見てきたんだ。ドクター・ジョアン・シェリーとかいう人は、いまもまだランブラス通りに住んでたよ。どうりで見覚えがあると思ったんだ。そのあとセンティスが言ってたのを思いだしてさ、ドクター・シェリーはバルセロナに来たばかりのミハイル・コルベニクの最初の友人だったって……」

マリーナは、ぼくをじっくり見た。

「で、あなたはうれしくて、電話帳を見る以外に、まだなにかやったわけ……」

「電話してみたんだ」と、ぼくは認めた。「ドクター・シェリーの娘さんがでてさ、マリアっていう人。きわめて重要な件で、あなたのお父さんとお話ししたいんですって言ったんだ」

「それで、相手にしてくれた？」

「はじめは、だめだった。でもミハイル・コルベニクの名前をだしたら、声が変わってさ。彼女のお父さんが、ぼくらと会ってくれるって」

「いつ？」

ぼくは腕時計をたしかめた。

「約四十分後」


ぼくらはカタルーニャ広場まで地下鉄に乗った。日が暮れかかるころ、ランブラス通りへの出口の階段をあがった。クリスマスが近づき、都《まち》は光の花輪で着飾っている。街灯が歩道に多彩な幻影を描いていた。鳩の群れが飛んでいく、通りの花売りとカフェのあいだを、街頭の音楽師とナイトクラブのダンサー、観光客と地元の人、警察官とペテン師、そして市民と別の時代の亡霊のあいだを縫うようにして……。ヘルマンの言うとおりだ。こんな通りは世界じゅうのどこにもない。

リセウ劇場のシルエットがぼくらの正面に立ちはだかった。オペラ公演の夜で、張りだし屋根を飾る王冠《ダイアデム》のようなライトが灯《とも》っていた。ランブラス通りをはさんだその向かいに、写真にうつる緑色のドラゴン像が見つかった。建物のファサードの角から人込みをながめている。これを見て思った。歴史はカタルーニャの守護聖人である聖《サン》ジョルディを教会の祭壇や絵札に安置したが、聖人に退治されたドラゴンは、バルセロナの都に未来永劫《えいごう》、世々にいたるまで居場所を得たわけだ。

ジョアン・シェリー医師のかつての診療所は、陰鬱な灯りのついた風格のある古い建物の二階を占めていた。洞穴もどきの玄関ホールをぬけると、豪華な階段が螺旋《らせん》状に上階につづく。ぼくらの足音は階段の余韻になって消えていった。見ると、ドアノッカーがみんな天使の顔の形に鋳《い》られていた。大聖堂ふうのステンドグラスが高みから光をとりこみ、建物が世界一の万華鏡と化している。二階は、昔の建物の例にもれず、事実上三階だった。ぼくらは中二階とメインフロアの二階をすぎて、ブロンズ製の古いプレートのあるドアのまえについた。〝ドクター・ジョアン・シェリー〟と書いてある。

ぼくは腕時計を見た。約束の時間まであと二分、マリーナがドアノッカーでとびらをたたいた。

ぼくらにドアをあけてくれた女性は、宗教画から飛びだしてきたのだ、まちがいない。はかなく消えいりそうな純粋無垢で神秘的な雰囲気をまとっていた。肌は雪みたいに白く透けそうで、瞳は明るく、ほとんど色がない。翼のない天使。

「セニョーラ・シェリーですか？」とぼくは丁重にきいた。

彼女は〝はい〟と答え、好奇にみちた目を輝かせた。

「こんにちは」とぼくは切りだした。「ぼく、オスカルといいます。けさ、電話でお話しした者で……」

「覚えていますよ。さあ、どうぞ。どうぞ……」

彼女はぼくらを通してくれた。マリア・シェリーは雲間を跳ぶバレリーナのように、ごくゆっくりした足どりで歩いた。華奢な体で、バラ水の香りをただよわせている。三十歳ちょっとかと推測したが、見た目はもっと若い。片方の手首に包帯をし、白鳥のような首にスカーフを巻いていた。玄関ホールはビロード張りの壁で、色のくすんだ鏡のかかる暗い部屋だ。家は博物館のにおいがした。内部にただよう空気がそこに閉じこめられたまま何十年も経《た》ったかのようだった。

「おじゃまさせてもらって、ありがとうございます。彼女、友だちのマリーナです」

マリアはマリーナに目をすえた。女性がおたがいを観察しあう様子に、ぼくはいつも心を奪われる。いまもその例外ではない。

「はじめまして」と言葉をひきずるように、マリア・シェリーがようやく言った。「父は高齢です。気分屋なもので。疲れさせないようにしてくださいね」

「ご心配なく」とマリーナが言った。

〝こちらにどうぞ〟と、相手はぼくらを家のなかに案内した。マリア・シェリーは、まったくもって、蒸気みたいに軽やかな動きをする。

「で、亡くなったコルベニク氏に関係するなにかをお持ちだとおっしゃいましたっけ？」とマリアがきいてきた。

「彼をごぞんじなんですか？」とぼくは逆にきいた。

昔を思いだしたのか、相手の顔が輝いた。

「いえ、じっさいには……。でも話はずいぶんきいているので。子どものころにね」と、独り言みたいに言った。

黒いビロード張りの壁面は、聖人、聖母、瀕死《ひんし》の殉教聖人の複製画であふれていた。じゅうたんは暗色系で、閉まった窓のすきまから洩《も》れ入るわずかな光を吸いとっていた。女家主についてこの廊下をぬけながら、彼女は父親といっしょにどのくらいの歳月ここに住んでいるのかと思った。結婚しているのか？　この壁にかこまれた鬱屈した世界の外で人生を謳歌《おうか》し、誰かを愛し、なにかを感じてきたのだろうか？

マリア・シェリーは引き戸のまえで足をとめ、コンコンとノックした。

「お父さま？」

ドクター・ジョアン・シェリー、というか、彼の名残は毛布にくるまり、暖炉のまえの大きなアームチェアに腰かけていた。娘は、ぼくら三人にしてくれた。彼女が部屋を去るとき、ぼくは細くくびれたウエストから目をそらすようにした。

老医師は黙ってぼくらを観察した。この人のなかに、ぼくがポケットにもつ写真の男性の面影はほとんど見られない。相手の目が不審の色をうかべている。アームチェアのひじ掛けにおく片方の手が、かすかにふるえていた。オーデコロンで隠していても、体からは病の臭気がただよっていた。彼の皮肉な笑みは、世の中と彼自身の現状からくる不快感を隠さない。

「愚かさが魂にやるのとおなじことを、年月は肉体にやるもんだ」と彼は言い、自分のことを指さした。「腐敗させるんですよ。ご用は、なにかな?」

「ミハイル・コルベニクについてお話しいただけないかと思って」

「できなくはないが、理由がわからんな」と医師がさえぎった。「存命のころ、やたらに取沙汰されたが、嘘一色だ。人間が自分のしゃべることの四分の一でも考えることをしたら、世の中は天国でしょう」

「ええ、でもぼくらは真実を知りたいんです」とぼくは指摘した。

老人は、からかうような表情をした。

「真実は見つかるもんじゃないよ、きみ。真実のほうが人を見つけるんだ」

ぼくは素直にほほ笑もうとした。でもこの男性はなにも言う気がないんじゃないかと思いはじめた。マリーナはぼくの心配を察したのだろう、イニシアティブをとった。

「シェリー先生」とやさしい声で言った。「偶然なんですけど、わたしたち、ある写真のコレクションを入手して、それがミハイル・コルベニク氏の所有されていたものかもしれないんです。その写真の一枚に、先生と患者さんのひとりが写っていたもので。そんなわけで、このコレクションを本来の持ち主の方か、それに該当する方にお返しできないかと思って、こんなふうにおじゃましたんです」

　こんどは素っ気ない言葉が返ってこなかった。医師は驚きを隠せないふうにマリーナをじっと見つめた。そういう策略がぼくにはどうして思いうかばなかったか。マリーナに会話の手綱をとらせれば、そのぶんうまくいくと思った。

「なんの写真のことでしょうかね、セニョリータ……？」

「先天的な疾患をもつ患者さんたちを写したアルバムで……」とマリーナが指摘した。

　医師が燃えるような目をした。相手の神経にさわったらしい。いずれにしても、毛布のしたに人生があったのだ。

「写真のコレクションがミハイル・コルベニクのものだと、なぜ思うのかね？」と無関心を装って相手がきいた。「あるいは、わたしになにか関係があるとでも？」

「おふたりが友人だったたって、娘さんにうかがって」とマリーナが話題をそらした。

「マリアは、お人よしが取り得でな」とシェリーが口をはさんだ。気が立っている。

　マリーナはうなずいて立ちあがり、ぼくにもそうするように合図した。

「わかりました」と彼女は丁重に言った。「わたしたち、まちがっていたようです。おじゃましまして申しわけありませんでした、先生《ドクター》。オスカル、行きましょう。どなたにコレクションをお返しするか、そのうちわかるでしょうから……」

「待ちなさい」とシェリーがさえぎった。

咳ばらいをひとつして、相手はぼくらにまた椅子をすすめた。

「その写真のコレクションを、まだもっているのかね？」

マリーナはうなずき、老人の目をじっと見た。思いがけずシェリーが高笑いらしきものを放った。古新聞をくしゃくしゃにするみたいな音だ。

「きみたちがほんとうのことを言ってると、どうしてわかるかね？」

マリーナはぼくに無言の命令を送ってきた。ぼくはポケットから写真をとりだして、ドクター・シェリーにさしだした。相手はふるえる手にとり、じっくりながめた。しばらく写真を観察していた。最後に暖炉のほうに目をそらし、語りはじめた。


話によると、ドクター・シェリーは、イギリス人の父とカタルーニャ人の母の息子だった。彼はボーンマスの病院で外傷学の専門医を務めていたが、バルセロナに定住すると、外国人の身分ゆえに、前途有望のキャリアを積んだ医学界でのとびらが閉ざされた。かろうじて職を得られたのは監獄の医務課だけ。ミハイル・コルベニクの治療にあたったのは、当人が牢内で残虐な暴行の餌食になったときだった。当時コルベニクはスペイン語もカタルーニャ語もしゃべれず、だが幸いにしてシェリーは片言のドイツ語が話せた。コルベニクが服を買えるように医師は金を貸し、自宅に泊まらせたうえ、ベロ－グラネル社での職をも世話してやった。コルベニクはドクター・シェリーに無上の親愛の情をいだき、相手の寛大な心を忘れなかった。ふたりのあいだに深い友情が生まれた。

その後、友情は職業上の関係で実を結ぶことになる。ドクター・シェリーの患者の多くは整形外科の器具や特殊な人工装具を必要としていた。ベロ－グラネル社はその生産におけるトップ企業で、製品開発者のなかでもミハイル・コルベニクの才能にならぶ者はいなかった。シェリーはやがてコルベニクの主治医になった。運命の女神がようやくほほ笑むと、コルベニクは友人の医師を助けたいばかりに、先天性疾患の研究や治療を専門とする医療センター創設のための資金を提供した。

この分野にコルベニクが関心をよせたのは、プラハでの幼少時代にさかのぼる。シェリーの説明によれば、ミハイル・コルベニクの母親は双子の男の子を産んだ。ひとりはミハイルで、強く丈夫な体に生まれたが、もうひとりのアンドレイは骨と筋肉を病んで生をうけ、わずか七年後に命を落とした。このエピソードは少年ミハイルの記憶に痕跡を残し、ある意味で彼の職業人生を左右した。適切な医療行為と、自然が授けなかったものを補う技術の進歩さえあれば、双子の弟は成人の年齢に達して人生を謳歌できただろうと、コルベニクは常々考えていた。自身の才能を人工装具の設計に捧げたのは、その確固とした思いがあってこそ。彼が好んで言うように、人工装具は自然の摂理が脇に追いやった肉体を補完するメカニズムなのだ。〝自然はぼくらの命で遊ぶ子どものようなものでね、自分のオモチャに飽きると、それを放りだして、ほかのものにとりかえる〟とコルベニクは言っていた。〝そういう部品をとりもどして再建するのが、われわれの責任ですよ〟

その彼の言葉に一部の人は冒瀆同然の傲慢さを見、別の人々は純粋に希望の光を見た。双子の弟の影はミハイル・コルベニクに終始つきまとった。生きるのは彼、肉体に死を刻んで生まれるのは弟と、気まぐれで残酷な運命がきめたものと思っていた。シェリーいわく、コルベニクはそのために罪の意識をもっていた、アンドレイにたいして、弟のようなすべての人にたいして、心の奥深くに負い目をもちつづけたのだ。コルベニクが世界じゅうの先天的変形の写真を集めだしたのは、そんな時期だった。彼にとってこの人々は、アンドレイの見えない兄弟たち、コルベニク自身の家族にほかならなかった。

「ミハイル・コルベニクは優れた男でね」とドクター・シェリーはつづけた。「ただ、そういう人物にかぎって、劣等感をもつ人間どもの不信をかきたてる。羨望というやつは自分より物の見える他人の目をくりぬかずにおられんもんでな。ミハイルの晩年とその死後に、彼自身について言われたことは中傷でしかない……。あのいまいましい刑事……フロリアンめが。ミハイルをおとしめるために自分が操り人形として利用されたことも理解せんで……」

「フロリアン？」とマリーナが口をはさんだ。

「フロリアンは司法捜査班の刑事部長だよ」とシェリーは声帯に思いきりの軽蔑をこめて言った。「悪辣な輩《やから》、蛆虫、ベロ－グラネル社とミハイル・コルベニクをだしにして、自分の名をあげようとした男だ。やつにはなにひとつ証明できなかったと考えることが、こちらには唯一の慰めだがね。例の解剖用死体の逸話を捏造《ねつぞう》したのは、まさにあの男だよ……」

「解剖用死体？」

シェリーは長い沈黙にしずんだ。ぼくらを見て、皮肉な笑みをまたうかべた。

「その、フロリアンとかいう刑事さんって……」とマリーナがきいた。「どこに行けば会えるかごぞんじですか？」

「サーカス小屋だろ、あとの道化師連中といっしょだ」とシェリーが返した。

「ベンハミン・センティスはごぞんじですか、ドクター？」会話をもどそうと、ぼくはきいた。

「もちろん」とシェリーは答えた。「定期的に診《み》てやったもんでね。センティスはコルベニクの共同経営者としてベロ－グラネル社の管理部門を仕切っていた。欲が深くて、世の中での自分の居場所もわからん人間だよ、わたしに言わせればな。羨望で腐りきったやつだ」

「センティス氏の遺体が一週間まえに下水溝で見つかったのはごぞんじですか？」とぼくはきいた。

「これでも新聞ぐらいは読みますよ」と相手は冷たく答えた。

「おかしいと思いませんか？」

「ほかに新聞に書いてあることと変わらんだろう」とシェリーは答えた。「世の中は病んでいる。それに、わたしも疲れてきている。あと、なにか？」

黒い貴婦人のことをきこうとしたら、マリーナがそれより先に笑みをうかべて、首を横にふった。シェリー医師は呼び鈴に近寄って、ひもを引っぱった。マリア・シェリーがすぐあらわれた。視線を足もとに落としたままだ。

「こちらの若い方々がお帰りだよ、マリア」

「はい、お父さま」

ぼくらは立ちあがった。見せた写真を返してもらおうとしたら、医師のふるえる手に先をこされた。

「この写真はもらっておきますよ、そちらさんがよければ……」

そう言うと、ぼくらに背をむけて、客を玄関まで送りなさいと、娘に合図のしぐさをした。図書室をでる直前に、ぼくがふりむいて最後に老医師に目をやると、写真を暖炉の火に放りこむのが見えた。彼のうるんだ眼《まなこ》が、炎のなかで燃える写真をながめていた。


マリア・シェリーは黙ってぼくらの先に立ち、玄関ホールにつくと弁解ぎみにほほ笑んだ。

「父はむずかしい人間だけど、心根はいい人なんです……」と言い訳した。「人生でさんざん嫌な目にあって、たまに損な性格がでてしまうもので……」

彼女はぼくらに玄関のドアをあけて、階段の灯りをつけてくれた。相手のまなざしに迷いが読めた。ぼくらになにか言いたいのに、それを怖れているような感じなのだ。

マリーナもそれに気づき、感謝のしるしに握手の手をさしだした。マリア・シェリーはその手をにぎった。この女性の体じゅうから冷たい汗みたいに孤独がにじみでている。

「父がお話ししたかどうか、わかりませんけど……」と彼女は声をひそめ、おびえるように後ろに目をやった。

「マリア?」と、ピソの内部から医師の声がした。「誰としゃべっているんだね?」

影がマリアの顔にひろがった。

「いま行きます、お父さま、いま行きますから……」

悲痛なまなざしを最後にぼくらにむけて、彼女はピソに入っていった。ふりむいたとき、小さなペンダントを喉もとにさげているのが目についた。羽をひろげた黒い蝶の形、たぶんまちがいない。でも確認する間もなくドアが閉まった。

ぼくらは踊り場に残り、ピソのなかで娘に怒りをぶつける医師のどなり声をきいていた。階段の灯りが消えた。一瞬、腐敗した肉のにおいが感じられた。階段のどこかの場所からただよってくる。暗がりに死んだ動物がいるかのようだ。

そのとき、階段の上に離れていく足音がきこえた気がし、におい、あるいは気配もかき消えた。

「もう行こう」とぼくは言った。

14

マリーナの家への道すがら、気がつくと彼女がぼくを横目で見ている。

「クリスマスは家族とすごさないの？」

ぼくは首を横にふり、車の往来にぼんやり目をやった。

「どうして？」

「両親が、しょっちゅう旅行してでさ。もう何年もクリスマスをいっしょにすごしてないから」

ぼくの声は無意識に、鋭く、とげとげしく響いた。そのあとずっと黙って歩いた。マリーナを家の門まで送っていって、そこで彼女と別れた。

寄宿舎に帰る道を歩いていると、雨が降りだした。校舎の四階にならぶ窓を遠くからながめた。灯りが見えるのは二つぐらいだ。寮生のほとんどはクリスマス休暇で出かけてしまい、二、三週間後まで帰ってこない。毎年おなじことが起こるのだ。寄宿舎はがらんとして、二、三人の不運な人間だけが指導教師の世話になる。ここ二年は最悪だったけれど、今年はもうどうでもいい。じっさい、そのほうがよかった。マリーナとヘルマンから離れるなんて考えられない。彼らの近くにいるかぎり淋しくなんかない。

自分の部屋への階段をまたあがった。廊下はしんとして誰もいない。寄宿舎のこの棟は空っぽだ。いるとすればドニャ・パウラだけ、清掃を担当する寡婦で、三階の小さな部屋にひとりで住んでいる。途切れのないテレビの低い音は真下の階からだろう。

空いた部屋の列を通りすぎて、ぼくは自分の部屋についた。ドアをあけると、都《まち》の空で雷鳴がとどろき、建物全体に響きわたった。閉まった鎧戸から稲妻の光がさしこんだ。服のままベッドに横たわり、雷鳴が暗闇で連発するのをきいていた。

ナイトテーブルの引き出しをあけて、鉛筆のスケッチ画をとりだした。海岸に行ったときにヘルマンが描いてくれたマリーナの絵だ。薄闇でそれをながめるうちに、睡魔と疲れに負けてしまった。お守りみたいに絵を抱いて眠った。

目がさめたとき、ポートレートは、ぼくの手のなかから消えていた。

ふいに目がさめた。寒さと風の息を顔に感じた。窓があいて、雨が部屋を侵している。ぼくは当惑して起きあがった。薄闇のなかでナイトランプを手探りした。スイッチを押したがだめだ。電気がつかない。両手で抱いて寝たはずのマリーナの絵がないと気づいたのは、そのときだ。ベッドにも床にもない。

ぼくは目をこすった。わけがわからない。すぐに感じた。においが強く鼻をつく。あの腐ったような臭気だ。空気に。部屋に。着ている服にも、まるで眠っているあいだに腐りかけた獣の死体を肌にこすりつけられたみたいに……。吐き気をこらえ、つぎの瞬間、深いパニックにおちいった。ぼくはひとりじゃない。誰か、それともなにかが、ぼくの眠るあいだに、あの窓から入りこんだのだ。

ゆっくり家具を手探りしながら入り口のドアに近づいた。部屋全体の灯りをつけようとした。だめだ。廊下をのぞくと闇のなかにしずんでいる。臭気をまた感じた。もっと激しい。野生の獣の跡。突然、いちばん奥の部屋に物影が入っていくのが目についた気がした。

「ドニャ・パウラ？」と、ささやくように呼んでみた。

ドアがスッとしまった。ぼくは深く息をすうと、廊下に足をふみだした。頭が混乱している。爬虫類《はちゅうるい》みたいなシーッという声がして足をとめた。なにか言葉をつぶやいている。ぼくの名前だ。声はドアのしまった寝室のなかからきこえてくる。

「ドニャ・パウラ、そこにいますか？」と、しどろもどろに言いながら、両手にひろがる震えを抑えようとした。

暗闇に一歩ふみだした。声がぼくの名をくり返す。きいたこともない声だ。かすれた、残忍な、悪の血を流す声。悪夢の声……。ぼくは闇の廊下に立ちすくみ、筋肉ひとつ動かせない。いきなり寝室のドアがバタンとあいた。永遠にも思えたその瞬間、廊下が狭まって足もとで縮こまり、そのドアまでぼくをひきつけた。

部屋のまんなかのベッドのうえで輝くものが完璧に見分けられた。マリーナのポートレート、ぼくが抱いて寝たデッサン画だ。木製のふたつの手、操り人形の手がその絵をつかんでいる。血みどろのコードが何本か、手首の縁からのぞいていた。そのとき、はっきり察知した。あれはベンハミン・センティスが下水溝の奥深くで失った手だ。根もとから引っこ抜かれている。ぼくは息がとまりそうだった。

臭気にもう耐えられない。酸みたいに強烈に鼻をつく。恐怖でかえって覚醒し、壁に物影を見つけた。黒ずくめで両腕を真横にひろげて不動のまま壁に吊りさがり、絡みあう髪が顔にかぶさっていた。その顔がじりじりと上をむき、闇のなかでギラつく牙を見せて笑うのを、ぼくはドアのところでながめていた。手袋のなかで鉤爪が蛇の束のように動きだした。こちらが一歩後退りすると、ぼくの名を呼ぶあの声がまたきこえた。影は巨大な蜘蛛みたいに這ってくる。

ぼくは思わず悲鳴をあげて、ドアをバタンとしめた。寝室の出口をふさごうとしたが、激しい衝撃を感じた。ナイフに似た十本指の爪がドアの板のすきまからのぞいた。廊下のむこう端めざして走るあいだ、ドアがビリビリ破れる音がした。廊下は永遠につづくトンネルと化した。数メートル先に階段がのぞき、ぼくは後ろをふりかえった。地獄の化け物のシルエットがまっすぐ這ってくる。相手の目の放つ光が闇をくりぬいた。もう逃げられない。

ぼくは調理場につづく廊下をひた走った。校舎の隠れ場はすっかり頭に入っている。背後でドアをしめた。だめだ。化け物は突進してドアをなぎ倒し、床めがけて襲いかかってきた。ぼくはタイル張りの床をころがり、テーブルのしたに隠れこんだ。相手の足が見える。まわりで皿やコップが粉々に砕けて、割れたガラスが四方に散った。瓦礫のなかにギザギザの刃の包丁をみとめて必死でつかんだ。影がぼくのまえでしゃがんだ。獲物の巣穴のまえにいるオオカミのようだ。相手の顔にむかって包丁をふりまわすと、泥に埋まるみたいにズブッと刃がつき刺さった。影は半メートル身をひき、ぼくは調理場の反対側に逃げられた。じりじり後退りしながら護身になるものを探すうちに箱が見つかり、あけてみた。ナイフやフォーク、調理用具、ろうそく、ガスライター……役立たずのガラクタか。反射的にガスライターをつかんで火をつけようとしたとたん、目のまえで化け物の影がむっくり立ちあがった。腐臭の息を感じる。片方の鉤爪の手が喉もとにせまってきた。そのときガスライターの火がつき、二十センチの至近で化け物の顔を照らしだした。ぼくは目をつぶって息をこらした。見たのはまぎれもない死の顔だ、あとはただ待つだけか。今か今かと永遠に。

もういちど目をあけると影はいない。足音が離れていく。部屋まで追ううちに、うめきをきいた気がした。その声音に痛みか怒りがにじんでいる。部屋についてドアからのぞくと、化け物がぼくのかばんを探っていた。温室からもってきた写真のアルバムをつかんだところで相手がふりむき、ぼくらはにらみあった。夜のおぼろな光線が、その刹那《せつな》に侵入者の輪郭をなぞった。言葉が口をついて出るまえに、化け物はもう窓から飛びだしていた。

ぼくは窓台に駆けよって外をのぞいた。相手の体が宙に落下するかと思いきや、影は信じられない速さで排水管をすべりおりていく。黒いマントが風にひるがえった。暗い影は東棟の屋根に飛びうつり、樋飾り《ガーゴイル》と小塔の間をくぐりぬけた。ぼくは体が凍りついたまま見守った。地獄の亡霊が嵐のなかを離れていく。豹《ひょう》みたいにありえない跳躍で、バルセロナにひろがる人家の屋根が自分のジャングルであるかのように……。見たら、窓枠が血でべったりだ。血痕をたどって廊下まで行くうちにわかった。ぼくの血ではない、包丁でぼくが人間に傷を負わせたのだ。

壁によりかかった。ひざの力がぬけて、しゃがむようにすわりこんだ。ぐったり疲れきっていた。

そこにどのくらい、いたのだろう。やっと立ちあがれたとき、唯一安心していられる場所に行こうときめた。

15

マリーナの家につき、手探りで庭をぬけた。家をぐるりとまわって、台所の入り口にむかった。鎧戸のすきまに温かな光が揺れている。ぼくはホッとした。コンコンとノックしてから入った。

ドアはあいていた。もう遅い時間なのに、マリーナは台所のろうそくの明かりでノートに書き物をしていた。ひざにカフカをのせている。ぼくを見ると、指からペンを落とした。

「どうしたの、オスカル！　いったい、なにが……」と叫び、ずたずたに汚れたぼくの服をさぐり、ぼくの顔のひっかき傷を手でさわった。「なにがあったの？」

温かい紅茶を二杯飲んで、ぼくは起こったこと、というか覚えていることをマリーナにやっと説明した。自分の正気ぐあいが、あやしく思えてきたのだ。彼女はぼくを落ち着かせようと、両手でぼくの手をつつんで話をきいてくれた。自分で想像していたより、相当ひどい姿をさらしているのだろう。

「今晩ここにいさせてもらえるかな？　どこに行けばいいかわからないんだ。寄宿舎になんか帰りたくないし」

「もちろん帰ったりしちゃだめよ。好きなだけここにいていいから」

「ありがとう」

ぼくをむしばんでいる不安が彼女の目にも読みとれた。この夜の出来事で、ここの家も寄宿舎やほかの場所と変わらないほど安全ではなくなった。ぼくらを追うあの存在は、こちらがどこにいるか、ちゃんと知っているからだ。

「これから、わたしたちどうすればいいかしら、オスカル？」

「シェリーの言ってた刑事、フロリアンをさがすことかな。それで、じっさいなにが起こっているのか調べてみる……」

マリーナがため息をついた。

「ねえ、ぼくが帰ったほうがよければ……」と言ってみた。

「とんでもない。上階《うえ》にあなたの部屋を用意するわね、わたしの隣の部屋。ほら、来て」

「でも……ヘルマンがなんて言うかな？」

「ヘルマンは喜ぶわ。あなたがここでクリスマスをすごすって言いましょう」

彼女について階段をあがった。上のフロアには入ったことがない。オーク材造りのドアが両側にならぶ廊下に燭台の明かりがひろがった。ぼくの部屋はいちばん奥、マリーナの部屋の隣だ。家具は年代物、それでもみんな磨きがかかり、整理整頓されていた。

「寝具は洗ってあるから」とマリーナが言い、ベッドをめくった。「たんすのなかに毛布がまだあるし、もし寒ければね。タオルはここよ。ヘルマンのパジャマをさがしてくる」

「ぼくにはキャンプ用のテントサイズかな」と冗談を言った。

「大は小を兼ねる。すぐ来るわ」

彼女の足音が廊下を離れていく。服を椅子において、洗いたてで糊《のり》のきいたシーツに身をすべりこませた。こんなに疲れを感じたことはない。まぶたが鉛の板と化した。

マリーナがネグリジェらしきものをもって、もどってきた。二メートルも丈があり、王女のランジェリーのコレクションから盗んできたような代物だ。

「だめだよ」とぼくは口をとがらせた。「こんなの着て寝るもんか」

「これしか見つからなかったの。ぜったい似合うから。それにヘルマンはこの家で男の子が裸で寝てるの、許さないわよ。わが家のルール」

彼女はぼくにネグリジェを放り投げ、コンソールにろうそくの明かりをおいた。

「必要なものがあれば、壁をたたいて。わたし、むこう側にいるから」

ぼくらは一瞬、黙って見つめあった。そのうちマリーナが目をそらした。

「おやすみなさい、オスカル」と彼女がささやいた。

「おやすみ」

光のあふれる部屋で目がさめた。部屋は東むき、輝く太陽が都《まち》の空高くのぼっているのが窓から見えた。起きあがるまえに気がついた。昨夜椅子においておいた服が消えている。その意味がわかり、あまりの親切さを罵《ののし》った。当然マリーナのしわざだ。

焼きたてのパンのにおいと、淹《い》れたてのコーヒーの香りが、ドアのしたからただよってくる。プライドを保つ希望をいっさいかなぐり捨てて、この滑稽《こっけい》なネグリジェを着たまま台所におりる覚悟をきめた。廊下にでると、家じゅうが魔法みたいな光明にしずんでいる。家の主たちの声がきこえた。ぼくは度胸をきめて、階段をおりた。ドアのところで立ちどまり、咳ばらいをした。ヘルマンにコーヒーをついでいたマリーナが顔をあげた。

「おはよう、眠れる森の美女さん」と彼女が言った。

ヘルマンがこちらをむいて、紳士らしく立ちあがり、ぼくに握手の手をさしだしてから、テーブルの椅子をすすめてくれた。

「おはよう、オスカルくん！」と、うれしそうに声をあげた。「ようこそ来てくれましたね。マリーナにもうききましたよ。寄宿舎の内装工事らしいね。好きなだけここにいらっしゃい、遠慮はいりませんよ。どうか、くつろいで」

「ほんとうにありがとうございます……」

マリーナはカップにコーヒーをついでくれて、ニヤッと笑いながら、ネグリジェを指さした。

「すごく似合うわね」

「最高だよ。睡蓮《すいれん》の花になった気分だ。ぼくの服、どこ？」

「ざっと洗って、いま乾かしてるところ」

ヘルマンがクロワッサンの皿をぼくに回してくれた。パティスリー〈フォア〉で買ってきた焼きたてのパンだ。口のなかが唾液で川になった。

「おひとつ、どうぞ、オスカル」とヘルマンがすすめた。「クロワッサンのメルセデス・ベンツですよ。それと、まちがえないように、ここにあるのはジャムではない、記念碑的芸術品ですからね」

ぼくは目のまえにだされるものに端からガツガツ食らいついた。漂流者なみの食欲だ。ヘルマンはぼんやり新聞のページをめくっている。機嫌がよさそうだし、自分では朝食がおわっているのに席を立たない。ぼくは飽きるほど食べて、ついにナイフやフォークしか食べるものがなくなった。

ヘルマンが時計に目をやった。

「神父さまとの約束に遅れるわよ、パパ」とマリーナが忘れないように言った。

ヘルマンは、いくらかムッとした様子でうなずいた。

「なんでわざわざ行くのか自分でもわからんがね……」と彼が言う。「あの不良神父ときたら、たいしたいかさまだ」

「司祭服のせいね」とマリーナが言った。「聖職者の格好に物言わせてるんじゃない？」

ぼくは当惑してふたりを見た。なんのことを言っているのか、さっぱりわからない。

「チェスよ」とマリーナが説明した。「ヘルマンと神父さまは何年もまえから対戦してるの」

「イエズス会士にチェスなんか挑むもんじゃありませんよ、オスカルくん、わたしの言うことをきいたほうがいい。では、ここで失礼させてもらって……」とヘルマンは言って立ちあがった。

「もちろんです。いってらっしゃい」

ヘルマンはコートと帽子と黒檀《こくたん》の杖《つえ》をとると、戦略家の聖職者との逢瀬《おうせ》に出かけていった。

彼が立ち去ると、マリーナが庭にちょっと出てから、ぼくの服をもってきた。

「ごめんなさい、カフカが服のうえで寝ちゃったみたい」

服は乾いていたけれど、ネコの香水はあと五回洗っても消えそうにない。

「けさ、朝食を買いに出かけたとき、広場のバルから警察に電話したの。ビクトル・フロリアンは退職して、バルビドレーラに住んでいるんですって。電話番号はないけど、住所をもらったわ」

「一分で服着てくるよ」


バルビドレーラのケーブルカーの駅はマリーナの家から通りをいくつか行った先にあった。ぼくらはしっかりした足どりで十分後にそこに立ち、切符を二枚買った。山のふもとのホームから見ると、バルビドレーラの一帯が都《まち》を見下ろすバルコニーを描いている。家々は見えない糸で雲から吊るされているようだ。

ぼくらは車両の最後部にすわり、ケーブルカーがゆっくりあがるあいだ、足もとにバルセロナがひろがるのを見ていた。

「いい仕事だよね」とぼくは言った。「ケーブルカーの運転手。〝空へのエレベーター係〟だ」

マリーナは懐疑の目でぼくを見た。

「なんか悪いこと言った？」とぼくはきいた。

「べつに。あなたの望みがそれだけならね」

「なにが望みかなんて知らないよ。誰もがきみみたいに、はっきり物事がわかってるわけじゃないし。マリーナ・ブラウ、ノーベル文学賞作家にして、ブルボン王家のネグリジェ・コレクションの維持管理者」

マリーナが深刻な顔になり、そんなコメントをしたことを即座にぼくは後悔した。

「どこに行くかも知らない人は、どこにも行き着かない」と彼女は冷たく言った。

ぼくは切符を見せた。

「ぼくはどこに行くか知ってるよ」

彼女は目をそらした。二分ほど口をとざしたまま、ケーブルカーであがった。ぼくの学校のシルエットが遠くでひときわ高く建っていた。

「建築家」と、ぼくはつぶやいた。

「え？」

「建築家になりたい。それがぼくの望み。誰にも言ったことがないけど」

ようやく彼女がほほ笑んだ。ケーブルカーが山の頂につくところで、旧式の洗濯機みたいにガタガタ音がした。

「自分用の大聖堂がほしいって、わたし、ずっと思ってたんだけど」とマリーナが言った。

「あなたのお勧めは？」

「ゴシック様式。時間をくれよ、つくってあげるから」

太陽がマリーナの顔にあたり、彼女は目を輝かせてぼくをじっと見た。

「約束してくれる？」と言って、ぼくに手のひらをさしだした。

ぼくはその手をギュッとにぎった。

「約束する」


マリーナが調べた住所は古い家屋で事実上倒壊寸前、庭の灌木《かんぼく》にすっかり占領されていた。錆びた郵便受けがひとつ、木の茂みのあいだから突きだして、産業時代の廃墟のようだ。ぼくらは庭からしのびこんで入り口のドアまで行った。ひもでしばった山のような古新聞の箱が目に映った。風と湿気で古びたのか、ファサードのペンキが干乾《ひから》びた皮膚みたいに剝がれている。ビクトル・フロリアン刑事は接待費を享受してはいないらしい。

「こここそ、建築家がいるわね」とマリーナが言った。

「それとも、取り壊し作業班か……」

ぼくはドアをそっとノックした。これより強く打ったら、その衝撃で家が全壊するかと思ったからだ。

「呼び鈴を押してみたら？」

ボタンはこわれていて、エジソン時代の電線の束が箱からのぞいている。

「こんなところに指なんか入れるもんか」とぼくは返し、もういちどノックした。

いきなりドアが十センチあいた。防犯用のチェーンが光り、奥に金属の閃光《せんこう》のような目がふたつある。

「どちらさん？」

「ビクトル・フロリアン？」

「それはこっちの名前だよ。おたくが誰かってきいてるんだ」

声は命令調で忍耐のかけらもない。罰金を科す声だ。

「ミハイル・コルベニクの情報があるんですけど……」とマリーナが、とっさに紹介がわりに言った。

とびらが全開した。ビクトル・フロリアンは肩幅がひろく筋骨たくましい。退職の日とおなじ服を着ている、というか、ぼくはそう思った。相手の表情は指揮する戦争も軍隊もない大佐ふう。火の消えた葉巻を口にくわえ、左右いずれの眉もふつうの人の髪より毛の量が多い。

「コルベニクのなにを知ってるって？　あんたがた何者だ？　誰がここの住所を教えたんだ？」

フロリアンは質問をするのではない、機関銃式に撃ちまくるのだ。誰かがつけてやしないかと外にチラッと目をやってから、彼はぼくらをなかに招きいれた。家のなかはガラクタの巣で、倉庫のにおいがした。アレクサンドリアの図書館顔負けの紙の山だが、扇風機で整理したかのように散在しきっていた。

「奥にいらっしゃい」

ある部屋のまえを通ると、壁にどっさり武器が掛かっているのが見えた。回転式拳銃《リボルバー》、自動小銃、モーゼル拳銃、銃剣……ここまで重装備しなくても、世の中ではいくらでも革命が起こっている。

「こりゃすごい……」とぼくはつぶやいた。

「黙れ。ここは聖堂《ビルヘン・サンタ》じゃない」とフロリアンはさえぎり、この武器庫のドアをしめた。

相手の言う〝奥〟は手狭なダイニングで、そこからバルセロナじゅうが見わたせた。引退後の年月もなお、刑事は高みから監視をつづけているわけだ。彼は穴だらけのソファをぼくらに指さした。テーブルにはインゲンマメの半分入った缶詰と、エストレージャ・ドラーダの瓶ビールが一本、コップはない。〝警察官の年金、イコール、物乞いの老後〟と思った。フロリアンは、ぼくらのまえの椅子にすわり、青空市で買ったような目覚まし時計を手にとった。テーブルにそれを乱暴においた。ぼくらのほうに正面を向けてだ。

「十五分だ。十五分以内に、こっちの知ること以外のなにかを話さなければ、きみらをここから叩《たた》きだす」

これまで起こったことをみんな語るのに、十五分では、とても足りなかった。ぼくらの話をきくにつれて、ビクトル・フロリアンの顔面がひび割れていくようだった。その裂け目から、疲弊しきって、びくついた男がのぞき見えた。古新聞と拳銃のコレクションを友に、この穴倉に隠れている男の姿だ。

ぼくらの説明がおわると、フロリアンは葉巻を手にし、一分ほども黙ってながめてから、火をつけた。

そのあと靄《もや》の都《まち》の蜃気楼に茫然と目をやったまま、話しはじめた。

16

「一九四五年、おれはバルセロナ警察の司法捜査班の刑事だった」とフロリアンは語りだした。「マドリードに異動願いをだそうとした矢先にベロ－グラネル社の事件を任じられたんだ。捜査班は三年近くミハイル・コルベニクの捜査をしていた。外国人で、独裁政権ではどちらかと言えば煙《けむ》ったい人物……だが、なにも証明できずじまいでね。おれの前任者は断念した。ベロ－グラネル社は弁護士団の厚い壁と、雲みたいにかき消えてしまう金融グループの迷宮にかこまれていたんだよ。署の上司連中は、こちらが出世できる一度きりのチャンスとして任務を売っていた。この手の事件は運転手つきで大臣クラスの執務室と、侯爵なみの勤務時間があてがわれる。野心には愚か者の名がお似合いというわけだ……」

フロリアンは一拍おいて自分の言葉を味わい、自身にむかって皮肉な薄笑いをうかべた。甘草《かんぞう》の枝みたいに葉巻を噛んでいる。

「事件の書類一式をじっくり読んで」と彼はつづけた。「わかったのは、不正経理と詐欺容疑というお決まりの捜査で開始した一件が、しまいに、どの捜査班が担当すべきか誰にもわからない事件になったということだ。恐喝、窃盗、殺人未遂……それでも収まりきらない……。言っておくが、おれがキャリアを積んできたのは公金横領、脱税、詐欺、汚職……そのあたりの事件でね。この手の不正がいつも罰せられるわけじゃない、時代が時代だからな、でもそんなのは周知のことだった」

フロリアンは口からでる青い煙の雲にしずんだ。ためらっている。

「では、なぜ事件をひきうけたんですか？」とマリーナがきいた。

「思いあがり。野心、強欲」とフロリアンは答えた。極悪の犯罪者用にとってある声色を彼は自分自身にむけているのだろう。

「真実を追究するためでも、あったんじゃないですか？」とぼくは言ってみた。「不正を正すために……」

フロリアンは悲しげな笑みをぼくにむけた。そのまなざしに三十年分の良心の呵責が読みとれた。

「一九四五年の末、ベロ－グラネル社は事実上すでに倒産状態にあった」とフロリアンはつづけた。「バルセロナの主要三行が融資を断り、同社株の売買は取引停止になっていた。財務基盤も、法的庇護《ひご》もダミー会社もなくなると、ベロ－グラネル社は空中楼閣のように崩れさった。栄光の日々は泡と消えた。王立大劇場《グラン・テアトロ・レアル》は、コルベニクの結婚式の日にエヴァ・イリノヴァの顔を変えた悲劇以来閉鎖されていたが、これも廃墟と化していた。工場と全製作所は閉業になり、企業の所有地はすべて没収された。うわさは壊疽《えそ》のようにひろがった。それでもコルベニクは冷静さを失わず、バルセロナの旧商品取引所《リョッジャ》のホールで贅沢なカクテルパーティーを催すことにした。何事もない平穏な印象を世間にあたえようというわけだ。共同経営者のセンティスは慌てふためいた。このイベントで注文をだした飲食費の十分の一をカバーする資金もない。大株主、バルセロナの名家という名家……招待状はすべての方面に送られた。パーティーの当日は、どしゃ降りの雨だった。会場は夢の城館のように飾りたてられた。夜の九時をすぎると、バルセロナの名にし負う財産家連中、多くはコルベニクに恩のある連中だが、その使用人たちが欠席を詫びる書状を次々もってきた。おれが零時すぎに着いたとき、コルベニクがひとりで会場にいた。タキシードを完璧に着こなして、ウィーンからの輸入タバコをふかしていたよ。こちらにあいさつを送り、やつはシャンパンをすすめてきた。〝なにか召し上がってください、刑事さん、これをみんな処分するのはもったいない〟と言ってね。本人と一対一で会ったのは、はじめてだった。彼とは一時間もおしゃべりしただろうか。十代のころ読んだ本のこと、ついにできなかった旅……そんなことを、むこうから話してきた。コルベニクはカリスマ的な男だ。瞳に知性が燃えていた。おれとは、なぜかうまが合った。おまけに相手が気の毒になった。こちらは狩猟者、相手が獲物のはずなのにな。見ると、彼は片方の足をひきずって、象牙細工の杖によりかかっている。〝たった一日でこんなに友人を失う人もいないでしょうねえ〟と、おれは言ってあげた。相手はにっこりして、こちらの考えをやんわり否定した。〝それはちがいますね、刑事さん、こういう機会に友人はけっして呼びませんから〟わたしをあくまでも追及するつもりですかと、彼はじつに丁重にきいてきた。法廷に立たせるまであきらめないと、おれは答えた。こう質問されたのを覚えている。〝その目標を断念していただくには、どうすればいいでしょう、フロリアン《アミーゴ・フロリアン》さん？〟〝あんたが、こっちを殺すことですよ〟とおれは返した。〝何事にも時宜《じぎ》というものがありますからね、刑事さん〟と言って相手はにっこりした。その言葉を最後にコルベニクは立ち去ったよ、片方の足をひきずりながら。以来、彼とは会っていない……それでも、おれは生きている。コルベニクは最後の脅迫をはたさなかったということだ」

フロリアンは言葉をとめて、水をひと口飲んだ。この世で最後の一杯のように味わっている。くちびるをなめると、話をつづけた。

「あの日以来、コルベニクは孤立して、誰からも見捨てられて、妻とふたりで以前建設させた奇怪な塔に閉じこもって生きた。その後の歳月に本人を見た者はいない。彼に近づけた人間はふたりだけだ。昔からの御者でルイス・クラレットとかいう人物。クラレットはコルベニクを慕う気の毒な男で、主人を見放そうとはしなかった。コルベニクが給金すら払えなくなってもだ。あとは主治医のドクター・シェリー、この人物のことも、われわれは捜査中だった。コルベニクに会う者は、ほかに誰もいなかった。当人が説明不可能な病に罹り、グエル公園近くの邸宅にいると主張するシェリーの証言は、こちらにはまるで説得力がない、とくに保管書類と帳簿をざっと閲覧してからはな。コルベニクはとっくに死んでいるか、でなければ外国にでも逃亡したか、どれもこれも茶番劇ではなかろうかと、ある時期疑うところまでいった。〝彼は奇妙な慢性疾患を患って邸宅に蟄居《ちっきょ》している〟と、シェリーはそれでも主張しつづけた。いかなる状況下でも訪問は受けられないし、家から出ることもできない、それが医師の診断だが、警察当局も判事も先方の主張を信じていなかった。一九四八年十二月三十一日、われわれは家宅捜索令状とコルベニク本人の逮捕令状を取りつけた。企業の機密文書の大半は消えていた。邸宅に隠していると当方はにらんだ。詐欺、脱税でコルベニクを起訴するだけの証拠物件は十分にそろっていた。これ以上待つ意味はない。一九四八年の大晦日《おおみそか》は、コルベニクが自由でいられる最後の日になるはずだった。特別捜査班が翌日塔の邸宅にむかう準備をしていた。相手が重要犯罪人の場合、表むきは軽い罪状で逮捕せざるをえないときもあるんだよ……」

フロリアンの葉巻の火がまた消えた。刑事は最後にチラッと目をやり、空《から》の植木鉢に放り投げた。ほかにもタバコの吸いさしが入っている。吸い殻の共同墓地だ。

「その晩、恐ろしい火災が邸宅を破壊して、コルベニクと妻のエヴァの命を奪っていった。明け方に、焼け焦げた二体の遺体が見つかった。屋根裏で抱きあって……。われわれの事件解決への期待は、彼らといっしょに燃えつきた。計画的放火だろうと、おれは疑いつづけた。そのうち、ベンハミン・センティスと企業の幹部連中が背後にいるんじゃないかと思えてきた」

「センティス?」とぼくは口をはさんだ。

「センティスがコルベニクを忌み嫌っていたのは周知だよ、父親の会社を牛耳《ぎゅうじ》られたわけだから。ただ、センティスも他の連中もこの事件が裁判沙汰になることを、もちろん望んじゃいなかった。犬がくたばれば怒りもおさまる。コルベニクなしにパズルは意味をもたない。

あの晩、血で汚れた多くの手が炎で浄化されたともいえる。だが初日からこのスキャンダルに関係したいっさい同様、こんども、なにひとつ証明されなかった。すべてが灰塵に帰したわけだ。今日もなおベロ‐グラネル社の捜査は、バルセロナの警察史上、最大の謎になっている。それに、おれの人生の最大の挫折でもある……」

「だけど、火災はあなたのせいじゃないですよね」とぼくは言ってあげた。

「警察でのおれのキャリアは断たれた。反体制者取締班に任じられた。なんだかわかるか？　幽霊狩り。署内ではそれで知られていた。退官しようと思えばできたが、物も食えない時代だし、おれの給料で弟一家を扶養していたもんでね。だいいち元警察官を雇ってくれるところなんかありゃしない。スパイだの密告者だのに人様は飽き飽きしていた。だから署に残ったんだ。仕事は、年金生活者や元傷痍兵《しょういへい》を泊めるおんぼろの安宿《ペンシヨン》を真夜中に立ち入り捜査して、便所の水槽にビニール袋に入れて隠してある『資本論』や社会主義労働党の宣伝ビラを見つけるとか、そんなことだ……。一九四九年のはじめ、もうすべてがおわったと思った。なにもかも最悪の結果にしかならない。すくなくとも、おれにはそう思えた。ところが一九四九年十二月十三日の明け方、コルベニクと妻が死んだ火災から、ほぼ一年後、おれの元捜査班の刑事二名がメチャクチャの死体で見つかった。ボルン地区のベロ‐グラネル社の旧倉庫の入り口でだ。同社に関する匿名の情報が入り、その捜査でふたりは現地に行ったらしい。罠だった。いくらおれでも、あんな死にざまは最悪の敵にすら望まない。たとえ列車の車輪に轢かれても、あのとき警察医の遺体安置室で見た死体ほど無惨にはならんよ……。善良な警官たちだった。ふたりとも武装していた。自分たちのしていることがわかっていた。報告書によれば、近所の住人が銃声をきいている。殺害現場では九ミリ弾の空薬莢《からやっきょう》が十四個見つかった。すべて刑事二名の規定の銃から発射されたものだ。ただし周辺の壁からは一個の弾も弾痕も見あたらなかった」

「どうしてそんなことが？」とマリーナがきいた。

「説明がつかない。単にありえないことだ。でも起こった……。おれはこの目で空薬莢を見たし、現場もつぶさに見てまわったからな」

マリーナとぼくは視線をかわした。

「なにかの物体、たとえば車とか馬車とか、そのまま弾を吸収して、跡形もなく消えるものに向かって発砲されたんじゃないかしら？」とマリーナが意見を言った。

「お嬢さんは、いい警察官になれそうだな。当初われわれもその仮説にしたがって動いたんだが、その説を裏づける物的証拠がまだつかめなかった。この口径の弾は大方金属の表面で撥《は》ねかえって着弾の痕跡を複数残すものだし、いずれにせよ、炸裂《さくれつ》した弾の破片があるはずだ。でも、なにも見つからなかった……」

「数日後、同僚たちの葬儀でセンティスに会ったんだが」とフロリアンはつづけた。「うろたえていてね、何日も眠ってない顔をして。服は汚れているし、アルコールのにおいをプンプンさせていた。とても自宅に帰る気になれないと言うんだ。何日もそのへんをうろついて、公共の場所で寝泊まりしていると……。〝わたしの命なんて、なんの価値もないですよ、フロリアン〟と彼が言った。〝もう死んだも同然なんだ〟おれは警察の保護下に入れてやると申し出た。相手は笑いとばした。家《うち》でかくまってあげようとまで言ってやったが、彼は断ってきた。〝あんたを死なせたら、こちらが良心の呵責に耐えられんね、フロリアン〟そう言って人込みに消えてしまった。その後の数カ月でベロ－グラネル社のかつての全役員が名目上、自然死のかたちで発見された。心停止、これが全員のケースで出された医師の死亡診断だ。しかも、みんな似たような状況下で起こっていた。ひとりで寝床にいて、かならず真夜中で、床を這いずりながら……跡形もない死から逃げるようにしてな。例外はベンハミン・センティスただひとり。あの男とは三十年このかた話をしていなかった、そう、一週間まえまでは」

「彼本人の死ぬまえですね……」とぼくは指摘した。

フロリアンはうなずいた。

「センティスは警察署に、おれ宛ての電話をしてきた。旧工場での刑事殺害とベロ－グラネル社についての情報があるというんだ。それで本人に電話して話をしたよ。相手がうわ言を言ってるのかとも思ったが、ともあれ会う約束をした。同情心からな。翌日、プリンセサ通りの居酒屋《ボデガ》で待ち合わせをした。だが彼はあらわれなかった。二日後、警察署の旧友から連絡があって、旧市街の下水溝の放置されたトンネルでセンティスの遺体が見つかったと言うんだよ。コルベニクがこの男のためにつくった義手は切断されていた。でもそのことは新聞の記事に書いてあった。新聞に載らなかったのは、警察がトンネルの壁面に血で書いた言葉を見つけたことだ。〝トィフェル〟」

「トィフェル？」

「ドイツ語だわ」とマリーナが言った。「〝悪魔〟という意味」

「それに、コルベニクのシンボルマークの名前でもある」とフロリアンが明かした。

「黒い蝶？」

彼は肯定するように首を縦にふった。

「なぜ、そんな名前なのかしら？」とマリーナがきいた。

「おれは昆虫学者じゃない。ただ、コルベニクがその蝶を蒐集《しゅうしゅう》していたことだけは知ってる」と彼は言った。


正午が近づき、フロリアンは駅のそばのバルで、ぼくらに昼食をごちそうしてくれた。三人とも彼の家から外に出たかった。

バルの主人はフロリアンの友人らしく、窓のそばの奥まったテーブルに案内してくれた。

「お孫さんたちのご訪問かね、ボス？」と店主は言って、にっこりした。

言われた本人は、とくに言い訳もせずにうなずいた。ウエイターがトルティージャとトマトつきのパンを何皿か給仕し、フロリアンに〈ドゥカードス〉のタバコを一箱もってきた。

食事はとてもおいしく、みんなで味わうあいだにフロリアンが話をつづけた。

「ベロ－グラネル社の捜査をはじめたとき、おれはミハイル・コルベニクの過去があいまいなのを突きとめた……プラハにはこの男の出生も国籍も記録がなくてね。〝ミハイル〟というのは、おそらく本名じゃない」

「じゃあ、何者なんだろう？」とぼくはきいた。

「三十年以上まえに、おれもおなじことを考えたよ。事実、プラハの警察に照会したら〝ミハイル・コルベニク〟という名前が見つかるには見つかった。だが出てきたのは〈ヴォルフテルハウス〉の名簿だった」

「それ、なんですか？」とぼくはきいた。

「市立の精神療養施設だ。でもコルベニクがそこにいたことはないと思う。単に収容者の名前を自分のものにしたんだろう。彼自身は常軌を逸した男ではなかったからな」

「では、どんな理由でコルベニクは施設の患者の身元をとりいれたんでしょう？」とマリーナがきいた。

「当時はめずらしいことでもなかった」とフロリアンは説明した。「戦時中、身元を変えるのは生まれ変わることを意味した。わずらわしい過去を追いやるわけだ。きみらはまだ若いし、戦争というものを経験していない。戦争を体験してはじめて、戦争がなにかを知るんだよ……」

「コルベニクはなにか隠すことがあったんでしょうか？」とぼくはきいた。「プラハの警察が彼について情報を得ていたとすると、なにかあったからじゃ……」

「名字の単なる偶然の一致だろう。お役所仕事だよ。いいか、おれはわかって言ってるんだからな」とフロリアンは言った。「先方の記録のコルベニクがわれわれの知るコルベニクだとしても、たいして痕跡は残していない。その名前はプラハの外科医でアントニン・コルベニクという人物の死亡に関する捜査に出てきた。事件は決着、死因は自然死とされた」

「では、そのミハイル・コルベニクは、どうして精神療養施設に送られたんでしょう？」とマリーナがまた尋ねた。

フロリアンは一瞬言いよどんだ。答えるのをためらっている感じだ。

「故人の遺体になにかしたという容疑で……」

「なにかって？」

「プラハの警察は、はっきり説明しなかったよ」とフロリアンは素っ気なく答えて、もう一本タバコに火をつけた。

ぼくらは長い沈黙にしずんだ。

「ドクター・シェリーが教えてくれた話はどうなんでしょう？　コルベニクの双子の弟のこと、退化性の疾患とか……」

「それはコルベニク自身がシェリーに説明したことだ。あの男は呼吸するみたいに嘘をついたからな。それにシェリーのほうでも鵜《う》呑《の》みにするだけの理由があった」とフロリアンは言った。「コルベニクは、この医者の医療機関と研究事業に最後の一ペセタまで資金を援助してやったんだ。シェリーはベロ-グラネル社の事実上の従業員だ。つまり手先だよ……」

「とすると、コルベニクの双子の弟も作り話ってこと？」とぼくは混乱して言った。「弟がいれば、先天的な病を患う人にたいするコルベニクの執着が説明つくんだけど……」

「弟は架空の人物じゃないだろう」とフロリアンがさえぎった。「おれの意見だが」

「だったら？」

「本人が言うその弟は、じっさいは彼自身じゃないかと思う」

「もうひとつ、うかがってもいいですか、刑事さん……」

「おれはもう刑事じゃないよ、お嬢さん」

「では、ビクトル、まだビクトルですよね？」

フロリアンが笑うのを見たのは、このときがはじめてだ。リラックスした、あけっぴろげな笑いだった。

「なにがききたいかね？」

「ベロ－グラネル社を詐欺容疑で捜査したとき、ほかにもなにかあるのが発覚したって、そうおっしゃっていませんでした？」

「そうだ。はじめ、われわれは体《てい》のいいごまかしだと思った。常套《じょうとう》手段だ。税金逃《のが》れのための架空の必要経費、病院や路上生活者の収容施設への支払い等々。そのうち部下のひとりが妙に思った、ドクター・シェリーの署名と承認で処理された費目があってね、バルセロナの複数の病院の死体解剖部署からだ。遺体を安置する場所だよ」と元警察官がはっきり言った。「身元不明者のモルグだ」

「コルベニクが死体を売っていたとか？」とマリーナがほのめかした。

「いや。死体を買ってたんだ。何十体もな。路上生活者。身内も知人もいない者。自殺者、溺死者、家族に見捨てられた高齢者……都市の忘れられた者たちのだよ」

ラジオの低いつぶやきが奥に消えていく。ぼくらの会話の余韻みたいに。

「その死体でコルベニクはなにをしていたんでしょう？」

「誰にもわからん」とフロリアンが答えた。「その人たちの亡骸《なきがら》は最後まで見つからなかった」

「でも、それについて、あなたには持説がある、そうじゃありませんか、ビクトル？」とマリーナがつづけた。

フロリアンは黙ってぼくらを見つめた。

「いや」

いくら退職したといえ、警察官にしては、彼には嘘が似合わない。マリーナはそれ以上話題にふれなかった。刑事は疲れて見えた。思い出に住みついた亡霊たちが彼を衰弱させている。獰猛《どうもう》さが脆くも崩れさった。彼の手のなかでタバコがふるえ、どちらがどちらを吸っているのかわからない。

「きみらが言っていたその温室のことだが……もう行くんじゃない。この件はみんな忘れなさい。その写真のアルバムも、その無名の墓も、墓を訪れるその女性のこともだ。センティスのこと、シェリーのこと、おれのことも忘れてくれ。こっちは自分の言ってることもわからん哀れな老いぼれだよ。この一件は、いやというほど多くの命を奪ってきたんだ。かかわるのは、もうやめなさい」

ウエイターに合図して勘定を頼むと、彼は最後に言った。

「おれの言うことをきくと約束してくれ」

この一件のほうがぼくらの跡を追いだしたいまになって、どう成り行きにまかせろというのか。昨夜あんなことが起こったあとで、彼のアドバイスは夢物語にきこえた。

「そうするようにします」とマリーナが二人分の了解をした。

「地獄への道のりは、善意でできてるんだ」とフロリアンが返した。


刑事はぼくらをケーブルカーの駅まで送り、バルの電話番号を教えてくれた。

「店じゃ、おれは顔だから。なにか必要があれば電話してきなさい。伝言してくれるよ。昼でも夜でも何時だろうがかまわない。店主のマヌは慢性の不眠症でね、英語が覚えられるかと、ラジオでBBCをききながら夜をすごしている、つまり、迷惑にはならない……」

「どうお礼を言ったらいいか……」

「こっちの言うことをきいて、この面倒事から離れて安心させてくれればいい」とフロリアンがさえぎった。

ぼくらはうなずいた。ケーブルカーのドアがあいた。

「で、あなたは、ビクトル？」とマリーナがきいた。「あなたはどうするんです？」

「どんな老人でもやることだよ。腰かけて、記憶をたどって自分に問いかける、なにもかも逆のことをしていたら、どうなっていたかってな。ほら、もう行きなさい……」

ぼくらは車両に乗りこんで窓のそばにすわった。日が暮れかけている。出発の笛が響き、とびらがしまった。ケーブルカーはガタンと揺れて下降しはじめた。バルビドレーラの灯りがゆっくり後ろに残っていく。フロリアンのシルエットもおなじ、ホームにたたずんだまま消えていった。


ヘルマンは美味なイタリア料理を用意してくれていた。レシピはオペラのレパートリーの響きがする。ぼくらはダイニングで食事をし、ヘルマンのチェスのトーナメントの話に耳をかたむけた。対戦者の神父はまたも勝ったらしい。マリーナは夕食中いつになく黙りこくって、ヘルマンとぼくに会話をまかせていた。ぼくがなにか彼女の気にさわることを言ったか、やったかとまで考えた。夕食後、ヘルマンがチェスのゲームをぼくに挑んできた。

「お相手したいけど、ぼくがお皿を洗う番なので」とぼくは言い訳した。

「わたしが洗うから」とマリーナが背後で弱々しく言った。

「いや、ほんとに……」とぼくは逆らった。

ヘルマンはもう別の部屋にいて、ハミングしながらチェスの駒をならべている。ぼくがマリーナのほうを見ると、彼女は目をそらして皿を洗いだした。

「手伝わせてくれよ」

「だめ……ヘルマンのところに行って。喜ばせてあげて」

「オスカル、こっちに来ますか？」とサロンからヘルマンの声がとどいた。

マントルピースのうえで燃えるろうそくの明かりで、ぼくはマリーナをながめた。顔色が悪く、疲れて見えた。

「だいじょうぶ？」

彼女はふりむいて、にっこりした。マリーナにこういう笑みを見せられるたびに、自分が取るに足らない、ちっぽけな人間に感じられる。

「ほら、行って。それでヘルマンを勝たせてあげて」

「簡単、簡単」

言うことをきいて、ぼくはマリーナをひとりにし、彼女の父親がいるサロンに行った。娘が望むように相手を楽しませてあげようと、水晶の燭台のしたでチェス盤にむかってすわった。

「きみからどうぞ、オスカル」

ぼくは駒を動かした。ヘルマンが咳ばらいをした。

「言っておくが、ポーンはそういうふうに跳びこさないんです、オスカル」

「すみません」

「いや、こちらも言わなかったからね。若さの熱情ですな。いやいや、うらやましい。若さは気まぐれなガールフレンドのようなもんでね。ほかの男と行ってしまって、もう二度と帰ってこなくなるまで、相手のことを理解したり尊重したりすることを、われわれ男はわからんのです……ああ！　はて、なんでこんなことを言いだしたかな。どれどれ……ポーンか……」

真夜中に音がして、ぼくは眠りからパッとさめた。家は薄闇のなかにある。ベッドに腰かけると、またきこえる。咳、くぐもるような遠い咳。ぼくは落ち着かずに立ちあがり、廊下にでた。音は階下からきこえてくる。マリーナの寝室のまえを通った。ドアがあいたままで、ベッドは空だ。不安が胸をついた。

「マリーナ？」

返事がない。冷たい階段を忍び足で降りていった。カフカの目が階段のしたで光っている。ネコは弱々しくニャーと鳴き、暗い廊下でぼくの先に立った。

廊下の奥でしまったドアから一筋の光がもれている。咳はなかからきこえてきた。苦しげな咳。いまにも息が絶えそうな咳。カフカがドアに近づいてそこで止まり、ニャーニャー鳴いた。ぼくはそっとノックした。

「マリーナ？」

長い沈黙。

「行って、オスカル」

彼女はうめくような声だ。すこし待ってドアをあけた。

床においた一本のろうそくが白いタイルのバスルームをかすかに照らしている。マリーナはひざまずいて、洗面台にひたいをあずけていた。体がふるえ、ネグリジェが汗で肌にくっついて死装束のようだ。顔を隠しているが鼻血がでて、見ると、真っ赤なしみがいくつも胸に散っている。ぼくは体が凍り、反応できなかった。

「どうしたの……？」とささやいた。

「ドアをしめて」と彼女がきっぱり言った。「しめて」

言われたとおりにして、そばに寄った。ものすごい熱だ。冷たい汗でびっしょりの顔に髪の毛がはりついている。慌てふためいてヘルマンを呼びにいこうとすると、マリーナにぎゅっと腕をつかまれた。彼女にしては信じられないほどの強い力だ。

「だめ！」

「でも……」

「平気だから」

「平気じゃないよ！」

「オスカル、お願いだからヘルマンを呼ばないで。父にはなにもできない。もうだいじょうぶよ。治ったから」

マリーナの落ち着いた声に、かえってドキンとした。彼女の目がぼくを見すえた。まなざしにあるものが、こちらに有無を言わせない。彼女がぼくの顔をなでた。

「驚かないで。もうだいじょうぶ」

「顔が真っ青だよ、死んだみたいに……」とぼくは口ごもった。

マリーナがぼくの手をとって胸にあてさせた。脇腹に彼女の鼓動を感じた。ぼくは手をひっこめた。どうしていいかわからない。

「元気そのもの、でしょ？　このことをヘルマンには言わないって約束して」

「なんで？」とぼくは詰めよった。「どうしたんだよ、マリーナ？」

彼女は目をふせた。疲れきっている。ぼくは口をとざした。

「約束して」

「医者に行かなくちゃだめだよ」

「約束してよ、オスカル」

「医者に行くって約束してくれたらね」

「わかった。約束する」

タオルをぬらして、マリーナは顔の血をぬぐいはじめた。ぼくは、まるで役立たずだ。

「こんなの見ちゃったら、もうわたしのこと好きじゃなくなるわね」

「ばか言うなよ」

ぼくに目をすえたまま、彼女は黙って顔を拭きつづけた。汗でしめった透けそうなコットン地に囚われて、マリーナの体は弱々しく、毀《こわ》れてしまいそうに見えた。彼女をこんなふうにながめても、まごつかない自分が不思議だった。ぼくがここにいて彼女が恥ずかしがる様子もない。体についた血や汗を拭く手がふるえている。ドアに掛かるきれいなバスローブを見つけて、ぼくは彼女にさしだした。それを体にまとうと、マリーナはため息をついた。ぐったりしている。

「ぼくになにができる？」と、つぶやくように言った。

「ここにいて、わたしといっしょに」

マリーナは鏡のまえにすわった。肩にかかる髪の絡まりをブラシで無理に整えようとしている。力が入らないのだ。

「かして」と、ぼくはブラシを手からとりあげた。

黙って髪をブラシでといてあげた。鏡のなかでぼくらの目があった。ぼくが髪にブラシをかけるあいだ、マリーナはぼくの手をぎゅっとつかみ、自分の頰に押しつけた。ぼくの肌に彼女の涙を感じ、なんで泣いているのか、きく勇気もなかった。

寝室までマリーナにつきそってベッドに寝かせてあげた。もう震えはなく、頰に赤味がもどってきた。

「ありがとう……」と彼女がささやいた。

寝かせてやるのがいちばんと思い、ぼくは自分の部屋にもどった。もういちどベッドに横になり、眠ろうとしたがだめだった。落ち着かないまま暗闇に身を横たえ、家のきしみに耳をかたむけた。風が木立を掻いている。どうにも不安な気持ちが、ぼくをむしばんだ。あまりに多くのことが、あまりの速度で起こっている。ぼくの脳ではいちどに取りこみきれない。真夜中の闇にいると、なにもかもが混乱して見える。でもマリーナにたいする自分自身の気持ちが理解できない、自分でも説明できないことが、ぼくには、なにより怖いのだ。暁がのぞくころ、ようやく眠りにつけた。

夢のなかで、ぼくは白い大理石の宮殿の部屋をいくつも駆けまわっていた。闇につつまれて、誰もいない。何百という彫像が立っていた。ぼくが通ると彫像たちは石の目をあけて、理解できない言葉をつぶやいている。遠くにマリーナを見た気がして、ぼくは彼女のほうに走った。天使の形の白い光のシルエットが彼女の手をとり、壁から血の流れる廊下を進んでいく。ぼくが彼らに追いつこうとすると、廊下のドアがひとつあいて、マリア・シェリーの姿があらわれた。床のうえを浮遊して、ボロボロの死装束をひきずっていく。マリア・シェリーは泣いていた、なのに、その涙は床までとどかない。マリアがぼくに両手をのばし、こちらにさわると、相手の体が灰と化した。

ぼくはマリーナの名を叫び、もどってきてくれと頼むのに、彼女にはきこえていない。ぼくはひた走るが、走る先から廊下がのびていく。そのとき光の天使がぼくのほうをむき、ほんとうの顔をあらわした。眼窩が空っぽで、髪は白い蛇。地獄の天使は残虐な笑いを放ち、マリーナのほうに白い翼をひろげて遠ざかった。

夢のなかで悪臭のする息が、ぼくのうなじをかすった。紛いもない死臭、それがぼくの名をささやいている。ぼくがふりむいて、見ると、黒い蝶がぼくの肩にとまっていた。

17

息を呑んで目がさめた。ベッドに入ったときより疲れを感じていた。ブラックコーヒーを水さし二杯分も飲んだみたいに、こめかみが脈打っている。何時か知らないが太陽から判断するに、正午ぐらいだろう。目覚まし時計の針がぼくの予想を裏づけた。十二時半だ。急いで階下におりたが、家はがらんとしていた。朝食一式がもう冷めて、台所のテーブルでぼくを待っていた。そばにメモがおいてあった。

オスカルへ
私たちはお医者さまに行ってきます。終日外にいます。カフカにご飯をあげるの、忘れないでね。夕食の時間に会いましょう。

マリーナ

ぼくはメモを読みかえし、文字をじっくり見ながら、朝食をたいらげた。カフカは何分か後にお見えになって、ぼくはミルクをお碗に一杯あげた。きょうはすることがない。なにか着替えをとってくるのと、〝家族と休暇をすごすので部屋を掃除しなくていいです〟とドニャ・パウラに言いに、寄宿舎にもどることにした。

寄宿舎への道のりは気分がよかった。正門から入って、三階のドニャ・パウラのアパートメントにむかった。

ドニャ・パウラは、寮生にいつも笑顔をたやさない善良な女性だ。三十年来の寡婦で、何年ダイエットをしているのか知れたものではない。〝なにせ太りやすい体質でね、わかるでしょ？〟といつも言っている。子どもは持ったことがなく、六十五歳前後になったいまでも、市場に行くと、ベビーカーに乗って通りすぎる赤ん坊をうっとり見ている。ひとり暮らしで、連れ合いといえば二羽のカナリアと、〈ゼニス〉の巨大なテレビ。国歌が流れて、スペイン王家の肖像写真が登場する放送終了までつけっ放しだ。漂白剤で手の皮膚はザラザラ、くるぶしの血管が膨《ふく》れて見るのもつらい。彼女に許される贅沢は、二週にいちどの美容院通いと、ゴシップ雑誌の『オラ！』。王女たちの私生活について読むのと、芸能界のスターのファッションを愛《め》でるのが大好きなのだ。

玄関で呼ぶと、ドニャ・パウラは〈午後の部〉でホセリートのミュージカル映画のひとつ、『ピレネーのナイチンゲール』の再放送を見ていた。テレビのお伴に、コンデンスミルクとシナモンをたっぷりかけたトーストを何枚も用意している。

「こんにちは、ドニャ・パウラ。おじゃましてすみません」

「まあ、かわいいオスカル！　じゃまなんて、とんでもない、入って、入って……」

テレビの画面では、主人公のホセリート少年が治安警察隊員二人の楽しげな優しいまなざしをあび、小さな子ヤギに童謡《コプリージャ》を歌ってきかせていた。テレビの横では、聖母像のコレクションが亡き夫ロドルフォの古い肖像写真といっしょに飾り棚の特別席を分けあっていた。故ロドルフォはヘアリキッドで髪をきっちり固め、右翼ファランヘ党員の真新しいユニフォームを着こんでいる。亡き夫を深く慕いながらも、ドニャ・パウラは民主主義が好きだった。彼女いわく、いまはテレビがカラーになったし、最新の情報に通じていなくてはいけないからだ。

「ねえ、このあいだの夜、すごい音がしたじゃないの、ね？　ニュースじゃコロンビアで地震があったたって言ってたけど。ああ、このとおり！　こっちは怖くて体がぞっとして……」

「心配しないでいいですよ、ドニャ・パウラ、コロンビアはずいぶん遠いし」

「そうでしょうよ、だけど、あっちでもスペイン語をしゃべるんだしさ、ほら、もしかして……」

「だいじょうぶですよ、危険はありませんから。そう、ぼくの部屋のことですけど、かまわないでいいって言いにきたんです。家族とクリスマスをすごすので」

「まあ、オスカル、よかったわね！」

ドニャ・パウラは、ぼくの成長を見てきたようなもので、ぼくのやることなすこと、すべてが確かだと信じこんでいる。〝あんたは才能があるわよ〟と言ってはくれるが、なんの才能か説明できたためしがない。

おやつにミルク一杯と、お手製のクッキーを食べていらっしゃいと、ドニャ・パウラにしきりに勧められた。ぼくは食欲もなかったが、言われたとおりにした。しばらくいっしょにいてテレビの映画を観賞し、彼女のコメントにいちいちうなずいた。善き婦人は相手がいると大げさにしゃべる、つまり、めったにないことだった。

「見なさいな、子どものころは、あんなかわいかったじゃないの、ね?」と、彼女は無邪気なホセリート少年を指さした。

「そうですね、ドニャ・パウラ。ぼく、そろそろ行かないと……」

彼女の頬にあいさつのキスをして、ぼくは退散した。

ものの一分で部屋にあがり、シャツを何枚かと、ズボン二本、洗濯してある下着を用意した。ひとまとめにして、かばんに詰めこみ、必要以上に一秒もむだにしなかった。出がけに事務室に立ちよって、表情ひとつ変えずに家族との休暇の話をくり返した。

その場を後にしながら、物事すべてが嘘をつくみたいに簡単ならいいのにと思った。

肖像画の部屋で静かに夕食をとった。ヘルマンはおとなしく、自分の世界に入っていた。たまに目があうと、彼はぼくにほほ笑んだ。純粋に礼儀からだろう。マリーナはスープの皿でスプーンを動かしながら、いちども口にはこばない。皿をひっ掻くスプーンの音と、ろうそくの炎がパチパチ散る音に会話がすべて集約された。ヘルマンの健康状態について医師のあまりいい報告がなかったのは容易に想像できた。言わずと知れたことをきくのは、やめにした。夕食後、ヘルマンは〝お先に〟と言って部屋にもどった。いつになく老けて疲れているように見えた。彼と会って以来、妻のキルステンの肖像画に目をやらなかったのは、はじめてだ。

　彼が立ち去るとすぐに、マリーナは手つかずの皿を押しやり、ため息をついた。

「ひと口も食べてないじゃないか」

「お腹がすかなくて」

「よくないニュース？」

「ほかの話にしましょうよ、いい？」と彼女がさえぎった。素っ気ない、ほとんどとげのある声だ。

　彼女の言葉の刃《やいば》で感じさせられた。ぼくは人様の家にいる他人だ、これはぼくの家族じゃない、ここはぼくの家じゃないし、ぼくの問題でもない、そう思いださせられるようだった。自分でいくら夢を見つづけようとしてもだ。

「ごめんなさい」と、すこしして彼女がつぶやき、ぼくのほうに手をのばした。

「気にしてないよ」と嘘を言った。

　立ちあがって台所に皿をはこんだ。マリーナは黙ってすわったまま、カフカをなでている。ネコは彼女のひざでニャーニャー鳴いていた。

　ぼくは必要以上に時間をかけた。皿を洗ううちに、冷たい水で手の感覚がなくなった。サロンにもどると、マリーナはもう部屋に帰っていた。ぼくのためにろうそく二本に火をつけてくれていた。ほかの部屋は暗く静まりかえっている。

ろうそくを吹き消して、ぼくは庭にでた。黒い雲がゆっくり空にひろがっている。冷たい風が木立を揺らした。視線をもどすと、マリーナの部屋の窓に灯りがあった。ベッドに身を横たえる彼女を想像した。つぎの瞬間、灯りが消えた。館は最初の日に見た廃墟のように暗がりにそびえていた。ぼくもベッドに行って休もうかと考えた。だが不安が頭をもたげ、眠れない長い夜になりそうな予感がした。散歩にでて考えを整理するか、せめて体を疲れさせることにした。

二歩と行かないうちに雨がパラパラ降りだした。いやな空模様の夜で、通りには誰もいない。ポケットに両手を深くつっこんで、歩きだした。あてもなく二時間ほども歩いた。あれほど望んだのに、寒さも雨もぼくを疲れさせてくれなかった。なにかが頭をめぐり、無視しようとすればするほど、なおさら存在感が強くなる。

足のむくまま歩くうちに、ぼくはサリアの墓地についていた。黒ずんだ石の顔や、かたむいた十字架に雨が降りつけている。鉄柵の門のむこうに亡霊のようなシルエットがならんで見えた。しめっぽい土が、死んだ花の臭気を放っている。鉄柵のあいだに頭をもたせかけた。金属が冷たい。錆の跡がひと筋、肌をつたった。いま起こっていることのすべての説明がこの場所でつきそうな気がして、暗闇にじっと目をこらした。見えるのは死と静寂だけだ。ぼくはここで、なにをしているのか？　まだいくらかでも分別が残っていれば、館にもどって百時間でも眠りつづけるだろう。ここ三カ月で、たぶん最高のアイディアだ。

きびすを返して糸杉の狭い小道をもどろうとした。遠い灯りが雨のなかで輝いている。その光線が突然翳《かげ》りをおびた。暗いシルエットが光をすっぽりおおった。石畳に馬の蹄《ひづめ》の音がきこえ、見ると、水のカーテンをひっ掻きながら黒い馬車がやってくる。漆黒の馬たちの吐く息が蒸気の亡霊のように放散する。御者の時代遅れの姿が御者台にくっきりうかんだ。ぼくは道の脇に隠れる場所をさがしたが、むきだしの塀があるだけだ。足のしたで地面が揺れている。

選択肢はひとつしかない。雨に濡れそぼり、ほとんど息もせず、ぼくは鉄柵の門をよじのぼって、聖なる境内に跳びこんだ。

18

どしゃ降りの雨でぬかるんだ泥の地面にぼくは落下した。濁った水の小川が枯れた花をひきずりながら、墓碑のあいだを這っていく。手も足も泥に埋《うず》まった。立ちあがり、空に両腕をあげる大理石の半身像の後ろに隠れた。

馬車は門のむこうに止まっていた。御者がおりてきた。カンテラを手にもち、全身をくるむマントをはおっている。つば広帽と襟巻が雨と寒気を防ぎ、顔をおおい隠している。ぼくは馬車に見覚えがあった。あの朝、フランサ駅に黒い貴婦人を乗せてきた馬車だ。ドアのひとつに黒い蝶のマークが見てとれた。黒っぽいビロードのカーテンが窓をふさいでいる。彼女はなかにいるのだろうか。

御者は鉄柵の門に近づいて、境内にじっと目をこらした。ぼくは彫像にぴったりくっついて、身じろぎもしなかった。すると鍵束のジャラジャラいう音がした。錠の金属がカチッと鳴った。〝ちくしょう〟と内心罵《ののし》った。鉄がギイッと音をたてた。泥のうえを歩く音。御者はぼくの隠れている場所に近づいてくる。ここから出なくてはだめだ。

背後の墓地に目を走らせた。黒い雲のベールがひらき、月がぼんやり光の道を描いた。立ちならぶ墓が一瞬、闇のなかで光り輝いた。ぼくは墓碑のあいだを這い歩き、墓地の奥にじりじりと退去した。

霊廟のふもとにたどりついた。鋼鉄とガラスのとびらで閉ざされている。御者がまだやってくる。息をこらして闇に身をしずめた。相手はカンテラを高くかかげて、ぼくの二メートル以内のところを横ぎった。まえを通りすぎ、ぼくはホッと息をついた。墓地の中心に遠のくのが見えて、どこにむかうのか一瞬でわかった。

自分でもどうかしていると思いながら跡をつけた。墓碑のあいだに隠れていくうちに境内の北側についた。そこの高みで伸びあがると、境内全体が見わたせた。二メートルほどしたで、無名の墓によせかけた御者のカンテラが光っている。血でも流れるように、墓石に刻まれた蝶のマークを雨がつたっていった。御者のシルエットが墓碑のほうに身をかがめた。マントから長いもの、金属の棒をとりだして奮闘している。相手の意図がわかり、ぼくは固唾を呑んだ。墓をこじあけようとしているのだ。一目散に逃げたかったが、体がどうにも動かない。

男は棒を梃子《てこ》にして、やっと墓碑を数センチ動かした。ゆっくり墓の暗黒の深みがあいていく。そのうち墓碑が重みで片側に落下して、衝撃でまっぷたつに割れた。落下の震動が体のしたで感じられた。御者は地面からカンテラをとりあげて、深さ二メートルの墓穴のうえでかかげた。地獄への階段だ。黒い棺の表面が穴の底で輝いている。御者は空をあおぎ、いきなり墓穴に飛びおりた。こちらの視界から相手が一瞬で消えた。地面が男を呑みこんだかのようだ。何度も打ちつける音と、古い板の割れる音がきこえた。ぼくは飛びだして、泥を這いながら墓穴の縁にじりじりと近づいた。なかをのぞきこんでみた。

雨が墓の内部に降りつけて、穴の底が水浸しになっている。御者はまだそこにいた。棺のふたをひっぱりあげている最中で、ふたが轟音《ごうおん》をたてて片側に倒れ落ちた。腐った板とボロボロの布が光にさらされた。棺は空っぽだ。男は身じろぎもせずにながめている。なにか低い声でつぶやくのがきこえた。もう逃げなくてはまずい。なのに、ぼくはうっかり石ころを蹴とばし、その石が落ちて棺にあたってしまった。瞬時に御者がこちらを見あげた。右手に回転式拳銃《リボルバー》をもっている。

ぼくは出口めざして必死で駆けだした。墓碑や彫像をかわしながら、背後で御者の叫ぶ声がした。男は墓穴をよじのぼっている。出口の鉄柵と、むこう側にとまる馬車がかすかに目に映った。息も絶え絶えで、そちらに走った。御者の足音はもう近い。数秒以内に視界のきく場所で追いつかれると察知した。相手が武装しているのを思いだし、隠れる場所を必死で探した。唯一の選択肢に目をとめた。御者がまちがってもそこを探さないように祈った。馬車の後部にある大型のトランクだ。ぼくは後ろの台に飛びのり、頭から突っこんだ。いくらもしないうちに、先を急ぐ御者の足音が糸杉の小道まで来たのがきこえた。

相手の目が見ているものを想像した。誰もいない雨の小道。足音がとまった。馬車のまわりを歩いている。こちらの存在をあかす足跡を残していないか怖かった。御者の体が御者台によじのぼるのを感じた。動かずにじっとする。馬たちが嘶《いなな》いた。永遠の待機にも思えた。

すると鞭をピシャッと打つ音がし、いきなりガタンと揺れて、ぼくはトランクの底に落とされた。馬車が動きだしたのだ。

ガタガタ揺れる音は、やがて乾いた激しい振動にかわり、寒さでかじかんだ筋肉を打ちつけた。トランクのすきまからのぞこうとしたが、こんなに揺れては体を支えるのもむずかしい。馬車はサリア地区を後にした。走っている馬車から飛びおりたなら、どのくらいの確率で頭蓋骨が砕けるか推し量り、その考えは却下した。これ以上の英雄的行為には挑戦できそうにないし、正直なところ、どこに向かっているのか知りたくて、状況にまかせることにした。なんとか大型トランクの底に身を横たえて休んだ。この先にそなえて力を回復する必要がありそうだ。

道のりは永遠につづく。トランクからの視界は役に立たず、雨のなかを何キロも走ったように思えた。ぬれた服の内側で筋肉が麻痺しかけている。交通量の多い大通りを後にした。こんどは閑散とした通りを走っている。身を起こし、すきまに伸びあがってチラッと見てみた。岩の裂け目みたいな暗くて細い道が見える。霧のなかの街灯、ゴシック様式のファサード。ぼくはまた身を横たえた。頭が混乱している。ぼくらは旧市街にいた。ラバル地区のどこかしらだ。あふれた溝《どぶ》の悪臭が沼地の残骸みたいにあがってくる。

バルセロナの闇の奥を半時間ほどもめぐるうちに、馬車が止まった。御者が御者台からおりる音がきこえた。直後にドアのあく音。馬車は速足で進み、においからして古い厩《うまや》らしき場所に入っていく。ドアがまた閉まった。

ぼくはじっとしていた。御者は馬を手綱から外し、なにか言葉をささやいているが、意味がとれない。トランクのすきまに光の帯がこぼれ落ちた。水の流れる音と、藁《わら》のうえを歩く音がした。最後に灯りが消えた。

御者の足音が遠のいた。二分ほど待つうちに、馬の呼吸がきこえるだけになった。

ぼくはトランクからそっと抜けだした。蒼い薄闇が厩にただよっている。横のドアにそっとむかった。木の梁《はり》で支えられた高い天井の暗いガレージにでた。非常口らしきドアが奥で輪郭をなしている。錠は内側からしか開かないのがわかった。用心して錠を開け、やっと表の通りにでた。

ぼくはラバル地区の暗い路地にいた。両手をのばすだけで道の両側にさわれるぐらい狭い路地だ。悪臭のする溝水が石畳の中央に流れている。曲がり角までほんの十メートル。そちらに近づいた。やや広い通りが、百年以上も経とうかという街灯のかすんだ光を放っている。みすぼらしい灰色の建物の片側に厩の戸口が見られた。門の楣《まぐさ》のうえに建築年が読みとれる。一八八八年。そこの位置から見て気がついた。建物はブロック全体を占めるさらに大きな建築構造に付属しているにすぎないのだ。

このもうひとつの建物は、宮殿なみのひろがりをもっていた。縦横に入り組んだ足場が掛かり、薄ぎたないシートですっぽりおおわれている。内側に大聖堂でも隠してあるのか。なんだろうと推測してみるが無理だった。ラバル地区あたりで、こんな建築物の存在はまるで思いつかない。

近寄って、足場をふさぐ板のすきまをのぞいてみた。近代主義様式《モデルニスモ》の巨大な張り出し屋根を濃い闇がおおっている。列柱と、凝《こ》ったデザインの鋼鉄で飾る窓の列が目に入った。切符売り場か。さらにむこうに見える入り口のアーチが伝説上の城のポーチを彷彿《ほうふつ》とさせた。瓦礫と湿気の層がすっかりかぶさり、放置されている。

自分がどこにいるか突然理解した。これは王立大劇場《グラン・テアトロ・レアル》だ。ミハイル・コルベニクが妻エヴァのために改築させながら、彼女がいちども舞台に立つことのなかった豪奢なモニュメント。劇場はいま、廃墟の巨大な地下墓地《カタコンベ》のようにそびえていた。パリのオペラ座とサグラダファミリア聖堂の落とし子が、解体されるのを待っているのだ。

厩のある付属の建物にもどった。正門は黒い穴。木製のとびらに小さな戸がくりぬかれ、修道院の入り口を思わせた。それとも監獄か。戸はあいていて、ぼくは玄関ホールにしのびこんだ。亡霊でも出そうな中庭を見あげると、ひびの入ったガラスの天窓がある。錯綜《さくそう》する洗濯ロープにボロ着がぎっしり干されて、風にたなびいていた。

この場所は貧困と排水溝と病の臭気がした。破裂した管からもれる汚水が壁面に沁みでている。床は水浸し。錆びた郵便受けの列が目に入り、近寄って調べてみた。ほとんどは空っぽで、こわされて名前もない。なかのひとつだけが使われていた。汚れのしたに名前が読めた。

ルイス・クラレット・イ・ミラ　四階

名前に聞き覚えがあったが、なんでかわからない。これが御者の身元だろうか。その名を何度もくり返し、どこできいたか思いだそうとした。ふいに記憶が晴れた。フロリアン刑事がそういえば言っていた。コルベニクの晩年、グエル公園脇の塔の邸宅にいる彼とその妻に近づけたのはふたりだけだったと。主治医のシェリー、そして主人を見放そうとしなかった御者のルイス・クラレット。

ポケットに手を入れて、必要があれば連絡するようにとフロリアンがくれた電話番号をさがした。見つかったと思ったら、階段の高みで人の声と足音がきこえた。ぼくは逃げだした。

路地にでて、曲がり角の後ろに走って隠れた。すぐに建物の戸口から人影があらわれ、小糠雨のなかを歩きだした。さっきの御者。クラレットだ。

彼の姿が消えるのを待って、ぼくはその足音の響きを追いかけた。

19

クラレットの跡を追いながら、ぼくは暗がりの影と化していた。この地区の貧困と惨めさが空気中に臭うようだ。御者は、ぼくが足をふみいれたこともない通りを大股で歩いていく。自分の居場所がつかめないまま、見ると相手が角を曲がり、そこがコンデ・デル・アサルト通りだとわかった。ランブラス通りにつくと、クラレットは左に曲がり、カタルーニャ広場の方角にむかった。

宵《よい》っぱりの連中が何人か通りを行き来した。灯りのついた新聞売り《キオスク》が座礁した船を思わせる。リセウ劇場につくと、クラレットは通りをわたった。ドクター・シェリーと娘のマリアが住んでいる建物の入り口で彼は足をとめた。入るまえに、マントから光る物体をとりだすのが見えた。回転式拳銃《リボルバー》だ。

建物のファサードは浮き彫りと樋飾り《ガーゴイル》の仮面と化し、その樋飾りの魔物どもが濁った雨水を口から吐き出している。剣先のような金色の光線が建物の一角の窓にうかんだ。ドクター・シェリーの書斎だろう。眠れずに不自由な体をアームチェアにあずけている老医師を思いうかべた。

ぼくは表門に走り寄った。とびらは内側から錠がおりている。クラレットが閉めたのか。ほかの入り口がないか正面を調べてから、建物ぞいに歩いてみた。裏側に火災用の小さな非常階段があり、建物をめぐる軒蛇腹まであがっている。軒蛇腹は石の渡り廊下のように、正面のバルコニーまでのびていた。ドクター・シェリーの書斎がある場所まで、わずか二メートルほど。小階段をよじのぼって軒蛇腹の位置にたどりつき、もういちどルートを確認した。軒蛇腹は幅が四十センチぐらいしかないのがわかった。足もとで眼下の通りに垂直に落下する外壁が深い淵《ふち》のようだ。ぼくは深呼吸をして、軒蛇腹のほうに一歩をふみだした。

外壁にぴったり体をつけて一センチずつ進んだ。表面がすべりやすい。足のしたで石のブロックがガタついた。歩く先から軒蛇腹が狭まるような感覚だ。背中の壁が前方にかたむいている気がした。半人半獣神《ファウニ》の像が点々と列をなしている。彫刻のひとつの悪魔的な顔面に、こわごわ指をつっこんだ。半人半獣神が口を閉じて指を噛みちぎられそうで怖かった。その彫像たちを手がかりに使いながら、シェリーの書斎のバルコニーをかこむ鋼鉄製の欄干に達した。

大窓のまえの鉄のフェンスでかこまれた部分にやっとたどりついた。ガラスがくもっている。ガラス窓に顔をつけると内部がぼんやり見えた。窓はどうやら閉まっていない。そっと押すうちに、わずかに開けられた。暖炉で薪《まき》を燃やすにおいのしみついた温かな空気がふわっと顔に吹きつけた。シェリー医師は暖炉のまえのアームチェアにすわっている。まるで一度もそこから動いていないみたいに。

老医師の背後で書斎のとびらがあいた。クラレットだ。つくのが遅すぎた。

「あなたは誓いをやぶったな」と言うクラレットの声がした。

彼の声をはっきりきくのは、はじめてだ。低い声、かすれた声。寄宿舎の庭師ダニエルとおなじ声。内戦中に銃弾で声帯をやられた人物だ。医師たちはダニエルの喉を再建したが、気の毒な彼は、しゃべれるようになるのに十年かかった。その庭師の口からもれでる音にクラレットの声はよく似ている。

「最後のフラスコを破棄したと、あなたは言ったたろう……」とクラレットは言い、シェリーに詰めよった。

相手はふりむきもしない。見ると、クラレットが回転式拳銃《リボルバー》をかかげて、医師に銃をむけた。

「きみは、わたしを誤解しているな」とシェリーが言った。

クラレットは老人の脇をまわり、真正面で足をとめた。シェリーが視線をあげた。怖れていたとしても表情にあらわさない。クラレットは相手の頭に狙いをさだめた。

「嘘だ。この場であなたを殺してもいい……」と言った。ひと言発するたびに自分が痛むかのように音をひきずっている。

彼はシェリーの眉間に銃口を突きつけた。

「撃ちなさい。望むところだ」と冷静にシェリーが言った。

ぼくは固唾を呑んだ。クラレットが撃鉄を起こした。

「どこにある？」

「ここにはない」

「では、どこだ？」

「きみは知っているだろう」とシェリーが返した。

クラレットがため息をつくのがきこえた。彼は拳銃をもどし、腕をだらんとさげた。憔《しょう》悴《すい》している。

「われわれはみんな、彼にやられる運命にある」とシェリーが言った。「単に時間の問題だ……きみは彼を理解したためしがない。いまはなおさらだろう」

「あなたのほうが、わたしには、よっぽど理解できないな」とクラレットが言った。「こちらは良心に恥じることなく自分の死にむかうだけだ」

シェリーは苦々しく笑った。

「死にとっては良心なんぞ、お笑い種《ぐさ》だよ、クラレット」

「でも、わたしには大事なことだ」

そのときマリア・シェリーがドアのところにあらわれた。

「お父さま……だいじょうぶですか？」

「ああ、マリア。ベッドにもどりなさい。友人のクラレットといるだけだ、彼はもうお帰りだから」

マリアは迷った。クラレットは彼女をじっと見すえた。一瞬、その目の動きになにか漠然としたものがあるように、ぼくには思えた。

「言うとおりにしなさい、さあ」

「はい、お父さま」

　マリアは退去した。シェリーはまた暖炉の火に目をすえた。

「きみは自分の良心を大事にすればいい。わたしはわたしで守るべき娘がいる。家に帰りなさい。きみの手には負えないよ。誰もなにもできない。センティスがどうなったか見たろうに」

「センティスは、やつにふさわしい最期を遂げただけだ」とクラレットは断言した。

「まさか、会いにはいかんだろうね？」

「わたしは友人を見捨てたりしない」

「だが彼らは、きみを見捨てたではないか」とシェリーが言った。

　出口にむかったクラレットは、シェリーの呼びかけに足をとめた。

「待ちなさい……」

　老医師は書斎机のそばの戸棚に近づいた。自分の喉もとにさがる小さな鍵のついたチェーンをさぐり、その鍵で戸棚をあけた。なかからなにかとりだして、クラレットにさしだした。

「もっていきなさい」と医師が命じた。「わたしには使う勇気がない。まちがってもだ」

　ぼくは目をこらし、クラレットになにをわたしているのか見てとろうとした。容器らしい。銀色のカプセルが入っているように見えた。銃弾か。

クラレットはうけとり、注意ぶかく調べた。彼の目がシェリーの目とあった。

「ありがとう」とクラレットは低くつぶやいた。

礼など言ってほしくなさそうに、シェリーは黙って首を横にふった。見ると、クラレットが拳銃の薬室の弾を抜き、シェリーにわたされた銃弾をこめている。クラレットが作業をするそばで、シェリーは両手をこすりながら神経質そうに見守った。

「行くのはよしなさい……」とシェリーが懇願した。

クラレットは薬室をとじて弾倉を回転させた。

「選択肢はない」と返しながら、もう出口にむかっていた。

ぼくは彼が消えるとすぐ、もとの軒蛇腹に身をすべらせた。雨が小降りになっている。クラレットを見失わないように急いだ。非常階段まで進んで階段をつたいおりてから、大急ぎで建物をまわると、ちょうど彼がランブラス通りを海方面にむかうのが見えた。早足で距離を縮めた。フェラン通りまで行くと、クラレットはサンジャウマ広場の方向に曲がった。レイアール広場のアーケードのあいだに公衆電話が目についた。一刻も早くフロリアン刑事に電話して、いま起こっていることを伝えなくてはいけない。でもここで足をとめたら、あの御者を逃《のが》すことになる。

クラレットはゴシック地区に入り、ぼくはそのまま跡をつけた。やがて彼のシルエットは宮殿をつなぐ渡り廊下のしたに消えた。この世のものならぬアーチが壁面に踊るような影を投射している。

ぼくらが来たのは魔法にかかったバルセロナ、精霊たちの迷宮だ。ここでは通りという通りが伝説の名をもち、時の悪霊《ドウエンデ》たちが、ぼくらの背後で歩いている。

20

大聖堂の陰にある通りまで、ぼくはクラレットの跡を追った。仮面の店が曲がり角をしめしている。ショーウインドーに近づくと、紙製の仮面の空虚なまなざしが感じられた。身をかたむけて、角からのぞき見た。クラレットは二十メートルほど先で足をとめている。排水溝におりるマンホールのそばだ。金属製の重いふたをあけようとしているらしい。やっと押しあげると、その穴に入っていった。

ぼくはさっそく近づいた。金属のはしごをおりていく足音がして、光線の反射が目に入った。排水溝の口までそっと進み、なかをのぞき見た。よどんだ空気の流れが穴の底からあがってきた。その場にたたずむうちに、クラレットの足音がきこえなくなり、彼のもつ灯りを闇が呑みこんだ。

フロリアン刑事に電話するなら、いましかない。夜遅くまで営業し、早朝にまた店をあける居酒屋《ボデガ》の灯りが目に映った。店はワインのにおいがプンプンする独房もどき、築三百年は下らない建物の半地下を占めている。店主はどこか無愛想な様子の、ちっちゃな目の男で、軍帽みたいな鳥打帽をかぶっていた。店主は眉をつりあげて、不愉快そうにぼくを見た。背後の壁面に青色師団《デイビシオン・アスル》の旗と、〝戦没者の谷《バジエ・デ・ロス・カイードス》〟のポスターと、ムッソリーニの肖像写真が掛かっている。

「出ていけ」と、いきなりぼくに言ってきた。「朝五時まで閉店だ」

「電話をかけたいだけなんです。緊急なことで」

「五時にくればいい」

「五時にまた来られるんなら緊急じゃないでしょ……お願いです。警察にかけるんです」

店主はぼくをじろじろ観察し、ようやく壁ぎわの電話を指さした。

「つないでやるから待ってろ。電話代はあるだろうな？」

「もちろんです」と嘘を言った。

受話器は汚れてベタベタしている。電話の横にあるガラス皿にマッチ箱が入っていた。店主が電話を料金メーターにつなぐすきに、ぼくはマッチ箱をいくつもポケットにつめこんだ。店の名前とフランコ時代の〝鷲《わし》〟の紋章が印刷してある。〈居酒屋《ボデガ》〝度胸《バロール》〟〉という名前だ。店主がこちらをむくと、無邪気そのものの顔をむけてやった。フロリアンにもらった電話番号のダイヤルをまわし、呼び出し音が何回もきこえたが誰もでない。刑事の不眠症の同志がBBCのニュース番組をききながら眠りこけてしまったかと危ぶみだしたとき、電話のむこうで誰かが受話器をあげた。

「こんばんは。こんな時間にすみませんが」とぼくは言った。「いますぐフロリアン刑事さんと話がしたいんです。緊急事態なんです。刑事さんがこの電話番号をくれたので……」

「どちらさま?」

「オスカル・ドライです」

「オスカル、なにさん?」

ぼくは忍耐づよく名字の綴りを一文字ずつ声にした。

「ちょっと待ってくださいよ。フロリアンが家にいるかどうか。灯りが見えないんでねえ。待てますか?」

ぼくがバルの店主に目をやると、相手はムッソリーニ統領《ドウーチエ》の勇ましい目つきに見守られて軍隊マーチのリズムでコップを拭いていた。

「はい」とぼくは堂々と返事した。

いつまでも待たされた。店主は逃亡犯でも見るようにぼくから目を離さない。試しに笑いかけてみたが、相手はニコリともしなかった。

「カフェ・コン・レチェを一杯もらえますか?」と、ぼくは言った。「なにしろ寒くって」

「五時からだ」

「いま何時でしょう?」ときいた。

「まだ五時にならない」と店主が返してきた。「ほんとうに警察に電話してるのかね?」

「治安警察隊です、正確には」と口から出まかせを言った。

ようやくフロリアンの声がした。鋭い警戒の響きをおびている。

「オスカル? いまどこだ?」

ぼくは要点をできるだけ手短に話した。排水溝のトンネルのことを説明すると、相手の緊張がつたわった。

「いいか、よくききなさい、オスカル。そこで待ってなさい、おれが行くまで動いちゃだめだ。いますぐタクシーをつかまえるから。なにかあったら逃げるんだぞ。ライエタナ通りの警察署につくまで足をとめるな。署についたらメンドサを呼びなさい。おれのことを知ってるやつで頼りになるから。でも、なにがあろうと、いいか？　なにがあろうと排水溝のトンネルにおりるんじゃない。わかったか？」

「はい、完璧に」

「すぐ行くからな」

電話が切れた。

「六十ペセタ」と背後で店主がぼくに言い渡した。「夜間料金だ」

「五時になったら支払います、将軍どの」とぼくは平気な顔で言った。

店主の目の下のたるみが、リオハの赤ワインの色に染まった。

「いいか、ぼうや、顔をぶん殴ってほしいか？」と怒りをあらわに脅してきた。

騒動防止用の警棒をもって相手がカウンターのむこうから出てくるまえに、ぼくはさっと逃げだした。仮面店のまえでフロリアンを待つことにした。そんなにかからないはずだと思った。

大聖堂の鐘が朝四時を打った。疲労の徴候が空腹のオオカミみたいにうろつきだした。ぐるぐる円を描いて歩きながら、ぼくは寒さと眠気と闘った。まもなく通りの石畳に足音がきこえた。フロリアンを迎えようとふりむいたが、目についたシルエットは老刑事と一致しない。女性だ。反射的にぼくは隠れた。まさか黒い貴婦人がぼくを探しにきたのか。

人影が通りで輪郭をあらわし、女性はこちらを見ずに、ぼくのまえを通りすぎた。マリア、ドクター・シェリーの娘だ。

彼女はトンネルの口に近寄り、身をかがめて淵をのぞきこんだ。ガラスのフラスコを手にもっている。相手の顔が月光で輝いた。顔つきが変わっている。マリアは薄笑いをうかべた。なにかがおかしいと、ぼくは瞬時に察知した。こんなところに彼女がいるはずはない。トランス状態にでもおちいってフラフラ歩いてきたのか、そんな考えまでうかんだ。思いつくのはそのぐらい。ほかの理由をさがすより、そのばかげた仮説のほうがよほどいい。

彼女のそばに行こうと思った。名前を呼ぶとか、なんでもいい。ぼくは勇気をだして一歩進みかけた。そのときマリアがさっと、ネコみたいにすばしっこくふりむいた。まるでぼくの存在を空気に嗅ぎとったかのようだ。彼女の目は路地で輝き、その顔に描かれた表情に、ぼくは血が凍りついた。

「行きなさい」と、聞き覚えのない声がつぶやいた。

「マリア?」と、ぼくはうろたえて、ぎこちなく言った。

つぎの瞬間、彼女はトンネルに飛びおりた。マリア・シェリーの体が潰れていやしないかと、ぼくは穴の縁に走りよった。月光がかすかにトンネルの上をよこぎった。マリアの顔が穴の底で光をおびた。

「マリア！」とぼくは叫んだ。「待ってください！」

ぼくは全速力ではしごをおりた。二メートルほど走っただけで、激しく鼻をつく悪臭におそわれた。外の明かりのとどく範囲がだんだん小さくなる。ポケットのマッチ箱をさぐり、マッチに一本火をつけた。幽霊でも出そうな光景だ。

通路用のトンネルが暗闇の奥に消えていた。湿気と悪臭。ネズミの甲高い鳴き声。都《まち》の地下トンネルの迷路にかぎりなく余韻が響きわたる。

壁面に苔まみれの文字が読めた。

バルセロナ水道局　一八八一年
排水溝　第Ⅳセクター　レベル二　第六十六区間

トンネルの反対側の壁が崩れている。下層土が排水溝の一部を浸食していた。地層が幾重にも重なって、都市のかつての海抜が異なる地層に見てとれた。

ぼくは古きバルセロナの亡骸をながめた。このうえに新たな都市が築かれたのだ。センティスが死んで見つかった場所。マッチの火をまたつけた。喉もとにあがる吐き気をこらえて、足跡の方向に何メートルか進んだ。

「マリア？」

ぼくの声は亡霊のような余韻にかわり、その音響効果に血が凍った。口をとじることにした。池の水面の昆虫みたいに動きまわる何十もの小さな赤い点に目をすえた。ネズミだ。ぼくが点《とも》しつづけるマッチの火のせいで、ネズミどもは適度の距離を保っている。これより奥に進むかどうか迷ったが、そのとき遠くで声がした。通りの入り口のほうに最後に目をやった。フロリアンの影も形もない。さっきの声がまたきこえた。ぼくはため息をつき、闇の方向に歩きだした。

足を進めるトンネルは獣の腸管を思わせた。地面には糞便《ふんべん》の小川が流れている。マッチが放つ明かりだけを頼りに進んだ。マッチの火を絶やさずつけて、完全な暗闇につつまれないようにした。迷路に入りこむにつれて、ぼくの嗅覚は排水溝の悪臭に慣れてきた。温度もあがっているのに気がついた。べたついた湿気が肌に、服に、髪にはりついてくる。

何メートルか先に行くと壁面でなにかが光をおびた。粗雑な十字架が赤々と描いてある。ほかにも似たような十字架が壁に見られた。こんどは地面で光るものが目についた。ひざまずいてじっくり見ると写真だ。なんの画像かすぐわかった。温室で見つけたアルバムのポートレートの一枚。地面にはまだ写真が散っていた。どれもアルバムにあったものだ。ひき裂かれたのも何枚かある。二十歩ほど先でアルバムを見つけた。完全にボロボロだ。手にとって空白のページをめくった。誰かがアルバムにあるはずのないなにかを探しまわり、見つからずに、怒りのあまり滅茶苦茶にしたかのようだ。

十字路に来た。排水溝の分散か集束のための空間か。視線をあげると、ぼくのいる場所の真上の位置にほかの通路に行く口がある。鉄格子らしきものが見えた。マッチの火をかかげてみたが、排水溝のひとつが放出する泥臭い空気の流れで炎が消えた。

その瞬間、なにかの移動する音がした。壁をこするように、ゼラチン状のものがゆっくり動いている。ぼくは首根っこがぞくっとした。暗闇のなかでマッチをさがし、手探りでつけようとするが火がついてくれない。こんどはまちがいない。なにかがトンネルのなかで動いている。生きているもの、だがネズミではない。

ぼくは息がつまりそうだった。この場の悪臭が鼻腔《びこう》を直撃した。やっとマッチの火がついた。はじめ炎で目がくらんだ。そのあと、なにかが這ってこちらに来るのが見えた。四方のトンネルからだ。形のない物影の群れが蜘蛛のように排水溝から這いずってくる。ふるえるぼくの手からマッチがすべり落ちた。走りたくても、くぎづけになったみたいに筋肉が動かない。

突然、一筋の光線が影どもを切り裂き、ぼくのほうにせまる腕らしきものが光にパッとうかんだ。

「オスカル！」

フロリアン刑事がこちらに走ってきた。彼の片方の手が懐中電灯をつかんでいる。もう片方は回転式拳銃《リボルバー》だ。

フロリアンはぼくに追いつき、懐中電灯の明かりで隅々まで照らしまわった。ぞっとするような音をふたりともきいた。影の群れが光から逃げるように後退りしているのだ。フロリアンが拳銃を高くかかげた。

「なんだ、あれは？」

ぼくは答えたかったが、声がでない。

「だいいち、いったいこんな地下で、きみはなにしてるんだ？」

「マリアが……」と、しどろもどろに言った。

「え？」

「刑事さんを待っていたら、マリア・シェリーが排水溝に飛びこんで、それで……」

「シェリーの娘か？」とフロリアンがきいた。当惑している。「ここで？」

「そうです」

「で、クラレットは？」

「わかりません。足跡をたどってるうちに、ここまで来ちゃって……」

フロリアンは周囲の壁を調べた。錆びついた鉄の戸が通路の端にある。彼は眉をひそめ、そちらにゆっくり近づいた。ぼくは彼にぴったりついて歩いた。

「センティスは、こういうトンネルで見つかったんですか？」

フロリアンは黙ってうなずき、トンネルの反対側の端を指さした。

「この下水溝網はボルンの旧市場までのびている。センティスが見つかったのはそこだ。でも彼の遺体には引きずられてきた痕跡があってね」

「そこって、ベロ－グラネル社の旧工場があるところですよね？」

フロリアンがまたうなずいた。

「誰かがこういう地下の通路を利用して都《まち》のしたを動きまわってると思いますか？　旧工場から……」

「ほら、懐中電灯をもっててくれ」とフロリアンがさえぎった。「あと、これも」

〃これ〃というのは彼の回転式拳銃《リボルバー》だ。ぼくが銃をしっかりつかむそばで、彼は金属製の戸をこじあけにかかった。拳銃は思いのほか重かった。引き金に指をかけて、薄明かりでながめた。フロリアンが射るような鋭い視線をさっとむけた。

「オモチャじゃないぞ、気をつけなさい。バカをしてみろ、きみの頭なんかスイカみたいに弾でぶっ飛ぶからな」

戸があいた。内部から放出するひどい悪臭は言葉にならない。ぼくらは何歩か後退りして吐き気と闘った。

「なかに、いったいなにがあるんだ？」とフロリアンが叫んだ。

ティッシュを一枚とりだすと、彼は口と鼻にあてた。ぼくは拳銃を彼にわたし、懐中電灯を支えもった。フロリアンが一蹴り入れて戸をむこうに押しあけた。ぼくは懐中電灯でなかを照らした。空気が濃密すぎて、ほとんどなにも見分けられない。フロリアンは銃の撃鉄を起こして戸口のほうに進んだ。

「そこにいろ」とぼくに命じた。

相手の言葉を無視して、ぼくも部屋の入り口に近づいた。

「なんてことだ……!」とフロリアンの叫ぶ声がきこえた。

ぼくは息がとまりかけた。眼前にひろがる光景を信じろと言われても無理だ。闇に捕られ、錆びついた鉤にぶらさがる何十という動かない体、肉体の一部の欠けた体がそこにあった。二台の大きなテーブルには、奇妙な道具がすっかり散乱している。金属の部品、歯車装置や、木材と鋼鉄でつくった装置。フラスコびんがガラス棚にずらりと収まり、皮下注射用の注射器一式、それに汚れて黒ずんだ外科用器具が壁面いっぱいに掛かっていた。

「なんだ、これは?」とフロリアンがつぶやいた。全身張りつめている。

木材と革、金属と骨でできた一体の人形が、未完成の無気味な玩具のようにテーブルのひとつに横たわっていた。蛇みたいな丸い目をした男の子、二股の舌が黒いくちびるのあいだにのぞいている。ひたいに焼印があり、蝶のマークがはっきり見てとれた。

「彼の工房だ……ここでつくってるんだ……」と大声がぼくの口をついて出た。

そのとき、その地獄の人形の目が動いた。くるりと頭がまわり、時計の針を合わせるときのカチッという音が内臓からでた。蛇の瞳孔がぼくにとまるのを感じた。二股の舌がくちびるをなめた。ぼくらに笑いかけている。

「ここを出よう」とフロリアンが言った。「いますぐだ!」

ぼくらは通路にもどり、背後で戸をしめた。フロリアンは荒い息をしている。ぼくは言葉もでなかった。ふるえる手で懐中電灯をもちながらトンネルを調べるうちに、滴がひとつ光線を貫通した。一滴、また一滴。緋色のつややかな滴。血だ。

　ぼくらは黙って目をあわせた。なにかが天井から落ちてくる。後ろに何歩か退《さ》がれと、フロリアンが顔で合図を送ってきて、懐中電灯の光を頭上にむけた。刑事の顔が真っ青になり、確かなはずの彼の手がふるえるのが見えた。

「走れ！」彼の口からでたのは、そのひと言だけだ。「ここから出ろ！」

　最後にぼくに視線を投げかけてから、フロリアンは回転式拳銃《リボルバー》をかかげた。はじめは恐怖、つぎは奇妙な死の確信がその目に読めた。まだなにか言おうとくちびるをひらいたが、その口からは音もこぼれなかった。暗い影が彼に襲いかかり、刑事が筋肉ひとつ動かすまえに一撃をくわえたのだ。銃声がして、耳をつんざく破裂音が壁にはね返った。懐中電灯が汚水の流れに放りだされた。フロリアンの体は壁にむかって投げだされ、あまりの激しい勢いに、黒ずんだタイルに十字架形の裂け目ができた。体が壁から剝がれ落ち、地面に倒れて動かなくなるまえに彼は息絶えていた、まちがいない。

　ぼくは無我夢中で帰りの道を探して走りだした。獣の咆哮がトンネルじゅうにこだました。ふりむくと、十以上もの物影が四方から這いずってくる。こんなに走ったことはいちどもない。見えない獣の群れの咆哮を背後によろけながら走りまくった。壁にくっきり跡のついたフロリアンの体のイメージが脳裡に刻みついて離れなかった。

　もうすぐ出口というところで、物影がひとつ前方に飛びだした。ぼくが地上に出るはしごに達するのを、ほんの数メートル先で阻《はば》んでいる。ぼくはピタッと足をとめた。さしこむ光で道化役《アルレッキーノ》の顔がうかびあがった。黒いふたつの菱形《ひしがた》がガラスのまなざしをおおい、磨きあげた木製のくちびるから鋼の牙がむきだしている。

ぼくは一歩後退した。ふたつの手がぼくの肩におかれた。爪がぼくの服をひき裂いた。なにかが首に巻きついた。粘っこくて冷たい。首がしめつけられるのを感じ、呼吸ができない。視界がぼんやりしはじめた。なにかがくるぶしをつかんだ。正面で道化役がひざをつき、ぼくの顔のほうに両手をのばした。気を失うかと思った。そうなってくれと祈った。

つぎの瞬間、この木と革と金属の頭が粉々に砕けた。

銃弾はぼくの右側から発射された。轟音が鼓膜をつき刺し、火薬のにおいが空中に充満した。道化役はぼくの足もとでくずおれた。二発目の銃声がした。喉の圧迫が消え、ぼくは前につんのめった。感じるのは火薬の強いにおいだけ。誰かがぼくをひっぱった。目をあけると、男がこちらに身をかがめ、ぼくを抱きあげた。

やがて日の明るさを感じ、肺が新鮮な空気でいっぱいになった。そのあと、ぼくは気を失った。

馬の蹄の音が響きわたり、教会の鐘が鳴りつづける夢を見たのを覚えている。

21

目がさめた部屋に見覚えがあった。窓がしまり、透明な光が鎧戸のすきまからこぼれ落ちている。人影がぼくのそばに立ち、黙ってぼくを見つめている。マリーナだ。

「生者の世界へ、ようこそ」

ぼくはガバッと起きあがった。視野が一瞬かすみ、氷の破片が脳に穴をこじあけている感じがした。マリーナが支えてくれて、痛みがゆっくり治まった。

「落ち着いて」と彼女がささやいた。

「ここにどうやって着いたの……？」

「明け方につれてきてくれた人がいたの。馬車で。名前は言わなかったけど」

「クラレット……」とつぶやくうちに、ぼくの脳裡でジグソーパズルのピースが形をなした。

ぼくをトンネルから救いだし、またサリアの館につれてきてくれたのはクラレットだ。彼に命を救われたのだ。

「死ぬほど驚いたのよ。どこにいたの？　一晩じゅう、あなたを待ってたのよ。もう二度とこんなことしないで、いい？」

体じゅうが痛み、うなずくのに頭を動かすだけでも痛んだ。ぼくはまた横になった。マリーナが冷たいコップの水を口もとに寄せてくれた。ぼくはひと口飲んだ。

「もうすこし飲みたいでしょ？」

目をとじると、彼女がコップをまた水でいっぱいにしてくれる音がした。

「ヘルマンは？」ときいてみた。

「アトリエよ。あなたを心配してたの。ちょっと具合がよくないって言っておいたけど」

「彼、信じた？」

「父はわたしの言うことなら、なんでも信じるから」とマリーナが返した。嫌味はない。

彼女は水の入ったコップをさしだした。

「もう絵を描かないのに何時間もアトリエにいて、彼はなにしてるの？」

マリーナはぼくの手首をとって脈を測った。

「父はアーティストよ」と、そのあと言った。「アーティストは未来か、過去かに生きているの。現在ではない。ヘルマンは思い出に生きているの。彼にあるのはそれだけ」

「きみがいるじゃないか」

「わたしが思い出のほとんどだから」と、ぼくの目を見て彼女は言った。「食べるものをもってきたの。力をとりもどさないと」

ぼくは片手をふって断った。食べることを考えただけで吐き気をもよおした。マリーナはぼくのうなじに手をあてがい、また水を飲むあいだ支えてくれた。水は冷たく透明で、恵みの味がした。

「何時かな?」

「午後の半ば。八時間眠ってたのよ」

ぼくのひたいに彼女は手をあてて、しばらくそのままにしていた。

「熱は下がったわね」

ぼくは目をあけてほほ笑んだ。マリーナは深刻な顔でぼくを見つめた。顔色がよくない。

「うわ言を言ってたのよ。夢のなかでしゃべって……」

「なに言ってた?」

「どうでもいいようなこと」

ぼくは喉に指をもっていった。痛みを感じる。

「さわっちゃだめ」とマリーナが言い、ぼくの手を離させた。「首にすごい傷があるの。それに肩と背中に切り傷。誰がこんなことしたの?」

「わからない……」

マリーナはため息をついた。じりじりしている。

「死にそうに怖かったのよ。どうしていいかわからなくて。電話ボックスに行ってフロリアンを電話で呼びだそうとしたら、連絡先のバルでは、あなたから電話があったばかりで、刑事さんは行先を言わずに出かけたって。夜明けのすこしまえに、もういちど電話してみたけど、まだ帰ってないって……」

「フロリアンは死んだよ」気の毒な刑事の名前を口にした瞬間、自分の声がかすれるのに気がついた。「きのうの夜、またサリアの墓地に行ったんだ」とぼくは話しはじめた。

「あなたったら、どうかしてるわ」とマリーナがさえぎった。

たぶん彼女の言うとおりだ。なにも言わずに、三杯目の水を飲ませてくれた。ぼくは最後の一滴まで飲みきった。そのあと時間をかけて、昨夜起こったことを彼女に説明した。ぼくの話がおわると、マリーナはただ黙って、ぼくを見つめた。ほかにも心配事があるふうに見えた。ぼくが説明したこととは、まったく関係ないことでだ。運んできたものを食べてちょうだいと諭された。お腹が空《す》いていようが、空いていまいがだ。パンとチョコレートをさしだして、ぼくが板チョコのほぼ半分と、タクシーサイズのロールパンを食べきった証拠を見せるまで、彼女はぼくから目を離さなかった。血中の糖分がさっそく鞭を打ち、早くも生きかえった感じがした。

「あなたが眠ってるあいだ、わたしも探偵ごっこをしていたの」とマリーナが言い、サイドテーブルにある革装丁の分厚い本を指さした。

背表紙のタイトルをぼくは読んだ。

「昆虫学に興味があるの?」

「虫にね」とマリーナが言い正した。「わたしたちのお友だちの黒い蝶を見つけたわ」

「悪魔《トイフェル》……」

「愛すべき生物よ。トンネルや地下に生息するの、光を遠ざけてね。寿命は十四日間。死ぬまえに瓦礫に自分の体を埋めて、三日で幼虫がそこから生まれるんですって」

「よみがえるってこと？」

「そうとも言えるわね」

「で、なにを栄養にするの？」とぼくはきいた。「トンネルのなかには花がないし、花粉もないし……」

「自分の子どもを食べるのよ」とマリーナが指摘した。「みんな、その本に出てるわ。わたしたちの従兄弟、昆虫たちの模範的生命ね」

マリーナは窓によってカーテンをあけた。太陽が部屋いっぱいにさしこんだ。でも彼女はそこでたたずんだまま、考えこんでいる。彼女の脳の歯車のまわる音がきこえそうだ。

「あなたを襲って写真のアルバムをとりかえしながら、そのあとで放棄するなんて、なんの意味があるのかしら？」

「たぶん、ぼくを襲ったやつは、そのアルバムのなかにある何かを探してたんだと思う」

「でも、それがなんであれ、もうそこにはない……」とマリーナが結論した。

「ドクター・シェリー……」と急に思いだして、ぼくは言った。

マリーナはぼくを見つめた。呑みこめないような顔だ。

「ぼくらが会いにいったとき、診療所で彼のうつっている昔の写真を本人に見せたよね」とぼくは言った。

「で、自分のものにしたわ……！」

「それだけじゃない。ぼくらが帰るとき、あの写真を暖炉に投げいれるのが見えたんだ」

「シェリーはあの写真を、なんで燃やす必要があったのかしら？」

「誰にも見られたくないものが、たぶん写っていたから……」と言い、ぼくはベッドから飛びおきた。

「どこに行くつもり？」

「ルイス・クラレットに会いに」と答えた。「彼がこの件の鍵をみんなにぎってるんだ」

「あなたはこの家から二十四時間は出ないこと」とマリーナが反対し、出口のドアに背をもたせかけた。「フロリアン刑事は自分の命を犠牲にして、あなたがあそこから逃げられるチャンスをくれたのよ」

「二十四時間のうちに、あのトンネルに隠れているやつが、ぼくらを追ってくるよ、そいつをとめるのに、こっちがなにもしなかったら」と言った。「フロリアンのために正義をはたすことが、彼にたいする、せめてものお返しじゃないか」

「ドクター・シェリーが言ったんじゃなかった？　死には良心なんかすこしも役に立たないって」とマリーナが念をおした。「たぶん彼には一理あるわ」

「たぶん」とぼくは認めた。「でも、ぼくらには良心が大事だよ」

ラバル地区の境界についたら、霧が通りにたちこめて、あばら家やボロの居酒屋の灯りで染まっていた。ランブラス通りの心地いい喧騒《けんそう》をあとに、ぼくらは都《まち》でいちばん惨めな深みに入りこんだ。観光客や、よそ者の跡ひとつない。悪臭のする戸口や、陶土みたいに崩れたファサードをくりぬいた窓からこっそり見る目がぼくらを追ってくる。テレビやラジオの音響が貧困の筒に似た路地をあがっていくが、屋根をこえることはない。ラバルの声はけっして天にとどかないのだ。

何十年もの垢《あか》にまみれた建物群のすきまに、やがて廃墟の王立大劇場《グラン・テアトロ・レアル》の暗く雄大なシルエットがのぞき見えた。頂に風見鶏のように、羽の黒い蝶の輪郭がくっきりうかんだ。ぼくらは立ちどまり、この幻想的な光景をながめた。バルセロナにそびえ立つ最も荒唐無稽な建物は泥沼のなかの亡骸みたいに朽ちかけている。

マリーナは灯りのついた窓を指さした。劇場に付属する建物の四階。厩の入り口に見覚えがあった。クラレットの住まいだ。ぼくらは入り口に足をむけた。建物の内部は昨夜の大雨でまだ水たまりができていた。すりへった暗い階段を、彼女とふたりであがりはじめた。

「もし、断られたら？」とマリーナが不安そうにきいた。

「たぶん、ぼくらを待ってるよ」と、思いつきを言った。

三階のフロアにつくと、マリーナがつらそうに荒い息をしている。ぼくは足をとめた。見ると彼女の顔が真っ青だ。

「だいじょうぶ？」

「ちょっと疲れてるかな」と彼女は笑顔で言うが、ぼくには通じない。「あなたの足、わたしには速すぎるかも」

ぼくは彼女の手をとり、四階まで一段一段、手をひいていった。クラレットのピソのドアのまえで、ぼくらは足をとめた。マリーナは深呼吸をした。息をしながら胸をふるわせた。

「だいじょうぶ、ほんとうよ」と、ぼくの心配を見抜いて言った。「さあ、呼んで。近所の人を訪ねるために、わたしをここまで連れてきたわけじゃないわよね」

ぼくはドアをコンコンとノックした。古い木製で、塀なみに分厚く頑丈だ。もういちどノックした。ドアのほうに足音がゆっくり近づいてくる。

ドアがあき、ルイス・クラレット、ぼくの命の恩人が迎えてくれた。

「入りなさい」と、彼はそれだけ言い、ピソの内部のほうをむいた。

ぼくらは背後でドアをしめた。ピソは暗く寒かった。剝げたペンキが蛇の皮みたいに天井からぶらさがっている。電球のないランプに蜘蛛の巣が張っていた。モザイク模様のタイルが、ぼくらの足もとで割れている。

「こっちだ」とピソの奥からクラレットの声がきこえた。

彼の跡をたどって着いた部屋はかろうじて火鉢の明かりがあるだけだ。クラレットは炭火のまえにすわり、黙って火鉢を見つめていた。壁が古いポートレートで埋まっている。いまはなき時代の人物や顔だ。クラレットは、ぼくらのほうに視線をあげた。透きとおった鋭い目、銀髪で、肌はしわ深い。何十本もの筋が顔に時を刻んでいる。高齢とはいえ、彼より三十も若い多くの男たちがうらやましがるほどの、凛《りん》とした雰囲気を放っていた。太陽のもとで、尊厳と品格をもって年老いた、軽喜劇中のまさに二枚目だ。

「お礼を言う機会がありませんでした。命を救ってくださって、ありがとうございます」

「礼を言う相手はわたしじゃない。どうやって、わたしを探しあてたのかな？」

「フロリアン刑事に、あなたのことをきいたんです」とマリーナが先に言った。「あなたとドクター・シェリーのおふたりだけが、最後までミハイル・コルベニクとエヴァ・イリノヴァといっしょにいたと、刑事さんに教えてもらったんです。ミハイル・コルベニクとは、どう知り合ったんですか？」

弱々しい笑みがクラレットの口もとにうかんだ。

「セニョール・コルベニクがこの都市にやってきたのは、今世紀最大の寒波の最中でね」と説明した。「彼はひとりきりで、空腹で、寒さにさらされて、古い建物の玄関先に避難して夜をすごしたんだ。手持ちの金といっても、パンをいくらか買えるか、温かいコーヒーが飲めるぐらいだったろう。それだけだ。どうしようかと考えあぐねていたら、その場所にほかにも誰かいるのがわかった。五歳にもならない男の子、ボロ着をまとった物乞いで、彼とおなじようにそこに身をよせていたんだ。コルベニクと男の子は言葉が通じなくて、なかなか意思の疎通がむずかしかった。でもコルベニクは笑顔をむけて、その子に金をわたし、それでなにか食べるものを買いなさいと、しぐさで伝えた。男の子はなにが起こってるのかわからずに、大きな丸パンを買いに走った。レイアール広場のそばに一晩じゅうあいているベーカリーがあってね。男の子はポーチにもどって、見知らぬ人とパンを分かちあおうとした。

ところが警察がその人をつれていくのが見えたんだ。勾留先でコルベニクは、おなじ牢に入れられた連中に残虐な暴行をうけた。監獄の病院に収容されるあいだ、子どもは毎日入り口で彼を待った。主人のいない忠犬みたいにな。コルベニクは二週間後に釈放されたとき片方の足をひきずっていた。男の子は彼を支えてやった。彼の手足となって、この人をぜったいに見放すまいと心に誓った。人生で最悪の夜に、自分のもつわずかなものをくれた人をだ……そのときの子どもが、わたしだよ」

クラレットは立ちあがり、〝ついてきなさい〟と、ぼくらを狭い通路にみちびいた。通路の先にドアがある。彼は鍵をひとつとりだしてドアをあけた。奥にまったくおなじドアがもうひとつあり、そのあいだが小さな控えの間になっている。

立ちこめる闇をしのぐのに、クラレットは一本のろうそくに火をつけると、別の鍵で二番目のドアをあけた。風がひと吹き、通路にあふれ、ろうそくの炎がヒューッと鳴った。マリーナに手をつかまれるのを感じ、彼女とふたりでドアのむこうに足をふみいれた。

入ってから足をとめた。信じられない光景が目のまえにひろがった。

ぼくらは王立大劇場《グラン・テアトロ・レアル》のなかにいたのだ。

客席が幾層にも階を重ねて、巨大な円頂にむかってあがっていく。ビロードのカーテンがボックス席に掛かり、宙にひるがえっていた。永遠につづく誰もいない平土間のうえで巨大なシャンデリアが訪れることのない電気の接続を待っていた。

ぼくらは舞台の袖の入り口のひとつにいた。舞台装置がぼくらの頭上で、どこまでも上にのびている。緞帳《どんちょう》、足場、滑車や渡り板の宇宙が劇場の高みで消えていた。

「こっちだ」と、クラレットは指示して先に立った。ぼくらは舞台をよこぎった。楽器がいくつか、オーケストラ・ボックスで眠っている。指揮台に蜘蛛の巣の張った楽譜が一ページ目でひらいて横たわっていた。さらに先、一階席の中央通路に敷かれた幅広いじゅうたんは行きつく先のない永遠の道のりを紡いでいた。

　クラレットは灯りのついたドアまで進み、ぼくらに入り口でとまるように指示した。マリーナとぼくは視線をかわした。

　ドアは楽屋につづいていた。まばゆいほどの衣装が金属製の洋服掛けにさがっている。片側の壁面はランプつきの鏡で埋まっていた。もう片側は古いポートレートが何十枚も貼ってある。写っているのは得も言われぬ美しさの女性。エヴァ・イリノヴァ、舞台の妖精。この女性のために、ミハイル・コルベニクはこの聖所を建てさせたのだ。

　そのとき、ぼくの目に映った。黒い貴婦人。鏡のまえで、ベールをかぶった自分の顔を静かに見つめている。ぼくらの足音をきいたのだろう、彼女はゆっくりふりむいて、うなずいた。クラレットがようやく楽屋に通してくれた。

　ぼくらは黒い貴婦人に近づいた。幽霊にでも近づくように恐る恐る、どこか心を奪われながら。彼女の二メートルほどまえで立ちどまった。クラレットはドアのところにたたずんで、見張っている。女性はまた鏡のほうにむきなおり、自分の姿をじっくり見つめていた。

　突然、どこまでも優雅なしぐさで、彼女がベールをあげた。明かりを放つわずかな電球が、鏡のなかで彼女の顔をぼくらに明かした。顔というより、酸がそこに残したものを……。むきだしの骨と、しわの寄った肌。形のないくちびるは、ぼんやりした目鼻立ちにつく小さな傷ほどだ。二度と涙を流せない目。永遠にも似たその一瞬に、ふだんはベールで隠している戦慄《せんりつ》を、この女性はぼくらにながめさせた。そのあと自分の顔と身元を明かしたときとおなじ優雅さで、ふたたびそれを隠すと、ぼくらに椅子をすすめた。

長い沈黙がすぎた。

エヴァ・イリノヴァは片方の手をマリーナの顔にのばし、頬を、くちびるを、喉をそっとなでていった。少女の美しさと完璧さを、もどかしげな、ふるえる指で読んでいる。マリーナは固唾を呑んだ。

貴婦人は手をひっこめ、まぶたのないその目がベールの奥で光るのがぼくに見えた。

そのときはじめて彼女は口をひらき、三十年以上も隠しつづけた物語を、ぼくらに語りだした。

22

自分の生まれた国を、わたしは写真でしか知ることはありませんでした。ロシアで知っていることといえば、童話やうわさや、人々の思い出からくるものだけです。わたしはライン川の渡し船で生まれました。戦争と恐怖で壊滅したヨーロッパでです。母はわたしがもうお腹にいるころ、たったひとり、病の身で革命から逃げてロシアとポーランドの国境をわたったと、後年わたしは知りました。母はわたしを産んで亡くなったのです。母の名も、父が誰かも知ることはなかった。川辺にある目印もない墓に母は埋葬され、永遠に失われました。渡し船で旅をしていたサンクトペテルブルクの喜劇役者の二人組、セルゲイ・グラスノウと、双子の妹のタティアナが情けをかけて、わたしをひきとってくれました。わたしは生まれつき左右の瞳の色がちがい、それが幸運のしるしだったからと、何年も経ってセルゲイにききました。

セルゲイがうまく立ちまわったおかげで、わたしたちはワルシャワでサーカス団に合流し、ウィーンにむかいました。わたしの最初の思い出は、その団員と動物たちです。サーカス小屋、曲芸師、ウラジミルという耳の不自由な修行者風情の芸人は、ガラスを食べたり、炎を吐いたり、いつもわたしに折り紙の小鳥をくれました。魔法みたいに作ってしまうのです。セルゲイはやがてサーカス団の管理者におさまり、わたしたちはウィーンに落ち着きました。サーカス団はわたしの学校であり、わたしの育った家庭でした。だけど当時はもう運に見放されたことがわかっていた。世界の現実は道化師のパントマイムや踊るクマより醜悪になりだしたのです。そのうち誰もわたしたちを必要としなくなる。二十世紀は歴史の大サーカスになりかわったのです。

七歳か八歳になったばかりのころ、もうおまえも自分で食い扶持《ぶち》を稼ぐ時期だとセルゲイに言われました。わたしはショーの出演者のひとりになり、はじめはウラジミルの手品のマスコット役、その後は自分の持ち番で子守唄を歌ってクマを寝かせました。もともと空中ブランコ乗りが準備する間のつなぎ役のはずが、ふたをあけたら好評。いちばん驚いたのはわたし自身です。セルゲイはわたしの出番を増やしました。こうしてライトアップした舞台から、飢えて病持ちの老ライオンたちに詩を歌ってきかせるようになりました。獣も観客も催眠術にかかったように、わたしの歌に聴き惚《ほ》れました。ウィーンでは獣を馴《な》らす声をもつ少女のことが話題になり、人々は彼女を見るためにお金をだしました。わたしは九歳でした。

セルゲイは、サーカスがもう必要ないとさっそく理解しました。二色の瞳の少女は幸運の約束をはたしたのです。わたしの法的後見人になる正式な手続きをすませ、サーカス団のメンバーに自分たちが独立することを告げました。サーカスが少女を育てるのにふさわしい場所ではないことを理由にしたのです。何年ものあいだサーカスの収益の一部を誰かが盗みつづけていたことが発覚すると、セルゲイとタティアナはウラジミルをとがめ、彼がわたしにいかがわしい行為をしたとまで訴えました。ウラジミルは警察当局に逮捕されて、監獄に収監されました。でもお金はついに見つかりませんでした。

独立を祝ってセルゲイは高級車とダンディーな服を買いそろえ、タティアナには宝石を買ってあげました。わたしたちはセルゲイの借りたウィーンの森にある邸宅に引っ越しました。こんな贅沢をする資金がどこから来たのかは不明のままです。わたしはオペラ座のそばの劇場で毎日午後と夜に歌いました。〝モスクワの天使〟と題するショーでした。タティアナのアイディアで、わたしは〝エヴァ・イリノヴァ〟と名づけられました。彼女は新聞紙上でヒットした連載物から名前をとったのです。これが以後多くの似たようなショーのはじまりでした。

タティアナの助言で、歌の教師、それに演劇と舞踊にもそれぞれ教師がつきました。舞台に立たないときは練習でした。セルゲイは友だちをもつのも、散歩にでるのも、ひとりでいるのも、読書も許してくれなかった。おまえのためを思ってだと、いつも言うのです。わたしの体が大人びてくると、タティアナは個室をもたせようと言い張りました。セルゲイはやむなく承知しながらも鍵は自分がもつと言ってきかず、真夜中に酔って帰ってきては、わたしの部屋に入ろうとする。酔いすぎて鍵穴に鍵もさせないときがほとんどだけれど、そうではないときもありました。名も知らない観客の拍手だけが、あの年月で得た唯一の満足でした。歳月とともに、わたしは息をする空気以上に拍手が必要になったのです。

わたしたちは頻繁に旅をしました。ウィーンでのわたしのヒットはパリ、ミラノ、マドリードの興行主たちの耳にも届きました。セルゲイとタティアナがいつも同行しました。もちろん、コンサートツアーの収益の一センティモすら、わたしは目にしたことがないし、そのお金がどうなったのかも知りません。セルゲイにはいつも借金があり、借金取りに追われていました。苦々しげにわたしを責めては、おまえのせいだと言うのです。すべてわたしの面倒を見て、わたしを食べさせるためなのに、彼とタティアナがしてくれることに感謝の気持ちもないと言う。薄ぎたなくて、ものぐさで、無知で愚かな小娘だと、セルゲイはわたしに自覚させました。取るに足らない不幸者で、役に立つことがなにひとつできない、誰もおまえを好きになったり敬ったりしない。でもそんなことはどうでもいいと、セルゲイは蒸留酒のアルコール臭い息で耳もとにささやくのです、タティアナとおれがいつもここにいて、おまえの面倒を見、世の中から守ってやるからと。

十六歳の誕生日、わたしは自分を憎み、鏡で自分の姿を見るのが耐えられないと気づきました。ものを食べるのをやめました。自分の体に嫌悪をおぼえ、汚れたボロ着のしたに体を隠そうとしました。ある日、ゴミ箱にセルゲイのひげそり用の剃刀《かみそり》を見つけました。部屋に持ち帰り、それで手や腕に傷をつける癖をおぼえました。自分を罰するためでした。タティアナが黙って毎晩手当てしてくれました。

二年後、ヴェネチアで、わたしのショーを見たある伯爵にプロポーズされました。その晩それを知ったセルゲイに激しい暴力をふるわれました。彼に殴られて、くちびるが切れ、肋骨が二本折れたのです。タティアナと警察が彼を取り押さえて、わたしは救急車でヴェネチアを後にしました。ウィーンにもどったものの、セルゲイの資金繰りの問題は切迫していた。わたしたちは脅しをうけました。ある晩は眠っているあいだに、誰かが家に放火しました。その数週間まえ、セルゲイはマドリードの興行主からオファーをうけていました。以前わたしが出演して好評を得たときの興行主でした。ダニエル・メストレス、そんな名前の人で、バルセロナの古い王立劇場の所有権を獲得し、今シーズンの幕開けをわたしの公演でやりたいと言うのです。そんなわけで、夜逃げ同然、わたしたちは旅支度をし、着の身着のままでバルセロナにむけて発《た》ちました。わたしは十九歳に手がとどかないうちから、二十歳になるまえに死なせてくださいと天に祈っていました。ずいぶんまえから命を絶つことを考えていた。この世の中に未練はない、とうの昔に死んでいたことに、いまごろ気づいたのです。ミハイル・コルベニクと出逢ったのは、まさにそんなときでした……。

王立劇場で何週間か舞台に立ったころでした。ある紳士がわたしの歌を聴きに毎晩おなじボックス席に来ていると、劇団内でうわさが立ちました。当時バルセロナではミハイル・コルベニクについてあらゆる風聞が飛びかっていた。あの富をどう築いたのか……彼の私生活といい、彼の身元といい、すべてが秘密と謎につつまれていると……。彼の伝説が本人に先んじていたのです。

ある晩、その不思議な人物に妙な興味をひかれたわたしは、公演後に楽屋に訪ねてきてほしいという招待の伝言をとどけることにしたのです。ミハイル・コルベニクがわたしの楽屋のドアをたたいたのは真夜中に近い時間でした。あれほどのうわさの人物なので、威圧的で傲慢なタイプを予想していました。だけど第一印象は、遠慮ぶかい控えめな男性でした。暗色系のシンプルな装いで、スーツの襟についた小さなブローチが唯一のアクセサリー、羽をひろげた蝶でした。わたしの招待に彼は感謝を述べて、わたしへの賞賛をあらわし、〝お目にかかれて光栄です〟と言ってくれました。〝おうわさは、かねがね伺っていたので、こちらこそ光栄です〟と、わたしは応えました。彼はほほ笑んで〝うわさは忘れたほうがいい〟と、わたしに助言しました。かつて見たことのないほど、ミハイルのほほ笑みは美しかった。あの笑みを見せられたら、彼の口からでる言葉はすべて信じられるほど。誰かがこんなことを言っていました、ミハイルはその気になれば〝地球は地図のように平らだ〟とコロンブスを説得さえできると。そのとおりなのです。

その夜、バルセロナの通りを散歩するのにつきあってほしいと彼に口説かれました。夜中の零時をすぎてから眠った都《まち》を自分はよく散歩してまわるのだと言うのです。わたしはバルセロナに来てこのかた、劇場からでたことがほとんどなく、彼の誘いに応じました。セルゲイとタティアナが知ったら激怒するのはわかっていた、でも、かまいませんでした。

彼とわたしは舞台裏の出口からこっそり抜けだしました。ミハイルが腕をかしてくれ、夜明けまでいっしょに歩きました。彼の目をとおして、魔法にみちたバルセロナを見せてもらいました。この都のミステリー、隠れた魅惑の場所、都の通りに息づく魂について、彼はわたしに語りました。つきない伝説を教えてくれたのです。ゴシック地区、旧市街の秘密の道をめぐりました。ミハイルの知らないことはないらしい。それぞれの建物に誰が住んでいたか、ひとつひとつの塀や窓のむこうでどんな犯罪やロマンスがあったか、彼は知っていた。すべての建築家の名前、手工芸家、この舞台をつくってきた何千という見えない名前に通じていました。ミハイルが話をするそばで、彼はこんな物語を誰とも分かちあったことがないのだと、そんな印象をうけました。彼という人格の放つ孤独感に圧倒され、同時に、彼の内部にかぎりない深淵《しんえん》が見えた気がして、そこをのぞかないわけにいかなかった。

　港のベンチにいたとき夜が明けました。何時間もいっしょに散歩した見知らぬ男性を見つめ、まるで昔からずっと知っている人みたいな気がしました。そう彼に伝えると、ミハイルは笑いました。その瞬間、人生で一度か二度しかないあの奇妙な確信とともに、わたしは彼の横で残りの生涯をすごすのだと察知したのでした。

　その晩、ミハイルはこう言いました。人生はひとりひとりに、わずかな瞬間だけ純粋な幸せをあたえてくれるものと、ぼくは信じている。ほんの数日か、数週間かのことがある。何年かのこともある。すべてはぼくらの運にかかっている。その瞬間の思い出はぼくらに永遠につきそって、いつしか〝記憶の国〟になる、でも残りの人生でそこに帰ろうとしても、もう二度と帰れないのだと……。

　わたしにとってその瞬間は、バルセロナの都《まち》を散歩した、あのはじめての夜に永久に葬られるのでしょう……。

　セルゲイとタティアナは即座に反応しました。とくにセルゲイです。ミハイルとまた会うことも話すことも、彼はわたしに禁じました。おれの許可なしに劇場からもういちど出ようものなら、おまえを殺すと言われました。わたしは生まれてはじめて彼に怖れを感じなかった、ただ軽蔑をおぼえただけでした。相手をもっと怒らせるために、〝ミハイルにプロポーズされて承諾の返事をした〟と言ってやりました。おれはおまえの法的後見人だ、結婚は許可しないし、これからリスボンに発つのだと、セルゲイはくぎをさしてきました。劇団のダンサーを通じて、わたしはミハイルに絶望的なメッセージを送りました。その晩、公演まえにミハイルは劇場に弁護士を二名つれてきて、セルゲイと面会しました。ミハイルは、この日の午後に王立劇場の興行主と契約をかわして、彼自身が新たな所有者になったことをセルゲイに告げました。いまこの瞬間から、セルゲイとタティアナは解雇処分だということも。

　ウィーン、ワルシャワ、バルセロナでのセルゲイの不法行為について、ミハイルは資料と証拠書類一式を相手に見せました。十五年か二十年、監獄入りになるには十分な材料でした。さらに、セルゲイが詐欺まがいや、卑しい行為で残りの生涯に稼げる以上の額面の小切手をつけました。交換条件はつぎのとおり、これから四十八時間以内にセルゲイとタティアナが永久にバルセロナを後にして、いかなる手段でも今後いっさいわたしと接触しないと約束すれば、書類と小切手をもっていってもよい。もし協力を拒んだら、書類一式は警察にわたり、司法措置を潤滑に促進させる手段として小切手も当局にゆだねると。セルゲイは怒りで気もふれんばかりでした。死んでもわたしを手離すつもりはない、思いどおりにしたければ、おれの死体をまたいで行くがいいと、常軌を逸した者のように叫びました。

ミハイルは彼にほほ笑んで、その場を立ち去りました。その晩、タティアナとセルゲイは金とひきかえに暗殺を請け負うという奇妙な人物と面会しました。そこをでた瞬間、一台の馬車から発砲された正体不明の銃弾で、ふたりは危うく命を落としかけました。新聞は事件を報じ、様々な仮説を主張して襲撃を正当化しました。翌日、セルゲイはミハイルの小切手を受け入れて、タティアナとともにバルセロナから消えました。そう、別れも告げずに……。

事件を知って、わたしはミハイルに〝あの襲撃は、あなたの仕業かどうか教えてほしい〟と詰めよりました。否定してくれることを切に望みました。彼はわたしをじっと見て、なぜ自分を疑うのかとききました。わたしは死にたい気分でした。砂上の楼閣のようにはかない幸福と希望がいましも崩れてしまう気がしました。彼にもういちど尋ねました。ミハイルは否定しました。襲撃は自分の仕業ではないと。

「もし、ぼくなら、ふたりとも生きてはいないだろう」と冷静に答えました。

そのころミハイルは、バルセロナで指折りの建築家たちと契約し、グエル公園のそばに彼の指示通りの〝塔の館〟を建てさせることにしました。お金にいっさい糸目はつけませんでした。塔の建設中、ミハイルはカタルーニャ広場に面した由緒あるホテル・コロンの一フロアを借りきりました。そこにふたりで臨時に居をおいたのです。いちいち名前も覚えきれないほど大勢の使用人を雇えるものだと、わたしは生まれてはじめて知りました。ミハイルには助手がひとりいただけ、ルイス、彼のお抱え御者でした。

宝石商〈バゲス〉の従業員たちがわたしの部屋を訪れました。皇女なみのクロゼットをつくるのに、最高のデザイナーたちがわたしのサイズを測っていきました。ミハイルは、バルセロナの一流店舗でわたしがつけで買い物できるようにしてくれました。会ったこともない人たちが街の通りで、ホテルのロビーで、わたしに深々とあいさつしていきました。ゴシップ紙でしか見たことのない名家の城館で催される舞踏会の招待をうけました。わたしは二十歳そこそこでした。以前は路面電車の切符を買えるお金さえも手にしたことがなかった。夢見心地でした。これほどの贅沢と、周囲の大盤振舞にめまいすら感じるようになりました。ミハイルにそれを告げると、金に困らないうちはかまわないと答えました。

日中は、彼とふたりですごしました。都《まち》を散歩したり、ティビダボのカジノに行ったり——といっても、彼がコイン一枚賭けるのも見たことはないけれど——、リセウ劇場に行ったり……日暮れにホテルにもどり、ミハイルは部屋にこもりました。ミハイルが夜更けに出かけ、夜明けまで帰ってこないことが幾晩もあるのに、わたしは気づくようになりました。彼いわく、仕事の案件を片づけなくてはいけないというのです。

でも人のうわさは大きくなるばかり。わたしが結婚する相手のことを世間のほうがよく知っているように感じました。わたしに隠れてメイドたちが話しているのが耳に入りました。街の通りでは人々が偽善の笑みを盾に、わたしを微細に詮索しているのがわかります。だんだんと、わたしは自分の疑念にがんじがらめになりました。そして、ある考えに苦しむようになりました。この贅沢、周囲の物的浪費のすべてに、自分も家具のひとつ程度に思わされた。そう、ミハイルの気まぐれがひとつ増えただけ。彼はなんでもお金で手に入れることができました。王立劇場、セルゲイ、自動車、宝石、城館。そして、このわたし……。ミハイルが毎晩夜中に出ていくのを見るにつけ、どうにもならない思いが胸に募りました。ほかの女性との逢瀬に行くのだと確信したのです。ある夜、彼を尾行して、愚かな考えに決着をつけようときめました。

彼の足にみちびかれるうちに、旧ボルン市場に近いベロ－グラネル社の古い作業場につきました。ミハイルはひとりでした。わたしは路地の狭い窓から入りこむしかなかった。工場の内部はまるで悪夢の舞台のようでした。何百という足、手、腕、脚、ガラスの目が倉庫に浮遊している……肉体の一部を失った人のための代替部品なのです。

その場所をめぐるうちに、暗く広々とした一室につきました。ガラスのタンクがあり、なかに形のぼんやりしたシルエットが浮いています。部屋の中央で、薄闇のなかで、ミハイルが椅子にすわり、タバコを吸いながら、わたしをじっと見つめていました。

「ぼくの跡をつけるべきではなかったね」と怒りのない声で彼が言いました。

半分しか見えていない男性と結婚することはできない、日中のあなたを知っているだけで、夜のあなたは知らないからと、わたしは言い訳しました。

「それを突きとめたら、たぶん、きみは嫌な思いをするだろう」と、含みをもたせて彼が言いました。

なにがどうあろうとかまわないと、わたしは彼に言いました。あなたがなにをしていても、あなたについての人のうわさがほんとうでもかまわない。あなたの人生のすべてを分かちあいたいのだと。ひとつの影もなく。秘密もなく……。彼がうなずき、それがなにを意味するかわかりました。もう後もどりはできないのです。

ミハイルが部屋の灯りをつけたとき、ここ何週間かの夢からさめました。わたしは地獄にいたのです。

ホルマリンのタンクで死体がいくつも不吉なダンスでも踊るように回転していました。金属製の台には、腹部から喉にかけて切開された裸の女性の体が横たわっていました。両腕を真横にひろげ、ふと見ると、腕と手の関節が木と金属の部品でできています。チューブが何本も喉からさがり、銅線が四肢とヒップに埋まっていました。皮膚は透けて青白く、魚のようです。わたしが言葉を失ってミハイルを見ると、彼は死体に近寄って悲しそうにながめました。

「これは自然が自分の子どもたちにしていることだよ。人間の心に悪はない、不可避のことにたいして生きのびようという、単純な戦いがあるだけだ。母なる自然にまさる悪魔はない……。ぼくの仕事、ぼくの努力は、創造の甚大な冒瀆をかわすための試みにすぎないんだ……」

見ると、彼は注射器を手にして、フラスコに入ったエメラルド色の液体をいっぱいに詰めました。わたしたちの目が一瞬合うと、ミハイルは死体の頭蓋に注射の針を埋め、シリンダーの中身を空にしました。注射器を抜いて、しばしたたずみ、動かない体を見つめています。つぎの瞬間、わたしの血が凍りました。死体の片方のまぶたのまつげがふるえている。木と金属の関節をつくる歯車の音がきこえました。指がハタハタと動きました。突然、女性の体が激しい振動とともに立ちあがり、耳をつんざく獣のような悲鳴が部屋じゅうに響きました。腫《は》れあがった黒いくちびるから白い泡の糸がつたい落ちています。女性は肌を穿《うが》つ銅線をひきちぎり、こわれた操り人形のように床にくずおれました。彼女は傷ついたオオカミみたいに吠えていた。顔をあげて、わたしをにらみつけました。その目に読める恐怖からわたしは目を離せなかった。女性のまなざしは背筋の凍るような動物の力を放っている。彼女は生きたいのです。

わたしは体が麻痺したように感じました。数秒で女性の体は、また死んだみたいにぐったり萎えました。ミハイルは目のまえで起こったことに終始無表情で立ち合い、死骸布をもってきて死体にかぶせました。

彼はこちらに来て、ふるえるわたしの手をとりました。これに立ち合ったあともなお、彼といっしょにいられるか探ろうとするかのように、わたしの目を見つめました。わたしは怖れを表現する言葉を見つけたかった、自分がどれほどまちがっていたか彼に言おうとした……〝この場所からだしてちょうだい〟と、それだけつぶやくのが精一杯でした。ミハイルはそうしてくれました。

わたしたちはホテル・コロンにもどりました。彼はわたしの部屋までいっしょに来て、ルームサービスで温かいコンソメを注文し、わたしがそれを飲むあいだ、毛布で体をくるんでくれました。

「今夜きみが見た女性は、六週間まえに路面電車に轢《ひ》かれて死んだんだ。線路で遊んでいた子どもを救おうとして飛びこんで、衝突を避けられなかった。ひじのあたりで車輪が腕を切断してね。彼女は路上で死んだ。誰も彼女の名前を知らない。誰も遺体をひきとりにこなかった。彼女のような人は五万といる。来る日も来る日もだ……」

「ミハイル、わからないの……？　あなたに神さまの仕事はできないのよ……」

彼はわたしのひたいをなでて、うなずきながら悲しそうに笑いました。

「おやすみ」と言いました。

ミハイルはドアにむかい、出るまえに足をとめました。

「朝、きみがここにいなかったら」と言いました。「それは、それで理解しよう」

二週間後、わたしたちはバルセロナの大聖堂で結婚式を挙げました。

23

その日がわたしにとって特別な日になるようにと、ミハイルは望んでいました。都《まち》じゅうを飾って、おとぎ話の舞台みたいにさせました。あの夢の世界での皇女なみの統治劇は、大聖堂の階段で永久に終わりました。人々の叫び声さえも耳にとどかなかった。草の茂みから飛びだす野獣のように、セルゲイが人込みからあらわれて、わたしの顔に酸の入ったフラスコを投げつけました。酸がわたしの肌を、まぶたを、手をむさぼりました。わたしの喉をひき裂き、声を刈りとりました。しゃべれるようになったのは二年後、ミハイルが毀れた人形のようにわたしを再建したのです。それが恐怖のはじまりでした。

邸宅の工事が中断され、わたしたちは未完成の城館に移りました。そこを丘の高みに立つ監獄にしたのです。寒くて暗い場所でした。小塔、アーチ、穹窿《ドーム》、螺旋階段のかたまりが行き場もなく上っていく。わたしは塔の最上階の部屋にこもって生活しました。ミハイルと、たまにドクター・シェリーをのぞいて、誰も部屋には入ってこられない。最初の年は長い悪夢に捕らわれたまま、モルヒネの嗜眠《しみん》状態ですごしました。病院や遺体安置所で放置されたあの死体たちにしているように、夢のなかでわたしの体を実験台にしているミハイルを見たように思いました。自然を愚弄しながら、わたしを再建しているのです。感覚がもどったとき、自分の見た夢は現実だったのがわかりました。彼はわたしに声をとりもどしてくれた。喉と口を再建し、わたしは物を食べて、しゃべれるようになりました。神経の末端を変質させて、酸がわたしの体に残していった傷の痛みが感じられないようにしました。そう、わたしは死をまんまとかわした、でもけっきょくは、ミハイルの呪われた化け物と変わりない存在になったのです。

いっぽうで、ミハイルは都《まち》での影響力を失いました。誰も彼を援助しなかった。かつての盟友たちは背をむけて彼を見放し、警察と司法当局は執拗《しつよう》に彼を追いはじめました。共同経営者のセンティスは卑しく妬《ねた》みぶかい欲得にみちた男でした。ミハイル本人が知るはずもない無数の案件について、彼を巻き添えにするような偽りの情報を提供したのです。企業の経営から彼を追いやりたかったのでしょう。あの男も猟犬の群れのひとりでしかない。誰もがミハイルの転落を見たくてしかたなかった、残りの分け前にあずかろうというわけです。偽善者やおべっか使いの一団が、飢えたハイエナの群れに変じました。ミハイルは驚きもしませんでした。はじめから彼は友人のシェリーとルイス・クラレットだけに信頼をおいていました。〝人間のさもしさは——〟といつも言っていた——〝炎をさがす導火線だよ〟。でも周囲の裏切りは、最終的に彼を外の世界と結ぶ脆《もろ》いつながりまで断ち切ったのです。

ミハイルは自身の孤独の迷宮に逃げこみました。彼の行為は日に日に突飛になりました。地下室で昆虫を何十匹も育てるのが習慣になりました。自分の執着する昆虫、〝悪魔《トイフエル》〟として知られる黒い蝶です。そのうち黒い蝶たちは塔に住みついて、無言の見張り番のように鏡に、絵画に、家具に羽を休めました。ミハイルは蝶を殺すのも、追いはらうのも、蝶に故意に近づくのも使用人に禁じました。黒い羽の昆虫の群れが廊下や部屋に飛びかいました。ミハイルのうえにとまり、彼をおおいつくすこともあったけれど、そのあいだ彼自身は身じろぎひとつしない、そんな姿を見るにつけ、わたしは永久にミハイルを失うかと思いました。

そんなころ、ルイス・クラレットとの友情がはじまり、今日もそれは続いています。この要塞の壁のむこうで起こっていることをいつも知らせてくれるのは彼でした。ミハイルから王立大劇場のこと、わたしの舞台復帰についての作り話をきかされました。酸で傷んだところを修復すること、もう自分のものではない声で歌うこと……すべて夢物語です。王立大劇場の工事は中断されたと、ルイスが説明してくれました。資金は何カ月もまえに尽きていた。建物は無用な巨大な洞穴だと……。ミハイルがわたしに見せる平静さはうわべのものでしかなかった。何週間も、何カ月も、彼は家から出ませんでした。終日書斎に閉じこもったきり、食事も睡眠もとらずにいたのです。

ジョアン・シェリーは、彼の体も精神の健康も心配していたことを後にうちあけてきました。ミハイルを誰より知っていて、はじめから実験に同席していたのです。退化性の疾患に彼が執着していることを、わたしにはっきり言ってきたのはシェリー医師でした。自然が人体を変形させたり退化させたりするメカニズムを見つけるためにミハイルが必死の試みをしていると。こういう疾患のなかに、ミハイルはすべての理屈をこえたエネルギー、秩序、意志をいつも見ていた。彼の目に映る自然は自分の子どもをむさぼる獣であって、自らの裡《うち》に宿す人間の運命やチャンスを気にもかけないのです。ミハイルは退化性や先天的疾患の稀少な例の写真を集めていました。この人々のなかに答えが見つかると思っていたのでしょう。どうやったら悪魔をだましてやれるのかと……。

彼の異常性の兆候が最初に見えだしたのはそのころでした。自分の内部にあるものが時限装置のように忍耐づよく待っているのを、ミハイルは知っていました。彼には最初からそれがわかっていた、プラハで双子の弟が死ぬのを見たときからずっとです。彼の肉体は自己破壊をはじめ、骨は変形しつつありました。ミハイルは手袋をはめていました。顔も体も隠していました。わたしをそばに寄せつけませんでした。わたしは気づかぬふりをした、でもそのとおり。彼の姿は変形していたのです。

冬のある日、夜明けに彼の悲鳴でわたしは目がさめました。ミハイルは怒鳴って使用人たちを解雇していました。ひとりも抵抗を見せなかった、何カ月来、誰もが彼を怖がっていたからです。ルイスだけがわたしたちを見放しませんでした。ミハイルは怒りの涙を流しながら、鏡という鏡を割って歩き、自分の書斎に走ってこもりました。

ある夜、わたしはルイスに言って、ドクター・シェリーを呼びにいかせました。ミハイルは二週間このかた部屋から出ないし、わたしの呼びかけにも応じません。書斎のドアのむこうで彼のすすり泣く声がしました。独り言を言っているのです……。わたしはもはや、どうしていいかわからなかった。彼を失いかけていました。シェリーとルイスの助けをかりて、みんなでドアを破り、そこからやっと彼をひっぱりだしました。事態を知って、わたしはぞっとしました。ミハイルは自分の体を手術していた、機能を失い、グロテスクな鉤爪に変形しかけた左手を再建しようとしていたのです。シェリーは鎮静剤を注射して、わたしたちは夜明けまでミハイルの眠りを見守りました。

あの長い夜、旧友の苦しみを目《ま》の当たりにして絶望にかられたシェリーは、胸襟をひらき、けっして口外しないという本人との約束を反故《ほご》にしました。何年もまえにミハイルが医師にうちあけた物語でした。その話をきいて納得しました、警察も、フロリアン刑事も、自分たちが亡霊を追っているとは疑いもしなかったでしょう。ミハイルは犯罪者でも詐欺師でもない。ミハイルは単に宿命を信じた男性でした。死をあざむくのが自分の定めだと彼は信じていた、死が彼をあざむくまえにです。

ミハイル・コルベニクは、十九世紀末にプラハの排水溝のトンネルで生まれました。

彼の母親は大貴族の城館で奉公した、ほんの十七歳のメイドでした。その美しさと無垢さゆえに、彼女は主人の寵愛《ちょうあい》の的になり、妊娠が知れたとたん、疥癬《かいせん》もちの犬のように雪とゴミまみれの通りに追いだされました。一生の烙印《らくいん》を押されたのです。あの時代、冬は死のマントで通りを一掃していきました。生活困窮者は排水溝の古いトンネルに駆けこんで身を隠したそうです。地元の伝説によれば、プラハの通りの地下はまさに闇の都市、何千もの貧者たちが二度と太陽の光を見ることなく、そこで生涯をおくったというのです。物乞い、病人、孤児、逃亡者。そのなかに、ある謎の人物にたいする崇拝がひろがりました。〃貧者の王子〃という名でした。年齢がなく、顔は天使、まなざしは炎だという。黒い蝶でマントのように全身をくるみ、残虐な世にあって地上ではもう生きるすべのない者たちを自分の王国に迎え入れていました。その影の世界をもとめて、若い彼女は生きのびるために地下世界に入りこみました。伝説が確かであると、まもなく知りました。トンネルの人々は闇のなかで生き、自分たちの世界を形成していました。彼らには独自の掟《おきて》があった。そして独自の神がいた。貧者の王子です。誰も姿を見たことがない、でも誰もが彼の存在を信じ、敬意を表して供物を捧げていました。彼らはみな肌に黒い蝶のシンボルの焼印を押していました。預言によれば、貧者の王子に遣《つか》わされた救世主がいつの日かトンネルを訪れて、住人の苦しみをあがなうために命を捧げるという。キリストのごときその救世主は、自らの手で身の破滅をみちびくというのです。

若い母親が双子を産んだのは、まさにそのトンネルでした。アンドレイとミハイル。弟のアンドレイは悲しい病を負って世に生まれました。骨が固まらず、体の形も骨格もないまま成長しました。トンネルの住人のひとりで司法当局に追われている医師が、アンドレイは不治の病だと母親の彼女に説明しました。死期が来るのも時間の問題だと。かたや兄のミハイルは透徹した知性と内省的な性格をもつ子どもで、いつかトンネルを後にして地上の世界に浮上することを夢見ていました。自分こそが人々の待ちこがれる救世主かもしれないと、たびたび夢想したものでした。父親が誰か知ることはなく、頭のなかで貧者の王子を父親がわりにして、夢のなかで相手の言葉をきいた気がしていました。弟の命を奪うような怖ろしい病の明らかな兆候がミハイルにはなかった。アンドレイはまさしく、排水溝からいちども出られずに七歳で亡くなりました。双子の弟が死ぬと、トンネルの住人のしきたりに従って、亡骸は地下水の流れにゆだねられました。ミハイルは、なぜこんなことが起こったのかと母に問いました。

「これが神さまのご意志なのよ、ミハイル」と母は彼に答えました。

ミハイルはその言葉を忘れませんでした。幼いアンドレイの死は母親がけっして乗り越えられない衝撃でした。翌冬、彼女は肺炎に罹りました。ミハイルは最後の瞬間まで母につきそい、ふるえる手をにぎっていました。享年二十六、顔つきは老いた女のようでした。

「これが神さまのご意志なの、お母さん？」と、命のない体にむかってミハイルは問いかけました。

答えは返ってこなかった。数日後、少年のミハイルは地上に姿をあらわしました。地下の世界に自分をしばるものは、もうなにもない。空腹と寒さで死にそうになり、あるポーチに避難場所をもとめました。運命のなせるわざでしょう、訪問診療からもどった医師、アントニン・コルベニクが彼を見つけました。医師は少年を保護し、バルに連れていって温かいものを食べさせました。

「なんて名前だね、きみ」

「ミハイルです、セニョール」

アントニン・コルベニクは顔色を失いました。

「きみとおなじ名前の息子が、わたしにもいてね。死んでしまったが。きみの家族はどこにいる？」

「家族はいません」

「お母さんは？」

「神さまが連れていきました」

医師は深刻な顔でうなずきました。診療かばんをあけて、なにやら取りだした小道具に、ミハイルは呆然としました。かばんのなかに、ほかにも器具がのぞいています。ピカピカ光るもの。不思議なもの。

ドクターは少年の胸に奇妙な小物の先端をくっつけて、逆側のふたつの先端を自分の両耳にもっていきました。

「それ、なんですか？」

「きみの肺が言っていることを聴くのに使うんだ……深く息をすって」

「あなたは魔法使いですか？」と、あっけにとられて、ミハイルはききました。

ドクターは、にっこりしました。

「いや、魔法使いじゃない。ただの医者だよ」

「違いはなんですか？」

アントニン・コルベニクは数年まえ、コレラの兆しで妻と息子を亡くしていました。いまはひとり住まいで、外科医としてささやかな診療所を維持し、リヒャルト・ワーグナーの作品に情熱をかたむけていました。好奇心と同情心をもって、彼はボロ着の少年に注目しました。ミハイルは精一杯の笑みをうかべてみせました。

ドクター・コルベニクは子どもを保護下におくことにし、自分の家に住まわせるために連れていきました。その後の十年、ミハイルはそこですごしました。善きドクターから、教育と住まいと名前をうけました。ミハイルはわずか十代にして手術で養父の助手を務めだし、人体の謎を学びました。神の謎めいた意志は、不可解な魔法の火花で生気をおびる肉や骨の複雑な構造をつうじて表わされました。ミハイルはむさぼるように教えを吸収しました。この科学には、発見されるのを待つメッセージがあると確信していたのです。

まだ二十歳になるまえに、死がまたしてもミハイルを訪れました。老ドクターの健康は以前から失われつつありいました。あるクリスマスイブに心臓発作が彼の心臓の半分を破壊しました。ミハイルが南ヨーロッパを知るようにと、ふたりで旅行を計画しているところでした。アントニン・コルベニクは死にかけていた。ミハイルは、こんどばかりは養父を死に奪われまいと心に誓いました。

「わたしの心臓は疲れているんだよ、ミハイル」と老ドクターが言いました。「そろそろ愛するフリーダと、もうひとりのミハイルに逢うときが来た……」

「ぼくが別の心臓をあげますから、お父さん」

ドクターは、ほほ笑みました、この不思議な若者と、突飛な思いつき……。この世を去るのが気がかりな理由はただひとつ、若者をひとりぼっちで寄る辺のない身にしてしまうことです。ミハイルは書物よりほか友だちがいない。彼はどうなるのか？

「きみはもう十年もいっしょにいてくれたよ、ミハイル」と老ドクターは言いました。「こんどはきみ自身のことを考えなくちゃいけない。きみの将来をだ」

「あなたを死なせるもんですか、お父さん」

「ミハイル、あの日を覚えているかね？ 医者と魔法使いの違いはなにかと、きみにきかれたときのことだ。よし、ミハイル、魔法はない。わたしたちの体は生まれたときから崩壊しはじめる。人間は脆い。はかない生き物なんだ。残るのはわたしたちの行いだけ、自分の同胞にたいして良いことをするか、悪いことをするか、それだけだ。わたしの言うことがわかるか、ミハイル？」

十日後、警察が血だらけのミハイルを見つけました。〝お父さん〟と呼びなれた人の遺体のそばで泣いていたのです。近所の住人が奇妙な臭気を感じ、若者のうなるような声をききつけて警察当局に通報したのでした。警察の調書はドクターの死に混乱したミハイルが養父を解剖し、弁《バルブ》と歯車の仕掛けをつかって心臓を再建しようとしたものと結論づけました。ミハイルはプラハの精神療養施設に収容されたが、二年後に死をよそおって脱走しました。警察当局が彼の体をさがしに遺体安置所に行くと、白いシーツが一枚、あとは周囲を飛びかう黒い蝶たちがいただけでした。

ミハイルは後年表面化する病の種をもってバルセロナにやってきました。物質的なことにも、人といっしょにいることにも、彼は興味をしめさなかった。築いた富について自慢などしたこともない。誰もが、たとえ一センティモでも余計にもつべきではない、自分より必要な人々にその分あげることだと、彼はよく言いました。わたしが彼と知りあった夜、人生はどういうわけか自分たちが求めないものにかぎってあたえてくれるものだと、ミハイルは言いました。人生は彼に富と名声と権力をあたえた、だけど彼の魂が切に望んだのは精神の安らぎだけ、自分の心に棲む影たちを、ただ鎮《しず》めたかっただけでした……。

作業場での出来事のあと、シェリーとルイスとわたしは策略を練って、ミハイルを執着から遠ざけ、彼の気をそらせようとしました。簡単なことではなかった。ミハイルはわたしたちがいつ嘘を言っているか、口にせずとも知っていたのです。わたしたちにまかせ、従順なふりをして、自分の病について諦《あきら》めを見せて……。それでも彼の目を見ると、その魂を浸食している暗黒が読めるのです。彼はわたしたちを信じなくなりました。惨めな生活状況は悪化するばかりでした。銀行はわたしたちの口座を差し押さえ、ベロ－グラネル社の資産は政府に接収されました。センティスは自分の工作によって企業の単独経営者になれると思ったのでしょうが、事実上破産状態にありました。彼が得たのはプリンセサ通りにあるミハイルの古いピソだけです。わたしたちが唯一確保できたのはミハイルがわたしの名義にした所有物、そう、王立大劇場、わたしが最後に身をよせたこの無用な墓場と、以前ミハイルが個人的実験につかっていたサリアの鉄道脇の温室でした。

食べるために、ルイスはわたしの宝石や服をできるかぎり高値で売る役をしてくれました。手つかずだったわたしの花嫁道具がわたしたちの食い扶持になりました。ミハイルとわたしは、ほとんど話すこともなかった。彼はわたしたちの邸宅を亡霊のように徘徊しました。ますます体の退化が進んでいたのです。彼の手は本がもてなかった。彼の目は物が読みづらくなった。彼の泣く声はもうきかれなくなりました。こんどはただ笑うだけ。夜中にきこえる苦々しい彼の笑いに、わたしは血が凍りました。萎縮した手でノートに解読不可能な字で何ページも何ページも綴っているけれど、なにを書いていたのか、わたしたちは知りません。ドクター・シェリーが往診に来ると、ミハイルは自分の書斎に閉じこもり、医師が帰るまで出てこないのです。彼が自殺を考えていやしないかと、わたしはシェリーに怖れをうちあけました。すると、自分が怖れているのはもっと良からぬことだと言われました。医師がなんのことを言っているのか、わたしは知らないし、わかりたくもありませんでした。

しばらくまえから、とんでもない別の考えが頭から離れませんでした。ミハイルとわたしたち夫婦を救う方法がそこにあると思ったのです。わたしは子どもを持とうときめました。彼に子どもを授けられたら、ミハイルが生きつづけ、わたしのそばにもどる意義を見つけてくれると確信したのです。わたしはその希望に身をゆだねました。救いと希望の子どもを宿したいという熱望で体じゅうが燃えました。純粋で無垢な幼いミハイルを育てることを夢見ました。別人格の父親、すべての悪から解き放たれた子どもの父親をとりもどしたかったのです。わたしの計略をミハイルに勘づかれてはならない、きっぱり拒絶するでしょうから。

彼とふたりになるチャンスを見つけるのに、かなり苦労しました。言ったように、ミハイルはもうだいぶ以前からわたしを拒絶していたのです。変形した体のせいで、わたしの存在に居心地の悪さを感じていたのでしょう。病は彼の言語能力にも影響しはじめていました。怒りと羞恥で口ごもるばかり。液体を飲むことしかできません。あなたの状態に不快感はおぼえない、わたし以上にあなたを理解して苦しみを分かちあえる者はいない、そう示すわたしの努力は事態を悪くするだけに見えました。それでも忍耐づよく、生涯でこんどだけはミハイルをだましたと思いました。だけど自分自身をだましただけだった。それはわたしの最悪の過ちだったのです。

子どもができたことをミハイルに告げると、彼の反応にわたしは恐怖をおぼえました。ほぼ一カ月、彼は姿をくらましました。ルイスが何週間後かに彼を見つけたのはサリア地区の古い温室。彼は気を失っていました。休みもせずに作業していたらしい。自分の喉と口を再建していました。彼の風貌は怪物のように恐ろしかった。深く、金属的な、悪意にみちた声になり、下あごに金属の牙が剝《む》きでています。目以外に、彼の顔は見る影もありません。この恐ろしい容姿のなかで、わたしの愛するミハイルの魂はいまだに自身の地獄のなかで自分を焼き焦がしつづけていたのです。彼の体のそばで、ルイスは一連の装置と何百枚もの設計図を見つけました。シェリーに頼んで病状を診てもらううちに、ミハイルは三日間の長い眠りからさめました。ドクターの診断に、わたしは身の毛がよだちました。ミハイルは完全に理性を失っていた。病にすっかり冒されるまえに、自分の肉体を完璧に再建しようと彼は計画していたのです。

わたしたちはミハイルを塔の上に閉じこめました。ぜったいに出入りできない独房です。獣のように閉じこめられた夫のすさまじい悲鳴をききながら、わたしは娘を出産しました。一日としていっしょにはいられなかった、ドクター・シェリーが子どもをひきとって、自分の娘同然に育てると約束してくれました。名前はマリア、わたしとおなじで、ほんとうの母親をけっして娘が知ることはありません。わたしの心に残るわずかな生《せい》が娘とともに立ち去った、でも選択肢がないのはわかっていました。せまりくる悲劇が空気に息づいていました。毒気のようにそれが感じられました。あとはただ待つだけでした。いつもどおり、最後の打撃はまったく予想もしないところから訪れたのです。


ベンハミン・センティス、羨望と強欲で破滅に追いやられた人物は、復讐《ふくしゅう》を以前から計画していました。セルゲイが大聖堂でわたしを襲撃したとき、あの男に手をかしたのはセンティスではないかという疑いが当初からありました。トンネルに住む人々の暗い予言のように、昔ミハイルが作ってやった義手は不幸と裏切りを紡ぐのに役立っただけでした。一九四八年最後の夜、ベンハミン・センティスはミハイルに決定的なナイフの攻撃をくわえるためにもどってきた。この男はミハイルを深く憎んでいたのです。

あの歳月、わたしの昔の後見人、セルゲイとタティアナは身を隠して生きていました。彼らも復讐心に燃えていました。その時が来たのです。ミハイルを告発する証拠とおぼしきものを探すためにグエル公園近くのわたしたちの邸宅がフロリアンの捜査班に家宅捜索されるのを、センティスは前日から知っていました。捜索が実施されれば、センティス自身の嘘や不正も白日のもとにさらされることになる。夜中の零時すこしまえ、セルゲイとタティアナは、わたしたちの邸宅の周囲にドラム缶何本分ものガソリンをまきました。センティスはいつもながら陰の卑怯者《ひきょうもの》で、最初の火がつくのを車のなかから見とどけて、その場を立ち去りました。

目がさめたら、青い煙が階段まで立ちこめていました。炎はあっというまに広がりました。ルイスはわたしを助けに駆けつけ、バルコニーから車置場へ、さらに庭へと跳んで、わたしの命を救ってくれました。わたしたちがふりかえると、炎は一階二階に完全にまわり、ミハイルを閉じこめている塔にあがっていきました。彼を助けに炎に走りたかった、でもルイスはわたしの悲鳴や殴打をよそに、わたしの腕をつかまえて離しません。その瞬間、セルゲイとタティアナが目に映りました。セルゲイは常軌を逸したように笑っていた。タティアナは黙ってふるえ、両手がガソリンにまみれていました。その後に起こったことは、悪夢から根こそぎにした光景のように脳裡に刻まれています。炎は塔の頂に達していました。窓という窓が破裂してガラスの雨になりました。

突然、炎のなかから人影がヌッとあらわれ、黒い天使が塀にむかって落下するのを見たかと思いました。ミハイルでした。彼は蜘蛛のように壁を這いずっていた、再建した金属の鉤爪を立てて壁につかまっていたのです。ぞっとするような速さでミハイルは移動しました。

その彼をセルゲイとタティアナは、あ然とながめていました。目に映る光景がどうも理解できずにいたらしい。そのとき影がふたりに襲いかかり、超人的な力で館の内部にひきずっていきました。セルゲイとタティアナがあの地獄の奥に消えるのを見て、わたしは気を失いました。

ルイスはわたしを唯一の避難場所につれていってくれました。廃墟の王立大劇場です。ここが以来わたしたちの住まいになりました。翌日、新聞各紙は悲劇を報じました。屋根裏で二体の抱きあった体が見つかったという。黒焦げの焼死体でした。警察はミハイルとわたしだと推測しました。じっさいはセルゲイとタティアナだと、わたしたちだけが知っていました。三人目の遺体はついに見つかりませんでした。

その当日、シェリーとルイスはミハイルをさがしに、サリアの温室に駆けつけました。彼の影も形もなかった。完全な変身にいたる一歩手前でした。シェリーはひとつも証拠物を残さないように、書類から設計図からメモからすべてを押収しました。何週間もかけてそれを研究し、ミハイルの居所をつかむための鍵がそのなかに見つかるのを期待しました。都《まち》のどこかしらに彼が隠れていると、わたしたちにはわかっていた、完全に変身を遂げるのを待っているのです。

本人のメモのおかげで、シェリーはミハイルの計画をつきとめました。彼が長年育ててきた蝶のエキスから開発した血清のことが日記に書いてありました。ベロ－グラネル社の工場でミハイルが女性の遺体をよみがえらせたその血清を、あのときわたしは見ていたのです。

彼の意図がようやく理解できました。ミハイルは死ぬためにこもっていた。むこう岸にわたるために、人間性の最後の息を放棄する必要があったのです。彼の体は埋葬されて、黒い蝶のように闇でよみがえったわけです。たとえもどってきても、それはもうミハイル・コルベニクではない。獣としてもどってくるのでしょう……。

彼女の言葉は余韻となって、王立大劇場に響きわたった。

「何カ月もミハイルの消息は知れず、隠れ場所も見つかりませんでした」とエヴァ・イリノヴァがつづけた。「彼のプランが挫折することに、わたしたちは正直なところ望みをかけていました。でもまちがっていた。火災の一年後、刑事が二名、ベロ－グラネル社に赴きました。匿名の密告があったのです。当然ながら、こんどもセンティスです。セルゲイとタティアナの消息がなく、ミハイルがまだ生きていると疑ったのでしょう。工場施設は封鎖され、誰も立ち入りができませんでした。ふたりの刑事は内部で侵入者と鉢合わせをしました。相手にむかって弾がなくなるまで発砲した、なのに……」

「だから弾が見つからなかったんですね」と、フロリアンの言葉をぼくは思いだした。「コルベニクの体が着弾した弾をすっかり吸収したんだ……」

老貴婦人はうなずいた。

「警察官たちの体はメチャクチャになって見つかりました」と彼女は言った。「なにが起こったのか誰にも説明できなかった、シェリーとルイスとわたし以外はね。ミハイルが帰ってきたのです。その後の日々に、ミハイルを裏切ったベロ－グラネル社のかつての役員全員が不可解な状況下で死んで見つかりました。ミハイルが排水溝に隠れていて、トンネルづたいに都を移動しているのではと、わたしたちは案じました。彼にとって未知の世界ではない。ただし、ひとつだけ疑問がありました。どんな目的で彼は工場に行ったのか？　このたびも彼の作業ノートが答えをくれました。血清です。生きつづけるために血清を注射する必要があったのです。塔で保管していた分は壊滅し、温室においてあったものは、おそらく使いきったのでしょう。ドクター・シェリーは警察官のひとりに袖の下をつかませて工場に入ることができました。そこでわたしたちは血清の入った最後のフラスコ二個を見つけました。シェリーはこっそり一個持ち帰りました。生涯かけて人々の病や死や苦しみと闘ってきた医師の彼は血清を廃棄する気になれなかった、研究して、その秘密を解明する必要があったのです……分析した結果、水銀をベースにした混合物の合成に成功し、これでミハイルの力を相殺しようとしました。シェリーは十二個の銀製の弾に詰めて、けっして使わずにすむことを願いながら、その弾を保管したのです」

それが、あのときルイス・クラレットにわたしした弾だったのかと納得した。あれのおかげで、ぼくはいま生きているのだ。

「では、ミハイルは？」とマリーナがきいた。「血清がなかったら……」

「彼の遺体はゴシック地区の地下の排水溝で見つかったわ」とエヴァ・イリノヴァが言った。

「そう、彼の名残がね、彼自身は地獄の化け物になってしまったの、腐った死肉の臭気を放つ化け物、その死肉で彼の体はできている……」

　老貴婦人は旧友のルイスのほうに視線をあげた。御者が言葉をひきつぎ、話を最後までつづけた。

「われわれはサリアの墓地に彼の遺体を埋葬したんだよ、無名の墓に」と説明した。「事実上、セニョール・コルベニクは一年まえに亡くなった。わたしたちは真実を明かすことはできなかった。セニョーラが存命だとセンティスが知ろうものなら、彼女のことも亡きものにするまで退《ひ》かないだろう。われわれはこの場所で秘密の生活をつづける宿命を自ら負ったんだよ……」

「しばらくのあいだ、わたしはミハイルが平穏に生を閉じたと思っていた。それで毎月最後の日曜日、彼と知りあったのとおなじ日に、お墓に足をはこんだの。彼のところに行って、もうすぐ、ほんとうにもうすぐ、またいっしょになりましょうと念をおして……わたしたちは思い出の世界に住んでいた、でも大事なことを忘れていたのです……」

「なんですか？」とぼくはきいた。

「マリア、わたしたちの娘のこと」

　マリーナとぼくは視線をかわした。ぼくらが見せた写真をシェリーが暖炉の火にくべたのを思いだした。あの写真にうつっていた少女はマリア・シェリーなのだ。

　温室からアルバムを持ちだしたとき、ぼくらはコルベニクから、たったひとつきりの思い出を奪ってしまった、彼が知ることのなかった娘の思い出を。

「シェリーはマリアを自分の娘として育ててくれました。でもドクターにきかされてきた話が真実ではないと、彼女はいつもどこかで思っていたのでしょうね。母親は自分を産んだときに亡くなったという話を……。シェリーは嘘が上手ではありません。時を経て、マリアはドクターの書斎でミハイルの古いノートを見つけ、あなたがたに話したとおりの出来事をつなぎあわせたのでしょう。

わたしがミハイルに妊娠を告げた日に、彼が薄笑いをうかべたのを覚えています。あの笑いに、わたしは不安でいっぱいになった、ただそのときは、なぜだかわからなかった。何年か後に、ようやくミハイルの書き物のなかにその答えが見つかったのです。排水溝の黒い蝶は自分の子どもを栄養にする、土に埋まって死ぬときに一匹の幼虫の体といっしょに埋まり、それをむさぼり食べてよみがえると……。あなたがたが墓地からわたしの跡をつけて温室を発見したとき、マリアも長年探しつづけたものをついに見つけたの、シェリーが隠していた血清のフラスコをね……。そして三十年たって、ミハイルは死からもどってきた。以来、彼女を栄養にしてきたのよ、ほかの体の断片で自分を再生させながら、新たな力を得て、自分とおなじように、ほかの体をも創りつづけて……」

ぼくは固唾を呑み、昨夜トンネルのなかで見たものを思いだした。

「なにが起こっているか理解したとき」と老貴婦人がつづけた。「わたしはセンティスに知らせたかった、彼が最初の犠牲になることをです。こちらの身元を明かさないために、あなたをつかったのよ、オスカル、あの名刺でね。センティスが名刺を見て、わずかでもあなたがたの知る話をきいたら、恐怖心から反応して自分の身を守ると思ったの。なのに、あの老いたさもしい男はまたも自分を過大評価した……ミハイルに会いにいって、うちのめそうとしたんでしょう。それでフロリアン刑事をも巻き添えにした……。ルイスはサリアの墓地に行って、お墓が空っぽなのを確認したの。はじめはシェリーがわたしたちを裏切ったのかと思ったんです。温室に足をはこんでいたのはドクターで、新たな被造物をつくっていたのかと……。たぶん、ミハイルが説明なしに残していった秘密を解明しないまま死にたくなかったのだろうと……シェリーのことが、わたしたちは信用できませんでした。彼はマリアを守ってくれていたのだと理解したときはもう遅すぎた……。ミハイルは、こんどは、わたしたちを狙ってくるでしょう」

「なぜ？」とマリーナはきいた。「なぜ彼はこの場所にもどってこなくちゃいけないんですか？」

　貴婦人はなにも言わずに上着のボタンを上からふたつ外し、メダルのついたチェーンをとりだした。チェーンにさがるガラスのフラスコはエメラルド色の液体で輝いていた。

「これのためによ」と彼女が言った。

24

光に透かして血清のフラスコをながめていたら、音がぼくの耳についた。マリーナにもきこえたらしい。なにかが劇場の円天井《ドーム》を這いずっている。

「ここにいるな」と、ルイス・クラレットがドアのまえで言った。暗い声だ。

エヴァ・イリノヴァが平然と血清をまたしまいこんだ。見ると、ルイス・クラレットが回転式拳銃《リボルバー》をとりだして弾倉をたしかめている。シェリーにわたされた銀の銃弾が内部できらめいた。

「さあ、あなたたちは、もう行って」と、エヴァ・イリノヴァがぼくらに命じた。「これで真実がわかったでしょう。忘れることを学びなさい」

彼女の顔はベールで隠れ、単調な声色に表情はない。相手の言葉の意図が、ぼくには推し量れなかった。

「あなたの秘密はぼくらが守ります」と、ともかくも口にした。

「真実はけっして人に知られないものよ」とエヴァ・イリノヴァが言った。「さあ、行って」

クラレットがついてくるようにと指示し、ぼくらは楽屋を後にした。

ガラス張りの円天井から、銀色の四角い月明かりが舞台上にふりそそいでいる。ミハイル・コルベニクと彼の被造物のシルエットが踊る影をなして、その明かりのなかにうかびあがった。視線をあげると、影は十体以上にも見えた。

「なんてこと……」と、ぼくの横でマリーナがつぶやいた。

クラレットもおなじ方向を見つめている。彼のまなざしに怖れが見えた。

シルエットのひとつが円天井に激しい一撃をあたえた。彼のまなざしに怖れが見えた。クラレットは回転式拳銃の撃鉄を起こして狙いをさだめた。被造物は殴打をつづけている。円天井のガラス板が割れるのも時間の問題だ。

「オーケストラ・ボックスのしたにトンネルがある、平土間席をつっきってロビーにつづいているんだ」と、円天井に目をすえたままクラレットが伝えてきた。「中央階段のしたの跳ね板に行きあたるから、そこから通路に入って非常口まで行きなさい……」

「もと来た道をもどるほうが早くないですか？」とぼくはきいた。「あなたのピソから外にでるほうが……」

「だめだ。連中はもうあそこにいたんだ……」

マリーナがぼくをつかんで、手をひっぱった。

「言うとおりにしましょうよ、オスカル」

ぼくはクラレットを見た。堂々と死に立ち向かう人間の冷静さが彼の目に読みとれた。つぎの瞬間、円天井のガラス板が粉々に砕け、オオカミに似た獣もどきが咆哮をあげて舞台に突進した。クラレットが頭蓋を撃つと弾は命中した。だが、頭上では被造物たちの姿がほかにもまだ映っている。どれがコルベニクか一瞬でわかった。まんなかだ。コルベニクの合図で、被造物の群れがいっせいに劇場に這いおりてきた。

マリーナとぼくはオーケストラ・ボックスに跳びおりて、クラレットの指示にならい、そのあいだ彼は、ぼくらの背後をカバーしてくれた。銃声がもう一発、耳をつんざいた。狭い通路にもぐりこむまえに、ぼくは最後にふりかえった。ボロ着で血だらけの図体が舞台に飛びおりてクラレットに突進した。彼の銃弾が命中し、相手の胸にあいた拳《こぶし》大の穴から煙があがっているのに、血まみれの体は歩みをとめようとしない。ぼくは跳ね板をしめて、マリーナを通路の奥に押しこんだ。

「クラレットはどうなるの？」

「わからない」とぼくは嘘を言った。「走って！」

ふたりでトンネルをひた走った。わずか幅一メートル、高さ一メートル半ほどだ。身をかがめて、平衡感覚をなくさないように壁をさわりながら進むしかない。何メートルも進まないうちに頭上で足音を感じた。平土間のうえで追ってくる。ぼくらの跡をつけているのだ。銃声の響きが激しくなった。あの群れどもが全滅するまで、あとどのくらいの時間、あと何発の弾がクラレットに残っているのか。

いきなり誰かが頭上の腐った板をもちあげた。光がナイフみたいに射しこんで、ぼくらは目をふさがれた。足もとに死んだような重みがドサッと落ちた。クラレットだ。彼の目は虚ろで生気がなく、手にもつ拳銃の口からまだ煙があがっていた。体に目立った痕も傷もないのに、なにかがおかしい。マリーナがぼくの肩ごしにのぞきこんで、悲鳴をあげた。彼は恐ろしい力で首根をへし折られ、顔が背中のほうにねじれていた。

影がひとつ、ぼくらをおおい、黒い蝶が一匹、コルベニクの忠実な友クラレットにとまっているのが目についた。ぼくは気をとられて、当のコルベニクがそこにいるのに気づかなかった。相手は朽ちた跳ね板をくぐり、片方の鉤爪でマリーナの喉もとをつかんだ。彼女をもちあげると、こちらがマリーナをつかまえるまえに横から彼女を連れ去った。

「マリーナ！」とぼくは叫んだ。そのときコルベニクが口をひらいた。あの声は忘れようにも忘れられない。

「友だちを、まともな姿で見たければ、フラスコをもってこい」

考えひとつまとまらずに何秒もすぎた。苦悶がぼくを現実にひきもどした。クラレットの体に身をかがめて、必死で銃をもぎとろうとした。彼の手の筋肉は死に際の痙攣《けいれん》で硬直し、人差し指が引き金から離れない。指を一本ずつ外して、やっと目的をはたした。弾倉をあけて、見ると銃弾が尽きている。もっと弾がないかと彼のポケットをさぐるうちに、弾薬のスペアが見つかった。先端に穴のあいた銀の弾が六発、上着の内ポケットに入っている。気の毒に、クラレットは銃に弾をこめなおす余裕もなかったのだろう。相手の命を奪うより先に、彼は自分の人生を捧げてきた友人の影の残虐な殴打で斃《たお》れた。この対面を怖れながらあまりに長い年月を送ったばかりに、ミハイル・コルベニク、あるいはその名残を撃てなくなっていたのか。いまでは取りかえしもつかない。

ふるえながら、ぼくはトンネルの壁をよじのぼって平土間につき、マリーナをさがしに駆けだした。


ドクター・シェリーの弾が舞台上に何体も刻印を残していた。シャンデリアにつき刺さった体や、ボックス席に撃墜した体もある。コルベニクに追随する獣の群れをクラレットは一足先に道連れにしたようだ。斃れた死骸、恐ろしい被造物たちを見ながら、これが連中に望める最良の運命だったのかと思わずにいられない。こうして命が尽きてみると、彼らを形成する部品や移植の人工性が明確に見てとれる。あごの外れた体がひとつ、一階席の中央通路にあおむけに横たわっていた。ぼくはその体をまたいだ。曇った目の空虚さに心底寒気をおぼえた。この目にはなにもない。なにも。

舞台に近づいて壇上に這いあがった。エヴァ・イリノヴァの楽屋は灯りがまだついているが誰もいない。死肉の臭気が宙にただよい、壁面の古い写真に血まみれの指紋が見うけられた。コルベニクか。背後できしむ音がして、ぼくは拳銃をかかげてふりむいた。足音が遠のくのがききとれた。

「エヴァ？」と呼んだ。

舞台にもどると、階段桟敷に琥珀色の光の輪がかすかに見えた。近づくうちに、エヴァ・イリノヴァのシルエットがうかんだ。燭台を抱えて王立大劇場の廃墟をながめている。彼女の人生の廃墟だ。エヴァはこちらをむいて、ゆっくり燭台の炎をかかげ、ボックス席に掛かるビロードのほつれた端にもっていった。乾いた布にすぐ火がついた。炎の粉が散らばって、ボックス席の囲い壁に、座席の金色の飾りや壁面に、見るまに炎がひろがった。

「やめろ！」とぼくは叫んだ。

老貴婦人はぼくの呼びかけを無視して、ボックス席の後ろの通路につづくドアから消えた。猛りくるった害虫の大群のように、あっというまに炎がひろがり、通り道にあるものを端から呑みこんでいく。炎の輝きが王立大劇場の新たな素顔を露呈した。ぼくは熱波を感じ、木とペンキの焼けたにおいに気分が悪くなった。

燃えあがる炎を目で追った。上方に舞台装置が見てとれた。ロープ、緞帳、滑車、宙吊りの舞台装飾、渡り板の複雑な仕掛けだ。その高みから爛々と光る眼《まなこ》がぼくを直視している。コルベニクだ。片方の手でオモチャみたいにマリーナをつかんでいた。見ると、ネコのような身軽さで足場のあいだを動いていく。ふりむいたら、炎は一階のフロアの隅々までひろがって、二階のボックス席にまで上がりかけていた。円天井の裂け目が炎に勢いをそそぎ、巨大な煙突をなしていた。

ぼくは木の階段のほうに走った。段はジグザグにのぼり、足をかける先から揺れ動いた。三階の高さで足をとめて上を見あげた。ぼくはコルベニクを見失っていた。

その瞬間、背中に鉤爪がくいこむのを感じた。死の抱擁から逃れようとふりむくと、コルベニクの被造物のひとりが見えた。クラレットの銃弾で腕を片方削《そ》がれても、まだ生きている。髪が長く、顔はかつて女性だったのだろう。ぼくは拳銃で狙いをさだめたが、相手は動きをとめない。ふいに確信におそわれた。顔に見覚えがある。炎の輝きがそのまなざしに残るものを映しだした。喉がカラカラになった気がした。

「マリア？」とぼくは口ごもった。

コルベニクの娘、というか、彼女の姿に棲む化け物が一瞬動きをとめた。迷っている。

「マリア？」と、もういちど呼んだ。

ぼくの記憶にある天使の雰囲気はひとつも残っていない。彼女の美しさは汚されていた。かわりに痛ましい、ぞっとするような害獣が占めている。彼女の肌はまだみずみずしい。コルベニクは作業を急いだのだろう。ぼくは拳銃をおろし、この哀れな女性に片手をのばそうとした。たぶん彼女にまだ希望をもっていたのだ。

「マリア？　ぼくを覚えてますか？　オスカルです。オスカル・ドライです。覚えてますか？」

マリア・シェリーは、ぼくを食い入るように見つめた。一瞬、生の輝きが彼女のまなざしにのぞいた。見ると、その目から涙がこぼれ、彼女は両手をあげた。自分の腕からのびているグロテスクな金属製の鉤爪をながめて、悲鳴をあげるのがきこえた。ぼくは彼女に手をさしのべた。マリア・シェリーは一歩後退りした。ふるえている。

炎の風が中央の緞帳の掛かる横棒の一本に吹きつけた。ほつれた布地の一面が燃えて、炎のマントと化した。幕を吊るしていたロープが炎に鞭打たれて焼け落ち、ぼくらの立つ渡り板に完全に達した。一直線の炎がぼくらのあいだに走った。ぼくはもういちどコルベニクの娘に手をのばした。

「お願いだから、ぼくの手をとってください」

彼女は退き、ぼくから逃げようとした。顔じゅう涙でぬれている。ぼくらの足もとの板がきしんだ。

「マリア、お願いです……」

化け物は炎をじっと見つめた。なにかを炎のなかに見るかのように。そして不可解なまなざしを最後にぼくにむけると、渡り板のうえにのびる燃えるロープをにぎりしめた。炎が彼女の腕に、胴体に、髪に、服と顔にひろがった。まるで蠟人形みたいに彼女が燃えるのが見えた。やがて足もとで板が焼け落ちて、マリアの体は深淵にむかって落下した。

ぼくは三階の出口のほうに走った。エヴァ・イリノヴァを見つけなければいけない、そしてマリーナを救いださなくては。

「エヴァ！」やっと居場所がわかり、ぼくは叫んだ。

老貴婦人はぼくの叫びを無視して歩きつづけている。大理石の中央階段で相手に追いついた。力いっぱい腕をつかんで止めさせた。彼女はぼくの手をふりはらった。

「マリーナが捕まったんです。血清をわたさないと殺されちゃうんです」

「あなたのお友だちはもう死んでいるでしょう。出られるうちに、ここから出なさい」

「いやです！」

エヴァ・イリノヴァは周囲を見た。螺旋状の煙が階段を這っていく。あまり時間はない。

「マリーナをおいてなんか逃げられない……」

「わからないのね」とエヴァが返した。「あなたに血清をわたしたら、あなたがた、ふたりとも殺されるのよ。誰もミハイルをとめられないの」

「彼は誰のことも殺したくないですよ。生きたいんです」

「まだわからないのね、オスカル」とエヴァが言った。「わたしにはなにもできない。すべて神さまの手のうちにあるの」

この言葉とともに彼女はきびすを返し、ぼくから離れていった。

「誰にも神さまの仕事はできないです。あなたもですよ」とぼくは言った。彼女自身の言葉を思いださせたのだ。

黒い貴婦人は立ちどまった。ぼくは回転式拳銃《リボルバー》をかかげて、彼女に狙いをさだめた。撃鉄を起こすカチッという音が通路に余韻を残して消えた。この音が相手をふりむかせた。

「わたしはミハイルの魂を救おうとしているだけ」と彼女が言った。

「あなたがコルベニクの魂を救えるのか知りません。でもあなたの魂は救えるでしょう」

老貴婦人は黙ってぼくを見た。ぼくがふるえる手でにぎる拳銃の脅威とむきあっている。

「あなたは平気で、わたしのことが撃てるのかしら？」と彼女がきいた。

ぼくは答えなかった。ぼくの脳裡を占めるのはコルベニクの鉤爪に捕らわれたマリーナのイメージと、炎が王立大劇場に地獄のとびらを完全にあけ放つまでに残されたわずかな時間、ただそれだけだ。

「あなたのお友だちは、あなたにとって大きな意味があるのね」

　ぼくがうなずくと、老貴婦人は自身の人生で、このうえなく悲しい笑みをのぞかせた。

「彼女は知ってるの？」ときいてきた。

「わかりません」と考えるまえに口をついてでた。

　相手はゆっくりうなずき、ぼくの目のまえでエメラルド色のフラスコをとりだした。

「あなたとわたしは同類ね、オスカル。わたしたちはひとりぼっち、そして救いようのない誰かを愛する宿命を負っている……」

　彼女はぼくにフラスコをさしだし、ぼくは武器をおろした。拳銃を床において、両手でフラスコをうけとった。つぶさにそれを観察しながら、肩の荷がおりた気がした。

　感謝の言葉を言おうとしたが、エヴァ・イリノヴァはもうそこにいない。回転式拳銃《リボルバー》もなくなっていた。

　最上階についたとき、建物全体がぼくの足もとで死喘鳴《しぜんめい》をあげていた。通路の端めざして走り、舞台装置のある円天井《ドーム》の入り口をさがした。突然、火につつまれたドアのひとつがドア枠から外れて吹き飛び、炎の川が通路に流れこんだ。

　ぼくは立ち往生した。絶望にかられて周囲を見まわしたが、ここから逃げだす方法はひとつしかない。外に面した窓だ。煙でくすんだガラスに近づくと、むこう側に細い軒蛇腹が目についた。炎はこちらに道を拓《ひら》いてくる。窓のガラスは地獄の吐息を吹きつけられたように粉々だ。服から煙があがっている。足もとに炎を感じた。息が苦しい。

ぼくは軒蛇腹にむかって跳んだ。夜の冷気がぼくを襲い、見ると、足もとの何メートルも下にバルセロナの通りがひろがっている。その光景に身がすくんだ。炎は王立大劇場を完全につつみこんだ。足場が崩れて灰塵に帰した。古いファサードがバロック様式の威風堂々とした宮殿さながらにそびえ立ち、ラバル地区の中心で炎の大聖堂と化している。消防車のサイレンが無力さを嘆くかのようにうなっていた。円蓋屋根の鋼鉄の肋材《リブ》が収斂《しゅうれん》する金属製の尖頭のすぐ横で、コルベニクがマリーナをつかまえている。

「マリーナ！」とぼくは大声で叫んだ。

一歩まえに進み、落ちないように反射的にアーチ型の金属をつかんだ。燃えるほど熱い。ぼくは痛みで悲鳴をあげて手をひっこめた。手のひらが黒ずんで湯気をたてている。その瞬間、建物全体に新たな振動が走り、なにが起こるかを察知した。耳をつんざく轟音とともに劇場が倒壊し、金属の骨組みだけがそのまま剝きだしで残った。蜘蛛の巣状のアルミニウムが地獄のうえにひろがっている。その中央にコルベニクが立ちはだかっていた。マリーナの顔が見えた。彼女は生きている。ぼくは彼女を救うために唯一できることをした。

フラスコをとりだして、コルベニクに見えるようにかかげた。彼はマリーナを自分の体から離して、高みの縁に立たせた。彼女の悲鳴がきこえた。コルベニクは鉤爪を宙にのばした。メッセージは明確だ。ぼくは彼女に近づいた。

「オスカル、だめよ！」とマリーナが懇願した。

細い渡り板に目をすえて、ともかくぼくは進んだ。靴の底が一歩ごとに破損するのを感じた。炎からあがる窒息しそうな風が周囲でうなりをあげている。一歩、また一歩、渡り板から目を離さず、まるで曲芸師だ。正面に目をやると、恐れおののくマリーナがいた。彼女はひとりだ！　マリーナに抱きつこうとすると、コルベニクが背後に立ちあがり、彼女をまたもつかんで宙で支えた。ぼくはフラスコをとりだして、おなじように宙にさらした。マリーナを解放しなければ炎のなかにこれを放り投げるぞと、相手に知らせてやったのだ。

エヴァ・イリノヴァの言葉を思いだした。

〝あなたがた、ふたりとも殺されるのよ……〟

ぼくはフラスコのふたをあけて、深淵にむかって二滴たらした。コルベニクはマリーナをブロンズ像のほうに突きとばして、こちらに突進してきた。ぼくは跳んで相手をかわした。フラスコが指のあいだからすべり落ちた。

血清は熱い金属に接触して蒸気になった。コルベニクの鉤爪がそれをつかんだとき、フラスコにはもう数滴しか残っていなかった。コルベニクは金属のこぶしでフラスコをにぎり、ガラスを粉々に砕いた。エメラルド色の液体が指のすきまから流れた。相手の顔が炎に照らしだされた。抑えのきかない怒りと憎悪の極致だ。コルベニクは、ぼくらのほうに突進した。マリーナがぼくの両手をつかんで堅く握りしめた。彼女は目をつぶり、ぼくも倣った。数センチ先にコルベニクの腐臭を感じ、衝撃をうける覚悟をきめた。

一発目の銃声が炎をヒューッと貫通した。目をあけると、エヴァ・イリノヴァがさっきのぼくみたいに進んでくる。彼女は回転式拳銃《リボルバー》を高くかかげていた。黒い血のバラがコルベニクの胸もとに花ひらいた。二発目はもっと近く、彼の片方の手を撃ち砕いた。三発目は肩に命中した。

ぼくはマリーナを退避させた。コルベニクはエヴァのほうをむいた。体がふらついている。黒い貴婦人はゆっくり進んだ。彼女の武器が情け容赦なく相手に狙いをさだめている。コルベニクのうめき声がした。四発目が彼の腹に穴をあけた。最後の五発目が眉間に黒い弾痕を描いた。つぎの瞬間、コルベニクはひざからくずおれた。エヴァ・イリノヴァは銃を落として、彼のもとに駆けよった。

彼女は両腕を彼にまわして抱きあやした。ふたりの目がふたたび出合い、見ると、彼女があの怪物の顔をそっとなでている。老貴婦人は泣いていた。

「お友だちを連れていきなさい」とぼくを見ないで彼女が言った。

ぼくはうなずいた。マリーナの手をひいて渡り板を進み、建物の軒蛇腹まで行った。そこから付属の建物の屋根にたどりつき、ぼくらは炎から逃れられた。

視界から消えるまえに、ぼくらはふりむいた。黒い貴婦人はコルベニクを抱きしめている。彼らのシルエットが炎のあいだにうかび、やがてふたりは完全に火につつまれた。

彼らの灰の痕跡が風に舞い散るのを見た気がした。灰はバルセロナのうえを舞い、やがて夜明けが永遠に彼らを連れ去った。

翌日、新聞各紙で都市の史上最大の火災が報じられた。王立大劇場の古い物語、その消滅が過ぎし日のバルセロナの最後の余韻を消し去ったこと。灰塵は港の水面にマントのようにひろがった。黄昏まで灰は都に降りつづけた。モンジュイックの丘から撮影された写真が、天にむかって立ちのぼる恐ろしい火柱の地獄的光景を提供した。

悲劇が別の素顔を見せたのは警察が事件について公表したときだ。建物には路上生活者が住みついて、その何人もが瓦礫のなかに閉じこめられた疑いがある。円蓋屋根の高みで抱きあって見つかった二人の焼死体の身元については不詳だと……。

真実はエヴァ・イリノヴァが言ったとおり、人に知られることはない。エヴァ・イリノヴァとミハイル・コルベニクの古い物語を記す新聞はなかった。いまや誰も興味をもたないのだろう。

ランブラス通りの新聞売り《キオスク》のまえにマリーナとふたりでいた、あの朝を思いだす。『ラ・バングアルディア』紙が第一面を五段抜きで飾っていた。

バルセロナ炎上！

天空に誰が銀を上塗りしたのかと、野次馬や早起きの人間たちが、われ先にと朝刊を買いにきた。

ぼくらがゆっくり離れてカタルーニャ広場にむかうあいだも、周囲で灰が降りつづけた。死の雪片のように。

25

王立大劇場の火災後の日々、バルセロナは寒波におそわれた。長年ぶりに雪のマントが港からティビダボの丘まで都《まち》全体をおおいつくした。

マリーナとぼくは言葉もなく、おたがい知らんふりをして、ヘルマンとともにクリスマスの休暇をすごした。マリーナは起こったことをほとんど口にせず、ぼくを避けて自分の部屋で書き物をするほうがいいのだろうと、ぼく自身も気づきはじめた。大広間の温かな暖炉のそばで、ぼくは時間つぶしにヘルマンと終わりのないチェスのゲームに興じた。雪の降るのが見え、マリーナとふたりきりになれるチャンスを待っていた。だけど、そんなチャンスはついぞなかった。

ヘルマンは状況に気づかぬふりをして、ぼくに話しかけて励まそうとした。

「マリーナにきいたら、きみは建築家になりたいそうですねえ、オスカル」

ぼくはうなずいたものの、ほんとうにそう望んでいるのか自分でもわからなくなっていた。ぼくらが体験した物語のピースをつなぎあわせながら、眠れぬ夜をすごした。コルベニクとエヴァ・イリノヴァの亡霊を記憶から遠ざけようとした。老医師シェリーを訪ねて、起こったことを話そうかと、いちどならず考えた。でも彼が実の娘のように育てた女性がどんな最期を迎えたか、彼のいちばんの友人がどう炎にまかれたか、ぼくの見たことを彼に面とむかって説明する勇気がない。

大晦日に庭の噴水が凍結した。マリーナとすごす日々も、いよいよ終わりかと思った。もうすぐ寄宿舎に帰らなくてはいけない。大晦日の夜、ろうそくの明かりのなかで、サリア広場の教会の遠い鐘音に耳をかたむけた。外は雪が降りつづけ、ぼくは空から星々が前触れもなく落ちてきたように見えた。

夜中の零時に、ぼくらはささやき声で新年を祝った。ぼくはマリーナの目をさがしたが、彼女の顔は薄闇に退いていた。こんな扱いをうけるなんて、いったいぼくがなにをしたのか、なにを言ったのかと、その夜分析しようとした。隣の部屋にマリーナの存在が感じられた。目をさましている彼女を想像した。流れのままに離れていく島のような彼女を。

コンコンと壁をノックした。虚しく呼んでみた。返事はない。

荷物をまとめてメモを書いた。ヘルマンとマリーナに別れを告げて、彼らのもてなしへの感謝を綴った。なにか説明のつかないものが毀れてしまい、そこにいる自分が余計者に感じられた。夜明けにメモを台所のテーブルにおいて、寄宿舎への帰途についた。

館から離れるとき、マリーナが窓からぼくをじっと見ているのだと確信した。〝さよなら〟と手をふりながら、こちらを見ていてくれているのを期待した。ぼくの足が人気《ひとけ》のない通りの雪に跡を残していった。

ほかの寄宿生たちがもどってくるまで、まだ数日あった。四階の部屋は孤独の湖だ。ぼくが荷物をほどいていると、セギ神父が部屋に来た。ぼくは丁重にあいさつし、服の整理をつづけた。

「面白い人たちだな、スイス人というのは」と神父が言った。「ほかの人間が罪を隠しているときに、彼らはその罪にリキュールを詰めて銀紙で包んで、リボンをかけてから、途方もない値で売るんだからねえ。学監がとんでもなく大きな箱のチョコレートボンボンをチューリッヒから送ってきたんだが、お裾分けする相手がいなくてな。ドニャ・パウラに見つかるまえに、誰かに手伝ってもらわんと……」

「ぼくでよければ」と言うだけ言っておいた。

セギ神父は窓に近寄ると、眼下の都をながめた。蜃気楼のようだ。くるりと体をむけて、こちらの考えを読んでいるかのように、ぼくをじっと見た。

「良き友人に言われたことがあるよ、問題というのはゴキブリみたいなものでね」真面目に物を言いたいときに使う冗談めいた口調だ。「日の目にさらせば驚いて逃げていくと」

「賢い友人の方だったんでしょうね」とぼくは言った。

「いや」とセギ神父が返した。「でも善良な人間だったよ。新年おめでとう、オスカル」

「新年おめでとうございます、神父さま」

授業がはじまるまで、ほとんど部屋から出ないで日々をすごした。本を読もうとしたが、文字がページから飛んでいく。窓辺で遠くにヘルマンとマリーナの館をながめながら、ただただ時間が流れていった。あそこにもどろうと何度考えたか知れないし、いちどならず館の門につづく路地の入り口まで足をはこんでみた。もう木立のあいだからヘルマンの蓄音機の音楽はきこえず、葉の散った枝に風が吹きぬけるだけだった。夜になると、ここ何週間かにあったことが、くり返し脳裡によみがえり、そのうち疲れて眠りにおちても熟睡できず、熱っぽく息苦しい眠りでしかない。

授業は一週間後にはじまった。鉛色の空の日々、窓が蒸気でくもり、薄闇のなかでラジエーターから水滴が落ちていた。同級生も彼らの騒ぎ声も、ぼくには関係ない。思い出話やら、プレゼントやパーティーのおしゃべりなど共有できないし、べつにしたくもない。教師たちの声も耳に入らない。ヒュームの思想がなんで重要か解読できないし、微分係数の方程式になにができるのかもわからない。そんなものが時計をもとにもどして、ミハイル・コルベニクとエヴァ・イリノヴァの運命を変えるのに役立つのか。あるいは、ぼく自身の運命を変えるのに。

マリーナの思い出と、ぼくらが共有した恐ろしい出来事の記憶が、ぼくに考えることも、食べることも、辻褄《つじつま》のあう会話をすることも妨げた。彼女はぼくの苦悩を分かちあえる、たったひとりの人間で、彼女にいてほしいという痛烈な思いは体の痛みにまで達した。体の内側から焼けるようで、誰もなにも楽にはしてくれない。学校の廊下でぼくは灰色の人形と化していた。ぼくの影は壁に同化した。

　枯れ葉のように日々が落ちていく。もういちどぼくに会いたいという、なにかしらのメモでも合図でもいいから、マリーナから届くのを待ちわびた。どんな単純な言い訳でもいい、彼女のもとに走り、ぼくらを引き離して日に日に大きく感じる距離をこわしたかった。だけど、なにも届かない。マリーナといっしょにいた場所をめぐり、時間をやりすごした。サリア広場のベンチに腰かけて、彼女が通りすぎるのを待っていた……。

　一月のおわり、セギ神父が執務室にぼくを呼んだ。曇った表情と鋭い目つきで、神父はなにがあったのかと、ぼくにきいてきた。

「わかりません」とぼくは答えた。

「話をすれば、なんのことか突きとめられるだろう」とセギ神父が言ってくれた。

「だめだと思います」と、つっけんどんに言った先から、ぼくは後悔した。

「クリスマスの休暇中、きみは寄宿舎の外ですごしたが、どこにいたんだね？」

「家族といました」

　後見人のまなざしが翳りをおびた。

「嘘をつくつもりなら、この会話をつづける意味はないな、オスカル」

「ほんとうです」とぼくは言った。「家族といたんです……」

二月は太陽をつれてきた。都《まち》に仮面をかぶせていたあの氷や霜のマントを、冬の陽光が溶かしてくれた。おかげでぼくは元気がでて、ある土曜日、マリーナの家に出向いた。

フェンスの門に鎖がかかり、頑丈にしまっている。木立のむこうで、古い館はいつになく放置されて見えた。一瞬、自分が正気をなくしたかと思った。なにもかも想像だったのか？　このまぼろしの邸宅の住人たち、コルベニクと黒い貴婦人の物語、フロリアン刑事、ルイス・クラレット、蘇生《そせい》した被造物たち……、宿命の黒い手で、ひとり、またひとりと消されていった人物……マリーナのことも、彼女の素敵な海岸も、ぼく自身の見た夢だったのか？

〝わたしたちが思いだすのは、現実にはなかったことだけなの……〟

その夜、ぼくは自分の悲鳴で目がさめた。冷たい汗でびっしょりで、自分がどこにいるかもわからない。夢のなかでコルベニクのトンネルにもどっていた。マリーナを追っても追いつけず、やっと見つけたら、彼女は黒い蝶のマントにくるまれていた。でも蝶たちが飛びたつと、そこには空《くう》があるだけだ。寒い。わけがわからない。コルベニクに取り憑いた破壊の悪魔。最後の闇のあとの無。

セギ神父と同級生のＪＦがぼくの悲鳴に驚いて部屋にかけつけたとき、彼らが誰か、すぐにはわからなかった。神父がぼくの脈をとるあいだ、ＪＦはうろたえて、ぼくを見守った。自分の友だちが完全に常軌を逸したと思いこんだのだ。ぼくがまた眠りにつくまで、ふたりはそこを動かなかった。

翌日、マリーナと会わなくなって二カ月ぶりに、ぼくはサリアの館にもどることにした。なにかしら説明を得るまで一歩も退かないつもりだった。

26

靄のかかった日曜日。乾いた枝をのばす木立の影が、骸骨みたいな姿形を描いている。教会の鐘がぼくの足音のリズムを刻んだ。入り口をふさぐ鉄門のまえで足をとめた。ところが、見ると枯れ葉のうえにタイヤの跡があり、ヘルマンがガレージから旧式のタッカーをまた出したのかと思った。泥棒みたいに門を乗りこえて、ぼくは庭に入りこんだ。

館のシルエットが完璧な静寂のなかでたたずんでいた。いつにもまして暗く淋しい。茂みのあいだにマリーナの自転車が見てとれた。傷ついた動物みたいに横倒しになっている。チェーンが錆びて、ハンドルは湿気にむしばまれている。この景色をながめ、自分のまえにあるのは古い家具と、見えない余韻しか住むもののない廃墟のような印象をうけた。

「マリーナ？」と呼んだ。

ぼくの声を風がさらっていく。

館をまわって台所に通じる裏口をさがした。戸があいている。テーブルにはなにもなく、ほこりの層が積もっていた。ぼくは部屋に足をふみいれた。物音ひとつしない。肖像画の大広間についた。絵という絵からマリーナの母親がぼくに目をむけている。でもぼくにとってはマリーナのまなざし……。

そのとき背後でむせび泣く声がきこえた。

ヘルマンがアームチェアでうずくまったきり、彫像のように動かない。ただ涙だけが流れつづけている。彼ほどの年齢《とし》の男性がこんなふうに泣くのは見たことがない。ぼくは血の凍る思いがした。ヘルマンは肖像画に茫然と目をやっていた。顔の色がない。彼はやつれきっていた。最後に会ってから、ずいぶん老いてしまった。見覚えのあるよそいきのスーツを着ているが、しわだらけで汚れていた。

いったい何日こうしているのか？　この椅子に何日すわったきりなのか？

ぼくは彼のまえにひざまずき、手をそっとたたいた。

「ヘルマン……」

あまりに冷たい手でぼくはビクッとした。画家はいきなりぼくに抱きついて、子どものようにふるえていた。口のなかがカラカラになった。ぼくも彼を抱きよせて、相手がぼくの肩で泣くあいだ、ずっと支えてやっていた。医師たちが最悪の告知を彼にしたのか、ここ何カ月かの希望が消えたのか、彼を泣かせてやりながら、マリーナはどこにいるのかと考えた。なぜヘルマンといっしょにいてやらないのか……。

そのとき老人が視線をあげた。

彼の目を見ただけで、ぼくには真実が理解できた。残酷なほどはっきりと理解して、その明白さに夢がかき消えた。冷たく毒された短剣のように、否応なく魂につき刺さった。

「マリーナはどこです？」と口ごもるようにきいた。

ヘルマンはひと言もしゃべれなかった。その必要もない。彼の目でわかった。

聖パウ病院にヘルマンが受診に行くというのは嘘だった。ラパス病院の医師は彼の診察に来たのではない。マドリードから帰ってきたヘルマンの喜びと希望は、彼とは関係なかった。マリーナは最初からぼくを偽っていたのだ。

「あの娘《こ》の母親をさらっていった病が……」とヘルマンがつぶやいた。「あの娘を連れていってしまうんですよ、オスカル、わたしのマリーナを連れていってしまう……」

まぶたが墓石のように落ちて、ぼくの周囲でゆっくり世界が崩れるのを感じた。ヘルマンがまた抱きついてきて、そこで、古い館の荒廃したその大広間で、ぼくは惨めな愚か者のように彼といっしょに泣いた。

雨がバルセロナのうえに降りだしていた。

タクシーから見た聖パウ病院は雲にうかぶ都市のようで、この世のものならぬ円蓋屋根や尖塔でできていた。ヘルマンはきれいなスーツを着こみ、ぼくの横で黙って旅をした。ぼくは、手に入った最高に素敵なラッピングペーパーで包装した箱を抱えていた。

病院につくと、マリーナの担当医でダミアン・ロハスとかいう医師が、ぼくを上から下まで観察し、ひととおりの指示をあたえてきた。マリーナを疲れさせないこと。前むきで楽観的な態度をしめさなくてはいけないこと。ぼくの助けがいるのは彼女のほうであって、その逆ではないこと。泣いたり嘆いたりするために、ここに来たわけではないこと。彼女を支えにいくのだということ。もしこのノルマが守れなければ、帰っていただいてかまわないと……。

ダミアン・ロハスは若い医師で、白衣はまだ大学の医学部のにおいがした。きびしく、あせったような口調で、ぼくになんの遠慮もない。これが別の状況なら横柄な愚か者と思うところだが、彼にはどこか、自分の患者の苦しみから離れる術をまだ知らず、こういう態度が医者として生きのびる手段なのかと思わせるものがあった。

五階にあがり、どこまでもつづく長い廊下を行った。病院のにおいがした。病と消毒薬と芳香剤のまざったにおい。ぼくの体に残っていたわずかな勇気が、建物のその棟に足をおいたとたん、一瞬にしてどこかに消えた。

ヘルマンが先に病室に入った。マリーナに面会を知らせるまで外で待っていてほしいと彼に言われた。マリーナはここでぼくに会いたくはないだろう。

「先にわたしから話をさせてください、オスカル……」

ぼくは待った。廊下は長々とのびて、ドアも声も先のほうで消えていく。痛みや喪失を刻む顔たちが無言で行きかう。ロハス医師の指示を何度も胸のうちでくり返した。ぼくは彼女を支えにきたのだと……。ようやくヘルマンがドアから顔をのぞかせて、ぼくにむかってうなずいた。ぼくは唾を呑みこんで病室に入った。ヘルマンは外に残った。

部屋は長方形で、光が床にふれるまえに消えていくようだ。大きな窓からガウディ通りが見え、通りはどこまでもひろがっている。サグラダファミリア聖堂の尖塔群が空をふたつに切っていた。ベッドが四台、目の粗いカーテンで仕切られていた。中国の影絵人形の見世物で見るように、カーテンごしに、ほかのベッドの面会者のシルエットがうかがえた。

マリーナは奥の右側のベッドにいた。窓のそばだ。

最初の瞬間に彼女の視線をうけるのが、いちばん難しかった。少年みたいに髪を短く切っていた。彼女の長い髪がないと、マリーナは屈辱的で無防備に見えた。ぼくは固く口をつぐんで、魂からあがってくる涙を掃《はら》おうとした。

「髪、切られちゃったの……」と彼女はぼくの心を察して言った。「検査のために」

首とうなじにあざがあって、見るだけでつらかった。ほほ笑もうとして、プレゼントの箱を彼女にさしだした。

「髪型、ぼくは好きだよ」と、あいさつがわりに、ぼくは言った。

彼女は箱をうけとり、ひざにおいた。ぼくは近づいて、黙って彼女の横にすわった。彼女はぼくの手をとって、ぎゅっと握った。やせたのだろう。病院の白いネグリジェの内側に肋骨がうかがえた。目のしたに黒ずんだ半円がふたつ描かれている。くちびるは薄く乾いた二本のライン。灰色の目はもう輝いていない。彼女は心許《こころもと》ない手で箱をあけると、なかから本をとりだした。パラパラとめくってから目をあげた。好奇のまなざしだ。

「ぜんぶ白紙のページじゃない……」

「いまのところはね」とぼくは返した。「語るのに抜群の物語があるだろ。ぼくのは建築用のレンガだからね」

　彼女は本を胸にしっかり抱いた。

「ヘルマンはどう？」と彼女にきかれた。

「元気だよ」と嘘を言った。「疲れてるけど、元気だ」

「で、あなたは？　あなたはどう？」

「ぼく？」

「そう、ぼくよ、あと誰がいる？」

「ぼくは元気だよ」

「そうでしょうね、とくにロハス軍曹の大演説のあとは……」

　ぼくは相手の言うことがまるで理解できないふうに、眉をつりあげた。

「会えなくて淋しかったわ」と彼女が言った。

「ぼくもだよ」

　ぼくらの言葉は宙吊りになった。黙ってしばらく見つめあった。マリーナの顔がゆがんでいくのがわかった。

「わたしのこと、憎んでいいのよ」と彼女がそのとき言った。

「憎む？　どうしてきみを憎むの？」

「嘘をついたから」とマリーナが言った。「あなたがヘルマンに懐中時計を返しにきたとき、もう自分で病気だってわかっていたの。自分勝手だったのよ、友だちがほしかったから……

でも途中で、おたがい見失っちゃったわね」

ぼくは窓のほうに目をそらした。

「憎んでなんかいないよ」

彼女はもういちど、ぼくの手を強くにぎった。マリーナは起きあがって、ぼくに抱きついた。

「最高の友だちでいてくれてありがとう、こんな友だち、もったことない」とぼくの耳もとでささやいた。

ぼくは息がとまりかけた。そこから走って逃げたかった。マリーナはぼくを強く抱きしめ、ぼくは自分が泣いているのを彼女に気づかれないように祈った。ロハス医師はぼくから許可証をとりあげるにちがいない。

「ちょっとぐらいわたしを憎んでも、ロハス先生は平気だと思うけど」と、そのとき彼女が言った。「たぶん、白血球とか、そういうのに効くでしょうから」

「じゃあ、ちょっとだけな」

「ありがとう」

27

その後の数週間、ヘルマン・ブラウは、ぼくのいちばんの友だちになった。午後五時半に授業がおわると、ぼくは走って老画家に会いにいった。ふたりでタクシーに乗って病院に行き、看護師たちにそこから追いだされるまで夕方いっぱいマリーナといっしょにいた。サリアからガウディ通りへの道のりで学んだのは、冬のバルセロナが世界一悲しい都《まち》かもしれないということ。ヘルマンの物語と彼の思い出は、ぼく自身のものになった。

病院の荒涼とした廊下で長く待つあいだ、ヘルマンは自分の亡き妻以外の誰とも共有したことのないプライベートな話を明かしてくれた。サルバット師匠との歳月、結婚生活、妻を失っても生き長らえたのは、ひとえにマリーナがいてくれたからだとも。彼の迷い、彼の怖れ、確かなものだと思っても単なる幻想にすぎない、学ぶ価値のない教えがあまりにたくさんあるんだと生涯をつうじて教えられたこと。ぼくもぼくで、はじめて思いのままに話をした。マリーナのこと、将来建築家になる夢、わずか数日で未来を信じるのをやめたこと。ぼくの孤独感、彼らと出逢うまで世の中で自分がたまたま迷子になったように感じていたことを彼に話した。彼らを失ってしまったら、また孤独にもどるのが怖いのだと彼に言った。へルマンはぼくに耳をかたむけ、理解してくれた。ぼくの言葉はぼく自身の感情を明確にする試みにすぎないと知りながらも、彼はぼくの好きにさせてくれた。

ヘルマン・ブラウの思い出、彼の家や病院の廊下で分かちあった日々の特別な思い出を、ぼくはいまも大切にもっている。マリーナがいるからこそ彼とぼくは繋《つな》がっている、ほかの状況下なら言葉ひとつかわすこともなかったろうと、ふたりともわかっていた。マリーナがいまの彼女になったのはヘルマンのおかげだと、ぼくはずっと思っていたし、たとえこんなぼくでも、自覚したい以上に彼に多くを負っているのもまちがいない。彼の助言や言葉を大事にし、記憶の長櫃《ながびつ》に鍵をかけてしまってある。自分自身の怖れや自分自身の迷いに答えるのに、いつか役に立つと確信して。

その年の三月は毎日のように雨だった。マリーナは、ぼくがプレゼントした本にコルベニクとエヴァ・イリノヴァの物語を綴っていた。そのあいだにも、何十人という医師や助手がやれ治験だ、やれ検査だ、また治験だ、検査だと行き来した。

そんなころ、ぼくはいつか、そう、バルビドレーラに行くケーブルカーのなかでマリーナにした約束を思いだし、大聖堂の建築作業をはじめた。彼女の大聖堂だ。寄宿舎の図書館でシャルトル大聖堂についての本を見つけ、自分で建てようと思う模型の部品を設計しはじめた。まずボール紙から部品の型を切りとった。さんざん試してみた結果、これでは電話ボックスひとつ作れないとほぼ納得し、マルジェナット通りの大工に頼んで、薄い板で部品を切ってもらった。

「なに作ってるんだ、おまえさん？」と不審そうに相手がきいた。「ラジエーターか？」

「大聖堂です」

マリーナが興味津々でぼくを観察するそばで、窓台に小さな大聖堂が建っていった。たまに彼女はジョークを言い、ぼくは何日も眠れなくなった。

「すごく急いでない、オスカル？」と、きいてくる。「なんだか、わたしが明日にも死ぬのを待ってるみたい」

ぼくの大聖堂は、おなじ病室の患者や面会者のあいだでも評判になりだした。

ドニャ・カルメンといって、隣のベッドにいる八十四歳のセビリアの婦人は、ぼくに懐疑的な目をむけた。軍隊をぶっとばすほどの性格の強さと、セアト六〇〇サイズのお尻をもった女性で、病院の職員をあごでつかっていた。かつての闇商人であり、民謡歌手であり、フラメンコダンサー、密輸業者、調理人、タバコ売り、あとは神のみぞ知るだ。ドニャ・カルメンは夫ふたりと子ども三人の葬式をあげた。二十人ほどの孫、甥《おい》や姪《めい》、その他親類が面会に駆けつけては、彼女を讃美した。当の本人は適度にあしらい、お世辞はマヌケのためにあるのよと言っていた。彼女は一世紀まちがえて生まれてきた、十九世紀にドニャ・カルメンがいればナポレオンはピレネーを越えなかっただろうと、ぼくは常々思っていた。彼女の糖尿病以外、そこにいる全員がぼくの意見とおなじだった。

病室の反対側にはイサベル・ジョレンテがいた。マネキンみたいな雰囲気の女性で、ささやき声で話をし、内戦以前のモード誌から抜けだしたように見えた。化粧をし、手鏡をのぞいては、かつらを直しながら日がな過ごしている。化学療法で頭がビリヤードの球みたいになってしまったが、誰も気づかずにいると本人は思いこんでいた。きけば、彼女は一九三四年のミス・バルセロナで、なんでも同市長の愛人だったとか。巨漢のスパイとのロマンスはお決まりの話題、この悲惨な幽閉先から彼女を救いだしに、スパイ氏がいましも帰ってくるという。その話をきくたびに、ドニャ・カルメンは目を剝いた。イサベルには面会者もなく〝おきれいですね〟と言ってあげるだけで一週間ほほ笑んでいた。三月のある木曜日の午後、ぼくらが病室に行くとベッドが空だった。イサベル・ジョレンテはその朝亡くなっていた。伊達男が彼女を助けにくるまもなかったのだ。

　あとひとりの同室の患者はバレリア・アストル、気管切開術で呼吸をしている九歳の少女だ。ぼくが入っていくたびに彼女はにっこりした。彼女の母親は病院が許すかぎり娘につきそい、許可のでないときは廊下で寝て、一日ごとに一カ月分老いて見えた。バレリアは〝あなたのお友だちは作家さんなの？〟といつもきいてきて、ぼくはいつも〝そうだよ〟と答えていた。しかも有名人なんだと。いちどは――なぜか、いまもわからないが――ぼくが警察官かときいてきた。マリーナはその場で思いついた物語を語ることがよくあった。バレリアのお気に入りは幽霊、お姫さま、機関車の順だ。ドニャ・カルメンはマリーナの物語をきいて、いつも愉快そうに笑っていた。バレリアの母親の名前はどうやっても思いだせないが、悲惨なほど質素でやつれた女性で、マリーナに感謝をこめてウールのショールを織ってプレゼントした。

ダミアン・ロハス医師は日に何度も病室に来た。そのうち、ぼくはこの医師に好感がもてるようになった。ぼくの寄宿学校の卒業生だったことが後でわかり、一歩まちがえば神学生になるところだったという。彼にはルルという名のまばゆい恋人がいた。ルルはハッとするようなミニスカートや黒いシルクのストッキングのコレクションを着こなした。毎週土曜日病院にやってきては、ぼくらにあいさつに訪れて、自分のがさつな彼氏がお利口にしてるかときいてくる。ルルに話しかけられるたびに、ぼくはパプリカみたいに真っ赤になった。マリーナはぼくをからかって、彼女を見てばかりいるとガーターベルトみたいな顔になるわよと言っていた。ルルとロハス医師は四月に結婚した。メノルカ島での一週間の短い新婚旅行から帰ってくると、彼はガリガリにやせていた。その彼を見て看護師たちは大笑いした。

何カ月のあいだか、それがぼくの世界だった。寄宿学校の授業は単なるつなぎで、なにも考えずにすごした。ロハス医師はマリーナの病状について楽観的な見解をしめしていた。彼女は強くて若いし、治療も効果をあげているという。ヘルマンとぼくは彼に感謝しても、しきれなかった。葉巻、ネクタイ、本、〈モンブラン〉の羽ペンまで彼にプレゼントした。彼は彼で抵抗し、自分の仕事をしているだけですよと主張する。でも、おなじ階のどの医師よりも余計に時間をあてていることが、おたがいよくわかっていた。

四月のおわりに、マリーナは体重と顔色をいくらかとりもどした。ぼくらは廊下をすこし散歩し、寒さが越境しはじめると、病院の回廊にちょっと出た。マリーナはぼくのあげた本に書きつづけているが、一行も見せてくれない。

「どのへんを書いてるの？」とぼくはきいた。

「バカな質問」

「バカ者がバカな質問をする。お利口さんがそれに答える。どのへんを書いてるの？」

ぜったいに、ぼくに言わない。ふたりでいっしょに体験した物語を書くのが彼女にとって特別な意味をもつと、ぼくは直感した。

あるとき回廊での散歩の最中に、彼女に言われて、ぼくは体が凍った。

「約束して、もしわたしになにかあったら、あなたが物語を書きおえるって」

「きみが書きおえるんだよ」とぼくは返した。「しかも、ぼくに献辞してくれること」

そのあいだにも木製の小さな大聖堂は成長していった。ドニャ・カルメンはサンアドリアン・デ・ベソスの焼却炉を思いだすと言うけれど、そのころはもう円蓋屋根の尖頭が完全に形をなしていた。

ヘルマンとぼくはマリーナをつれて、彼女の好きな場所に遠出しようという計画を立てはじめた。トッサとサンフェリウ・デ・ギショルスのあいだにある、あの秘密の海岸、彼女が外に出られるようになったら、さっそくだ。ロハス医師はいつもながら慎重で、五月の半ばごろなら、と日程を言ってくれた。

あの何週間かにぼくは学んだ。生きるには希望さえあればじゅうぶんだと。

ロハス医師は、マリーナができるかぎり長い時間病院内を歩いたり、体を動かしたりするのに賛成だった。

「すこしおしゃれするのも、彼女にはいいでしょう」と言った。

結婚して以来、ロハスは女性にかかわる事柄のエキスパートになったと、すくなくともぼくはそう思った。ある土曜日、彼はマリーナにシルクのガウンを買ってあげたいからと、妻のルルをぼくに送ってよこした。マリーナへのプレゼントで、彼自身のポケットマネーで出してくれた。

ぼくはルルに連れられて、ランブラ・デ・カタルーニャ通りのアレハンドラ映画館のそばにあるランジェリー専門店に行った。女性従業員たちはルルと親しかった。ぼくは彼女にくっついて店じゅうをまわり、女性用下着のかぎりないバージョンを吟味するルルを見ているだけで、想像でゾクゾクした。チェスのゲームより、こちらのほうが、はるかに刺激的だ。

「あなたの彼女はこれ好きかしら？」とルルがきいてきた。ルージュで赤いくちびるをペロリとなめている。

マリーナは恋人じゃないと、ルルには言わなかった。誰かがそう思ってくれるなんて鼻が高かった。それに、ルルといっしょに女性用のランジェリーを買うという体験に目がくらみ、抜け作みたいにうなずくのが関の山。ヘルマンにそれを説明したら、彼は大笑いして、あの医師の奥さんはわたしでも体にかなり毒ですよと告白した。ヘルマンが笑うのを見たのは何カ月ぶりかだ。

ある土曜日の朝、病院に行く支度をしていると、ヘルマンがマリーナの部屋にあがってきてくれないかと言う。彼女が好きな香水びんを見つけたいらしい。

チェストの引き出しをさがしていると、二つ折りの用紙が底にあった。ひらいたら、マリーナの文字だとすぐわかった。ぼくのことを書いている。線で消した跡や、没にした段落だらけ。でもこれだけが、かろうじて残っていた。

〝私の友だちのオスカルは、王国のない王子さま、ヒキガエルに変身するために、私にキスされるのを待ちながら、そのへんを駆けまわっている王子さまのひとりです。彼はなんでもあべこべに理解していて、だから私は彼が大好きです。なにもかも正しく理解しているつもりの人にかぎって逆のことをする、左利きの人間から見ると、よくわかります。彼は私を見ながら、私が彼を見ていないと思っています。私にふれたら私が消えてしまう、でもそうしないと彼自身が消えると想像しているのです。私を高すぎる台座にのせたものだから、彼はそこまで自分がどう登ればいいのかわからない。私のくちびるが天国への入り口だと彼は思っている、でもそれが毒だとは知りません。私はとても卑怯者だから、彼を失わないように、わざと言ってあげないのです。彼を見ていないふりをしているし、そう、私が消えてしまうと彼に思わせている……。

私の友だちのオスカルは、おとぎ話や、そこに住むお姫さまから遠くにいるほうがいい王子さまのひとりです。眠れる美女が永遠の眠りからさめるようにキスしなくちゃいけないのは王子さまのほうだと、彼はわかっていない、でもそれは、おとぎ話がみんな嘘だと彼が知らないからです。すべての嘘がおとぎ話というわけでもないけれど……。王子さまは理想の男性ではないし、眠れる美女はたとえ美しくても、自分の眠りからさめたりしないのです。彼はいちばんの友だちで、私は彼ほどの友だちをもったことがありません。もしもいつか魔法使いのマーリンに鉢合わせをしたら言いましょう、私の人生の道で彼と行きかわせてくれて、ありがとうと〟

ぼくは用紙をしまって階下《した》におり、ヘルマンのところに行った。彼はとっておきの蝶ネクタイをして、いつになく元気だった。ぼくに笑顔をむけてきて、ぼくも彼にほほ笑んだ。その日、タクシーでの道すがら、太陽がまぶしく輝いていた。バルセロナは観光客や雲がうっとりするほど素敵に着飾り、雲も動きをとめて都をながめていた。

でもそんな風景も、彼女の書き物がぼくの脳裡に刻んだ不安を消してはくれなかった。あれは一九八〇年五月一日だった。

28

　その朝、ぼくらが行くと、マリーナのベッドが空で、シーツも掛かっていなかった。木製の大聖堂も、彼女の持ち物も跡形もない。ぼくがふりむくと、ヘルマンはロハス医師をさがしに、もう病室から飛びだしていた。ぼくは彼を追った。医師は一睡もしていない様子で自分の診察室にいた。

「病状が悪化してね」と医師は手短に言った。

　昨夜、ぼくらが帰って二時間もしないうちに、マリーナは呼吸不全におちいって、彼女の心臓は三十四秒間止まった。蘇生させて、いまは集中治療室にいるが意識がないという。病状は落ち着いていて、ロハスは二十四時間以内に治療室から出られると見ているが、ぼくらに下手な期待をもたせないようにした。見ると、マリーナの所持品、彼女の本、木製の大聖堂、まだ袖をとおしていないあのガウンも、彼の部屋の窓台においてある。

「娘と会えますか?」とヘルマンがきいた。

　ロハスは自分から集中治療室にぼくらを連れていってくれた。マリーナは泡《あぶく》みたいなチューブや鋼鉄の器材にがんじがらめになっていた。ミハイル・コルベニクのどんな発明物よりも、はるかに現実的で恐ろしい。彼女は金属器材の魔法に守られた単なる肉片のように横たわっていた。そのときコルベニクを苦しめた悪霊の素顔が見え、彼の異常な執着をぼくは理解した。

ヘルマンが泣きだし、抑えのきかない力が、ぼくをその場所からひっぱりだしたのを覚えている。息の切れるほど走って走りまくって、喧騒にみちた通りについた。街角は、ぼくの苦しみなど知りもしない名もない顔であふれている。周囲に目をやると、そこにはマリーナの運命とはまるで関係ない世界がある。彼女の命が波間のひとしずくにすぎない宇宙。頭にうかんだのは行くべき場所だけだった。

ランブラス通りの古い建物はいまも暗い穴のなかにあった。ドクター・シェリーはドアをあけたが、ぼくが誰かわからないらしかった。ピソはゴミの山で、古くさいにおいがした。ドクターは目を剝いて、常軌を逸したようにぼくを見た。

相手の書斎までついていき、彼を窓のそばにすわらせた。マリアの不在が空気に浮遊して焼けるようだった。ドクターの横柄さや気難しさは、すっかり陰をひそめていた。いまの彼は、絶望した、ひとりぼっちの気の毒な老人にすぎない。

「あの男は娘を連れていってしまった」とぼくに言った。「連れていってしまった……」

相手が落ち着くまで、ぼくはおとなしく待った。彼はやっと顔をあげて、ぼくのことを認識した。なんの用事かときかれたので、話をした。相手はのんびりぼくを観察した。

「ミハイルの血清のフラスコはもうない。廃棄されたよ。もってもいないものは渡せない。でも、あったところで、きみにいいことはひとつもない。きみは女友だちにそれを使うという過ちを犯すだろうから。ミハイルが犯したのと、おなじ過ちを……」

彼の言葉が浸透するのに時間がかかった。ぼくらは聞きたいことだけ聞く耳をもつものだし、ぼくはそれを聞きたくなかった。シェリーはまばたきもせずに、ぼくをじっと見た。ぼくの絶望的な思いをとっくに見抜き、よみがえる記憶に恐れをなしたのだろう。自分でも驚いたのは、もしぼくにすべてかかっていたら、この瞬間、コルベニクとおなじ道をたどっていたということだ。コルベニクについて二度と裁断はくだすまい。

「人間の領域は生《せい》でね」とドクターが言った。「死は、わたしらのあずかり知らぬものだ」

ぼくはひどい疲労をおぼえた。降参したかった、なにに対してかもわからずに。

もう行くつもりで、きびすを返した。部屋をでるまえに、シェリーがまたぼくを呼んだ。

「きみはあそこにいた、そうだね？」ときいてきた。

ぼくはうなずいた。

「マリアは安らかに逝《い》きました、ドクター」

彼の目が涙で光っていた。握手の手をさしだされ、ぼくはその手をにぎった。

「ありがとう」

彼とはそれきり会うことがなかった。

その週のおわりにマリーナは意識を回復し、集中治療室からでた。オルタ地区に面した三階の病室に移った。こんどは個室だ。彼女はもう本に物を書かないし、ほぼ完成に近い大聖堂を見るのに窓のほうに身をかたむけることもできない。ロハスは最後の試験的措置の許可をもとめてきた。ヘルマンは承諾した。彼はまだ希望をもっていたのだ。自分の診察室で結果を告げたとき、ロハスの声がかすれた。何カ月もの闘いのすえに動かしようのない事実に打ちのめされた医師をヘルマンが支えて、相手の肩をそっとたたいた。

「これ以上どうにもできない……どうにもできない……申しわけありません……」とダミアン・ロハスは、すすり泣いた。

二日後、ぼくらはマリーナをサリアの館に連れて帰った。医師たちにはもう尽くす手がなかった。ぼくらはドニャ・カルメンと、ロハス医師と、ルルに別れをつげた。少女のバレリアは、あなたの恋人、有名な作家さんをどこに連れていくの？　もうお話がきけないの？　ときいてきた。

「家にね。家に連れて帰るんだ」

寄宿舎を月曜日にあとにした。断りもせず、どこに行くか誰にも言わなかった。誰かがぼくの不在に気づくなんて考えもしなかった。どうでもいいと思った。ぼくの居場所はマリーナのそばだ。

ぼくらは寝室に彼女を落ち着かせた。彼女の大聖堂、すでに完成したものが窓辺で彼女につきそった。あれが、ぼくの建てた最高の建築物だった。ヘルマンとぼくは交替で二十四時間、彼女を看護した。マリーナは苦しまない、風が炎をさらうように、ゆっくり命が消えていくだろうと、ロハス医師はぼくらに言っていた。

サリアの館での最後の日々に、マリーナがあれほど美しく見えたことはない。髪がまた伸びはじめ、銀色の髪のふさが以前にもまして輝いていた。彼女の目さえも、さらに光をおびていた。ぼくは彼女の部屋からほとんど出なかった。一時間でも一分でも彼女のそばで自分に残された時間を享受したかった。動かず、言葉をかわすこともなく、何時間も抱きあったまま過ごすことがよくあった。

ある晩、木曜日、マリーナはぼくのくちびるにキスをして、ぼくの耳もとでささやいた。あなたのことが大好き、なにがあっても、ずっとあなたを好きでいる、と……。

翌日の夜明けに彼女は逝った。静かに、ロハスが予告したとおりだった。明け方、曙光《しょこう》とともに、マリーナはぼくの手を強くにぎり、父親に笑みをむけてから、彼女の目の光が永遠に消えた。

ぼくらは旧式のタッカーで、マリーナと最後の旅をした。ヘルマンは無言で、何カ月かまえとおなじように海岸まで運転した。どこまでもまぶしい日で、マリーナのあれほど愛した海がパーティーの装いで彼女を迎えてくれたと思いたかった。

木立に車をとめてから、ぼくらは海岸におりて、彼女の遺灰を撒《ま》いた。

帰るとき、ヘルマンはもう心がボロボロで、とてもバルセロナまで運転する気になれないと、ぼくにうちあけた。松林にタッカーをとめたままにした。道路を車で走っていた漁師たちがぼくらを列車の駅までつれていってくれた。バルセロナのフランサ駅についたとき、ぼくが姿を消して七日経っていた。ぼくには七年経ったように思えた。

駅のホームでヘルマンと抱擁して別れを告げた。きょうに到《いた》るまで、彼がどこに行ったか、どうなったか知らずにいる。ぼくらはふたりとも、もうマリーナを見ずにおたがいの目が見られないとわかっていた。

遠ざかる彼を見ていると、時のキャンバスのなかで薄れていく描線のようだった。

それからまもなく、私服警察官がぼくの姿をみとめて名前をきいてきた。きみはオスカル・ドライか？　と……。

エピローグ

ぼくの少年時代のバルセロナはもう存在しない。都《まち》の通りも光も永遠に去ってしまい、いまは思い出が棲むだけだ。

十五年後、ぼくはバルセロナにもどり、記憶のむこうに追いやったと思っていた舞台をめぐった。サリアの館が取り壊されたのがわかった。周囲の通りはいま高速道路の一部になり、人に言わせると発展したらしい。古い墓地はまだそこにあり、たぶん、霧のなかで忘れ去られている。マリーナと何度となく並んですわった広場のあのベンチに、ぼくは腰かけた。昔通った寄宿学校のシルエットが遠目に見えたが、訪ねることはしなかった。もしそうしたら自分の思春期が永遠にかき消えてしまうと、なにかがぼくに言っていた。時は、ぼくらを以前より賢くはしない、もっと臆病者にするだけだ。

何年も逃げてきながら、なにから逃げているのか自分でもわからなかった。地平線の先まで走れば、過去の亡霊たちがぼくの道から離れてくれると思っていた。じゅうぶんな距離をおけば、脳裡の声が永遠に沈黙してくれると思ったのだ。地中海に臨むあの秘密の海岸に、ぼくはようやくもどった。聖《サン》エルムの小聖堂が遠くでいまも見張り番のように立っていた。わが友ヘルマンの旧式のタッカーを見つけた。不思議なことに、まだそこにあった。松林のなかの終着点に。

海岸におりて砂のうえにすわった。何年もまえにマリーナの遺灰を撒いた場所だ。あの日とおなじ陽光が空に輝き、彼女の存在を強く感じた。もう逃げることはできないし、逃げたくもないのがわかった。家に帰ってきたのだ。

最後の日々にぼくはマリーナに約束した。彼女ができなければ、ぼくがこの物語を書きおえると。ぼくの贈ったあの白紙のページの本が、この歳月ずっとつきそってくれた。彼女の言葉はぼくの言葉だ。自分の約束をかなえられるかわからない。たまに自分の記憶があやしくなって、現実にはなかったことだけが、ぼくには思いだせるのかと自問する。

マリーナ、きみは答えをみんな、もっていってしまったね。

訳者あとがき

「あなたは謎が好き？」

一九七九年秋、バルセロナ郊外の館に住む少女マリーナと出逢《であ》ったオスカルは、翌日彼女に誘われて〝サリアの墓地〟を訪れた。そこで目にした光景は、名もない墓に赤いバラを供えて立ち去る黒いマントの女性と、墓碑に刻まれた黒い蝶《ちょう》。黒い貴婦人の跡を追ううちに、ふたりは無気味な人形たちのいる廃墟《はいきょ》の温室に入りこむ。そこで見つけた一冊の古いアルバム……。以来、奇妙な出来事が周囲で続き、コルベニクなる人物にまつわる過去の影に若いふたりはつきまとわれる。

ミハイル・コルベニクとは何者か……？

本書『マリーナ（原題*Marina*）』（一九九九）は、現代スペインの巨匠カルロス・ルイス・サフォンの四作目。海外に題材をとったデビュー作を含む「霧」の三部作後、はじめてバルセロナを舞台にした小説で、世界的ベストセラーとなった『風の影』（二〇〇一）の前奏曲《プレリュード》であり、初期の若者向けの小説と、彼の名を不朽にした「忘れられた本の墓場」四部作を結ぶ〝要〟となっている。

ゴシック・ロマンの香りが全編にただよう本作は、ミハイル・コルベニクなる人物をめぐる謎追いを経糸《たていと》に、オスカルとマリーナの友愛を緯糸《よこいと》にして、一九七九－八〇年の「現在」と、その半世紀まえの「過去」の逸話を行きつ戻りつしながら紡がれていく。黒い貴婦人と〝名もない墓〟のミステリーが冒険心に富む思春期のふたりを結びつけ、様々な証言者の語りをもとに真相の究明にむかうプロセスは、少年ダニエルが作家フリアン・カラックスの謎を追う『風の影』の萌芽《ほうが》をうかがわせる。ベロ－グラネル社の共同経営者センティス、医師のジョアン・シェリー、元警察官フロリアン、忠実な御者クラレットの証言、そしてエヴァ・イリノヴァの告白がジグソーパズルの最後のピースとなって、コルベニクをめぐる謎の全貌があきらかになり、訪れる結末は悲愴《ひそう》なゴシック・オペラのように劇的だ。

自然の摂理に逆らって蘇生《そせい》を試み、自らが実験台になるコルベニクの悲劇は〝フランケンシュタイン〟の物語を彷彿《ほうふつ》とさせる。シェリー医師の娘マリア・シェリーの名が、かの十八世紀ゴシック小説の作者であるメアリー・シェリーのスペイン語名なのも偶然ではないだろう。

そのコルベニクの悲劇的執着のまさに対極に、主人公のマリーナがいる。輝く生《せい》を生き、運命を正視する彼女の理知的な言葉は宝石のような光を放ち、若者の冒険譚《たん》をはるかに超えた深みと広がりを作品にあたえている。思春期の友情と、淡い恋との曖昧な境界線上にあるオスカルとマリーナの心の交流、互いにたいする想《おも》いは本編でもっとも美しい輝きをもつ。苛酷な現実をまえにコルベニクの異常なまでの執心を理解し、同様の過ちを犯そうとするオスカルの魂の苦悶《くもん》、若いふたりが生きた名づけようのない情愛は、コルベニクとエヴァの複雑な愛、ヘルマンと亡き妻キルステンの悲恋とともに〝届かない愛〟のかたちであり、この三つの愛が響きあいながら、忘れ得ない小説世界の音楽を奏でている。

　文中のコルベニクの言葉は悲しくも象徴的だ。

「人生はひとりひとりに、わずかな瞬間だけ純粋な幸せをあたえてくれるものと、ぼくは信じている。ほんの数日か、数週間かのことがある。何年かのこともある。すべてはぼくらの運にかかっている。その瞬間の思い出はぼくらに永遠につきそって、いつしか〝記憶の国〟になる。でも残りの人生でそこに帰ろうとしても、もう二度と帰れないのだと……」（本文二三三ページ）

　作者のカルロス・ルイス・サフォンは、自らの生まれ育ったバルセロナに『マリーナ』を誕生させた。主人公マリーナの誕生日は一九六四年九月二十六日、サフォン自身が生まれた日の、まさに翌日だ。オスカルの見た風景は、作者の少年時代をそのまま映す鏡なのだろう。

背景となる一九七〇年代末はスペイン内戦後の独裁制から民主主義への移行期にあたり、旧態依然としたフランコ時代に執着する人々がまだ多くいた。寄宿舎のドニャ・パウラの亡夫の肖像写真や居酒屋《ボデガ》の店主の極右趣味に、サフォンは独特のユーモアをもって、その時代の片鱗《へんりん》を描きこんでいる。

物語が展開するのは対照的な顔をもつ二つのバルセロナ。ヘルマンとマリーナ父娘《おやこ》の館やオスカルの寄宿学校がある山側のサリア地区と、廃墟の王立大劇場、ベロ－グラネル社の工場や地下の排水溝がひろがる海側の旧市街である。思春期のふたりが生きる〝山の手〟と、過去の影たちが棲《す》む地下世界、天国と地獄を象徴するかのような二つの世界を、黒い貴婦人が〝サリアの墓地〟で文字どおり結びつけている。

「ぼくらが来たのは魔法にかかったバルセロナ、精霊たちの迷宮だ。ここでは通りという通りが伝説の名をもち、時の悪霊《ドウエンデ》たちが、ぼくらの背後で歩いている」（本文二〇一ページ）

「忘れられた本の墓場」シリーズの壮大なロマンを展開する〝幻想と迷宮の都《まち》〟バルセロナは、『マリーナ』で早くもそのアイデンティティーを確立し、サフォンお気に入りの天使やドラゴンのモチーフもお目見えする。マリーナの愛したコスタ・ブラバの海岸は小説に美しい色彩をあたえ、後の作品でも度々登場する。

霧と靄《もや》、そして雨……小糠雨《こぬかあめ》が通りを銀色に染めあげるこの都で、若いふたりの主人公は人生の冒険の旅に出かけるのだ。

＊

九月末のバルセロナ、菫《すみれ》色の空の木曜日に『マリーナ』の小説の舞台を歩いた。サリアの墓地は以前も訪れたのに、またも入り口に迷っていると、老婦人がふいに現れて、こちらをみちびくように墓地に入っていった。黒い貴婦人ならぬ赤いワンピースの老貴婦人だった。サリア地区には物語から飛びだしたような近代主義様式の瀟洒《しょうしゃ》な館が点在する。その一角で黒い貴婦人の幻に誘われるように袋小路に入りこむと、廃屋のむこうに鉄道の線路が垣間《かいま》見え、オスカルの通った寄宿学校の尖塔《せんとう》群が高い空に映えていた。サリア広場に面したパティスリー〈フォア〉のクロワッサンはヘルマンの言葉どおり〝クロワッサンのメルセデス・ベンツ〟。広場のベンチに腰をおろすと、教会の鐘が半世紀まえと変わらない時を告げた。

旧市街は迷宮の都《まち》。迷路のように入り組んだ大聖堂裏の石畳のどこかに地下世界への入り口があるのか。コルベニクが住んだプリンセサ通りのピソからベロ－グラネル社のある旧ボルン市場までは徒歩三分足らず。シェリー医師の旧診療所から見えた〝ドラゴン〟はいまもランブラス通りを睥睨《へいげい》し、影に沈むラバル地区のアルコ・デル・テアトロ通りでは廃墟の王立大劇場がコルベニクの見果てぬ夢と共にまぼろしと化していた。

聖パウ病院ぞいの通りでは亜麻色の髪の少女の後ろ姿にマリーナの幻影を見、広大なフランサ駅のホームではベンチにひとり座る十五歳のオスカルを見た気がした。

幾度となく訪れたバルセロナで、またしてもサフォンの〝郷愁〟の魔法にかけられた。

「わたしたちが思いだすのは、現実にはなかったことだけなの……」

朝靄のなかから現れたマリーナ、その物語の最後は不思議な光にみちている。

〝なにもかも想像だったのか？（……）マリーナのことも、彼女の素敵な海岸も、ぼく自身の見た夢だったのか？〟

そんなオスカルの自問に、あなたはどんな答えをだすだろう。

＊

冒険、推理、ミステリー、過去を生きる人間たちの悲劇と愛、サフォンの作品のすべての魅力が、このささやかな、愛しい一作に凝縮されている。『マリーナ』を語らずして、後のサフォンの小説世界は語れない。

本作を手がけられたのは訳者にとってこの上ない喜びであり、愛すべきこの物語がひとりでも多くの読者の心に届くこと、私たち自身がその物語を生きることが、いまは亡き作者カルロス・ルイス・サフォンへのいちばんのオマージュだと信じている。

訳出の機会をあたえてくださった集英社文庫編集部、この度も大変お世話になった集英社クリエイティブの各氏に、この場をかりて心から感謝を申しあげたい。
日本語の訳文は、人生の冒険を生きつづける読者のあなたへ。

二〇二四年一月

木村裕美

地図作成／クリエイティブメッセンジャー

天使のゲーム　上・下

カルロス・ルイス・サフォン　木村裕美・訳

1917年、バルセロナ。17歳のダビッドは新聞社で短編を書くチャンスを得る。ある日、謎の編集人から、高額の報酬と「望むもの」を与えるというオファーを受けるが……。〈忘れられた本の墓場〉シリーズ第2弾。

集英社文庫・海外シリーズ

天国の囚人

カルロス・ルイス・サフォン　木村裕美・訳

1957年。バルセロナの書店で働く青年ダニエルは、親友フェルミンの様子がおかしいことに気づく。友人を問い詰めると、フェルミンは自らの秘められた過去を語り始めた。〈忘れられた本の墓場〉シリーズ第3弾。

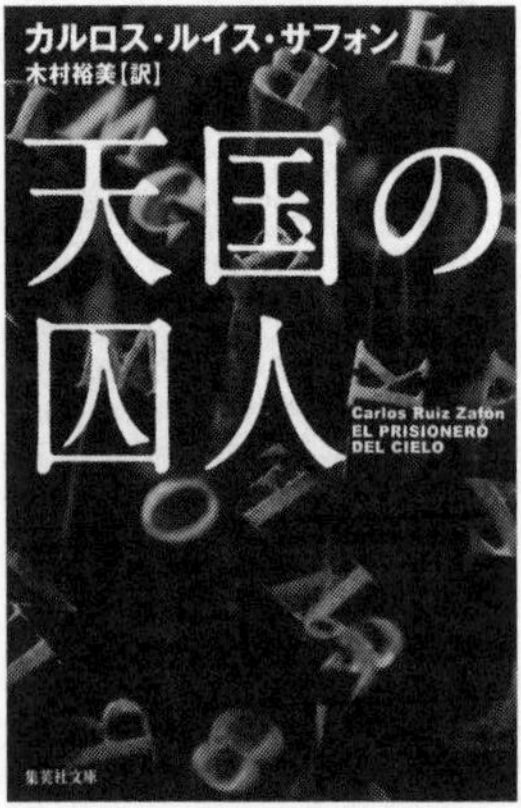

集英社文庫・海外シリーズ

精霊たちの迷宮　上・下

カルロス・ルイス・サフォン　木村裕美・訳

1959年、マドリード。捜査員のアリシアは、突然失踪した大臣バルスの捜索依頼を受け、彼の私邸を訪れた。そこで引き出しに隠された一冊の本を発見し……。誘惑と罠に満ちた〈忘れられた本の墓場〉シリーズ、最終章！

集英社文庫

マリーナ　バルセロナの亡霊《ぼうれい》たち

2024年3月25日　第1刷　　定価はカバーに表示してあります。

著　者　カルロス・ルイス・サフォン
訳　者　木村裕美《きむらひろみ》
編　集　株式会社　集英社クリエイティブ
東京都千代田区神田神保町2-23-1　〒101-0051
電話　03-3239-3811
発行者　樋口尚也
発行所　株式会社　集英社
東京都千代田区一ツ橋2-5-10　〒101-8050
電話　【編集部】03-3230-6095
【読者係】03-3230-6080
【販売部】03-3230-6393（書店専用）
印　刷　中央精版印刷株式会社　株式会社美松堂
製　本　中央精版印刷株式会社

フォーマットデザイン　アリヤマデザインストア　　マークデザイン　居山浩二

ISBN978-4-08-760789-5 C0197